/ 优阅吧，只为打造优质阅读！ /

# 直到四季都错过

## HUMBLE LOVE

黄信然 作品

湖南文艺出版社
HUNAN LITERATURE AND ART PUBLISHING HOUSE

博集天卷
CS·BOOKY

**图书在版编目（CIP）数据**

直到四季都错过 / 黄信然著. —长沙：湖南文艺出版社， 2012.1
ISBN 978-7-5404-5204-9

Ⅰ.①直…　Ⅱ.①黄…　Ⅲ.①长篇小说—中国—当代　Ⅳ.①I247.5
中国版本图书馆CIP数据核字(2011)第212793号

**上架建议：长篇小说·青春**


**直到四季都错过**

作　　者：黄信然
出 版 人：刘清华
责任编辑：丁丽丹　刘诗哲
监　　制：一　草
特约编辑：布　狄
营销编辑：包陈斌　刘　迎
版式设计：姜利锐
封面设计：double.R
出版发行：湖南文艺出版社
　　　　　（长沙市雨花区东二环一段508号 邮编：410014）
网　　址：www.hnwy.net
印　　刷：三河市鑫金马印装有限公司
经　　销：新华书店
开　　本：880mm×1230mm　1/16
字　　数：181千字
印　　张：17
版　　次：2012年1月第1版
印　　次：2012年1月第1次印刷
书　　号：ISBN 978-7-5404-5204-9
定　　价：26.80元

（若有质量问题，请致电质量监督电话：010-84409925）

[ 这本书，献给另一个年岁的自己 ]

目录
Contents

直到四季都错过

# 好少年，永垂不朽

王臣

作家

已出版《世间最美的情郎》

《时光与少年都已沉旧》

《佳期如梦，爱如胭红》等十余部畅销作品

最新作品：《谁念西风独自凉》

某些时候，固守会比变通要难得。

比如，在这个青春题材文学创作领域"伪严肃文学"日益泛滥的时代，难得有人能固守自己的写作方向，不迎合虚无缥缈的"伪严肃文学"潮流。这也是一个盲从的充满语言暴力的时代，盲从蔓延入文学创作和审美之后，会令原本内心自由的写作者遭受到不公的语言暴力，会被逼入一个令人十分绝望的境地。

何为"严肃文学"，何为"非严肃文学"？区别它们的标准只有一个，那就是从内容的深度，从作者是否试图通过文字来体现对人性的认知并用积极影响的角度来思考。而这唯一的标准是极不显性的，是极感性极主观的，不易被把握。

不过，有一点可以肯定，它绝不是以文字是否粗陋来判断。而当下，年轻的读者甚至作者（什么年纪说什么话写什么样的文章，固执地认为青春题材的读者和作者大部分也应该都是年轻的）之间存在着一种奇怪的默识，甚至日渐发展出一种极狭隘，并且简单粗暴的判断依据。

那便是，作家文风一旦华丽孤艳，其作品便会被认为是肤浅的、狭隘的、无病呻吟的，甚至是了无意义的。我当然不否认，确有浮花浪蕊的虚空之作，但它们并不具备广泛意义。

于是，在这种盲目甚至畸形的"审美倾向"的逼迫下，许多作者日渐被一种可怕的写作冲动所吞噬，会开始一种极不美好的赤裸写作。他们以为写作出现华丽孤艳的形容词便是用力雕琢文字美感，会被人以浮华、肤浅论断，认为极不可取。而此时，却又更加用力地雕琢文字之简陋，以之为清朴，来避免他们以为的雕琢。

因此，许多原本作品极富文字美感的年轻作者开始盲目地以乡村题材来创作，以自己力所不能及的宏大历史背景或时间跨度的架构（自然亦有天才青年作者可以完全驾驭，但天才总是少数）来奠基，以粗陋文字铺陈，使其作品在原初便有一个与浮华青春文学隔绝的"清朴"或是"壮观"的"严肃"模样。

但，粗陋不是清朴，更不是严肃。

这是另一种极端。

读到这本《直到四季都错过》，初看编排极精致舒展的目录之时便心头温热，感动不已。因作者依然在坚持用他华丽的笔触抒写他的少年故事、青春小说。虽然看得出来，他也是心有戚戚，但这已十分难得。

他试图以"好少年"和"坏少年"的少年故事来参透人性善恶之所共生的循理。何为善，何为恶。肉眼所见是否就是真相？一切都在他的探索中渐次明朗。而此时，我看过去，这部小说，至少态度上，要比平日青春题材领域内被冠以"严肃文学"之名的作品要严肃得多。

我从来都认为文学作品的美感一定是要有的。这美感，应当是整体的呈现，是文字形容与作品内核的共筑。是，它绝对不需要完全依赖美丽词藻的拼凑，因当中的每一个词语都只是微小的构筑，但若是它们一个个地粗陋了，我很怀疑它们最终是否可以承担深重内核的负重。简洁清朴是好的，华丽孤艳亦是美的，但粗陋是一定不可取的。

作者开篇的《引子》里这样写：

活在这样沉寂的黑暗里，不能有自己的言语。听他们哭泣，听他们争吵，听他们带来许多许多的猜疑与怨恨，听到很多从未听过的声音与惋惜，听到最多的是关于你的我的他的那些事。可是好久了，却从未听到你的声音，还是你一直来自我的梦中？或是在我梦的时候你来，梦醒时你离去？

他用它引出整个故事，而在此处引来则是要说，记起那声音，记起你的写作初衷。它理应契合内心，不被粗暴论断所左右。如是，方才是创作青春文学的"好少年"。在这喧嚣得方向难辨的世界里，那些独属于你的那干干净净的文学初衷，才是最宝贵的。

握住它，因为路还长。

王臣

2011年10月

# 少年心

Pluto

青年作者

戏剧文学专业在读

曾出版《双生》等作品

最新作品：《深度依赖》

　　阅读这部小说的过程中，我被某种场景所笼罩。眼前模模糊糊地出现一条老街，两旁是墙皮脱落的旧房子，有的已经租给外乡人做生意，于是有烟火气息。敞开校服的少年们在夕阳下沉默地骑着破单车回家，吃饭，跑上阁楼。双手放在脑后，看着满天星光沉沉睡去，把成长过程中一切的秘密和伤痛全部隐藏在心底，独自迎接天亮前未知的黑夜，与太阳照常升起后迷惘的明天。橙色与深蓝不停地切换，心也跟着忽明忽暗。

　　这是我第一次接触信然的小说，之前对他的风格不甚了解。在我看来："风格"是个很虚浮的东西。对于想通过提高文字辨识度而扬名的人来说，它重如生命。但是对真正的作者（我是指那些甘愿站在自己小说背后的人）而言，它一钱不值——"风格"是要迁就故事的。犹如一面被打碎的镜子，每一个碎片都照不出完整的作者，可每一个碎片又都能照出作者的一部分。

信然选择了最恰当的语言风格。他的叙述间夹杂着一股草腥气，以至于我在阅读电子版的过程中时常猜想，假如阅读的是实体书，会不会忽然在书页间看见草汁的绿色长痕，或是干脆掉出一两根青草。神奇之处在于，明明是个没有标明时间的故事，却被他写出了陈旧的质感，生怕会有灰尘轻轻落下。

其实，八九十年代出生的人，字里行间流露着稚气在所难免。很多人对此耿耿于怀，为急于证明自己而把目光落向成人争斗，最终因阅历有限而让作品沦为三流，信然并未走上同样的歧途。而那些笔触细腻的抒情，那些随处可见的感慨，那些因为心疼人物而替他们说出的话，依旧不妨碍别人能清晰地感受到他的才华。因为散发着与年龄相匹配的气息，所以更为可贵。

我能从字里行间读出他对每一个人的体恤。他用怜悯之心塑造每一个人物，为了让人物更加饱满，不惜用大量语言交代他们的前史，让人们在阅读前史的过程中，对他们现在所犯下的错误心存原谅。于是，一读他的文字，便知他在生活中也是有颗少年心的善良男孩。

说完小说，再说说信然这个人。我们认识时间不长，平日联系不多，交流大多是关于阅读与写作。他的阅读量极大，隔三差五就要在微博上晒出新购得的书。他非常挑书，挑版本。有时候买了大陆版，觉得封面或者印刷不好，就要花高价再买台版书。记得他曾告诉我，自己买过很多版本的《IQ84》——时间一长，我自然而然地把他当做专职写作的文艺男青年。直到一个很偶然的机会我才知道，他有职业，而他的职业，居然是编辑。

之所以会用"居然"，是因为我实在太过惊讶。不仅因为他从不像我认识的其他编辑一样在微博上疯狂宣传新书。他的微博上大多是食物照片和风景随拍，全然一副优哉游哉的样子。更重要的是，我根本没把"编辑"和"作者"这两个身份在同一时态里挂过钩——身边的朋友，只要做了编辑，

序言2 少年心

007

无一不彻底改行，与创作再无瓜葛。毕竟，作者总是自私地考虑内心感受，而编辑总是无私地考虑市场与读者。在两种身份的对抗中，要么"编辑"胜，写作沦为商业；要么"写作"胜，摆脱编辑这一职业寻找新出路。我不知道他是否也有类似的纠结。但从在自己所在的公司出版了两本书，第三本书换了公司这件事上判断，他大概是希望把这两件事分清。而从他的文字来看，他也的确把这两件事分得很清。

他与如今太多一味追求情节刺激而不雕琢语言的人不同。有一次，我们聊起现在太多年轻作者不会写对话，他对我说："其实每次写对话之前，我都要自己默念好多遍呢。你别笑话我啊，我说的是真的。"

于是，在阅读这本书的过程中，我总是很留意那些对话。想象着他在心中默念，然后再用手指敲到键盘上的认真神情。

我又想起自己曾经发微博说看不惯那些刚出版一本书就赶紧给自己认证"作家"头衔的人。他给我留言说："所以我最喜欢别人称我为写作者。"

我常想，这样安静而美好的心，是属于少年的。

Pluto

2011年9月4日星期日

# 引子
# 黑暗中的对话

> 我不知道，
> 今生是怎样结束的，
> 又是怎样开始的？
> 要是回忆足够长，
> 我仍旧记得牢固，
> 那些细若海沙的往事都宛如珍宝。

我不知道，今生是怎样结束的，又是怎样开始的？要是回忆足够长，我仍旧记得牢固，那些细若海沙的往事都宛如珍宝。

黑暗。

一直都是黑暗，从过去的那些日日夜夜，每一场梦里，都是目所能及的黑暗。其实差不多已经想放弃了不是吗？活在这样沉寂的黑暗里，不能有自己的言语。听他们哭泣，听他们争吵，听他们带来许多许多的猜疑与怨恨，听到很多从未听过的声音与惋惜，听到最多的是关于你的我的他的那些事。可是好久了，却从未听到你的声音，还是你一直来自我的梦中？或是在我梦的时候你来，梦醒时你离去？

这无边的黑暗，已不知多久了。

我即便很怕，却也早已沉沦黑暗了。

那天我听到有人说："这辈子，或许她再也不会醒来了。"

听见有身躯倒地的声音，就像当时我坠入光明里一样。

可是我也记不清那些细节了，当时是在黑暗中的行走。

"那么就这样躺一辈子么？这对谁都不公平。"

"没事的！我挨得住，只是苦了你。"

"医生，真的没别的办法了么？"

我睁不开眼睛，也控制不了四肢、开不了口、发不出声音，混沌的脑子里只有这些如同风声一般灌入的对话。他们来自于身边还是走廊我也不知道，总觉得，我的听觉变得很好。

医生沉默了很久。

"如果你们经济上不允许，或者没准备好接受这个事实的话，我建议采取下一步措施吧！毕竟都两年了，她一点儿要醒来的征兆都没有。"

"呵！都两年了么？"

整个房间是死一般的沉寂，没有鸟叫声没有风吹的声音甚至连车鸣的声音都没有，大概是很偏僻的病房吧！以前对病房没太多的概念，同学生病住院去探望的时候都是闹哄哄的一群人，有时还要被护士提醒注意安静，一群人不停地嘘了又嘘，然后捂嘴。

可这时门被推开了，那个年轻的声音喘息着说："她会醒来的，你们没看过电视么？昏迷很多年的人都会醒来，只要我们相信奇迹，就一定会有奇迹的！"

没有人去接他的话，像是除了他，所有的人都失去了信心一般。

究竟是多长的时间，才能让一个人对另一个人失去信心？

我究竟睡了多久？

——他们说是两年了？

时间过得很慢，醒过来的时候是白天，还是黑夜？一天两天还是一个月两个月抑或是两年？

无从得知。

# 第一幕
# 冬蛰

直到四季都错过

世间烟华，
寂寂匆匆。
这世界，
恍然似一场梦；
在青春里，
各自沉沦。

# 上 阕

说不定，都是个梦呢！

可是有你的时候，我却宁愿相信这就是现实，如果是梦——也请不要让我醒过来。

## 壹 [荷尔蒙]

他总是会梦到那个场景：孤身一人，在黑夜里赶路，像是从一个血红色的看不到的世界里，逃脱到另外一个巨大的茧里。

那个时候，他觉得青春就宛如长长的旅途，又如歇了一程又一程的路——而在那段冗长的时间里，那场清醒后的梦，却总想不起其他的细节。

而那时，他依然拥有无尽的"白日梦"。

他叫林一二，在他之前的生活里，他从未想到过陆单双的出现。也没想过，这一生，会因一个人而改变——虽然他也不能知道没遇到她之后的生活，但他依然如此笃定地认为，若这一辈子都是孤单的命运，再多的相遇与相伴大抵也都只是枉然吧！

只是这些——都是后来的事了！

荷尔蒙多么旺盛的年代，似乎一阵小风都能牵出千愁万绪。而那高中校园里，每一张刚从青涩时代跳脱出来的面容，都像是秀色可餐却酸溜溜的梅子般。

更像是——《海贼王》里的恶魔果实之爆炸果实一般，遇到怒气荷尔蒙、肾上腺素飙升，然后将周围的和谐的气场自动切换为对战模式。

事情发生在城年中学，高一部的走廊上。

在林一二没来得及躲闪他撞击的时候——甚至身体的神经系统也还没来得及作出相应的反应，他就已经华丽丽地往身侧倒去。手肘与地面磕碰的时候，那种感觉，像是在赤裸裸的伤口上淋上药水。他龇牙咧嘴地看着眼前的人，表情扭曲着却依然不敢怒视。他低着头，那个姿势，像是犯了错的孩子般，委屈却不敢承认。而心底明明有个声音在说"还手啊！为什么不推回去？"可身体却不为所动，依然僵在那里，像是等待日落的潮汐。他一直深信"得饶人处且饶人"，如果事情没有到很坏的地步就没必要去继续恶化。他相信，在这个世界里，隐藏自己，即是最好的保护。

杜双城依旧只是摆着那种淡漠到仿佛不认识林一二、但是眼里却充满怒气的表情。

林一二怔住一分钟之后，倒在地上的他，用另一只没被磨破皮的手支撑起半边身体。在一群人的围观里，他低头看了一眼磨破皮的手肘，然后才鼓起勇气说："道歉！"已经不是第一次这样了，先前几乎每次看见他都会被狠狠地撞。而这次，恰好没站稳，所以摔倒了，看起来很狼狈吧！呵呵！他在心底嘲笑自己。

杜双城冷笑一声，然后跟身边的人笑着说："我们想打就打，想与你好，便与你好。"说完手还狠狠地托起他的下巴。

林一二一口唾液吐在了他脸上。

忍无可忍。

周围的人都倒吸了一口气，女生们手指紧扣在一起，男生们则摩拳擦掌地等待这一场无事生非的争斗的高潮到来。

可是却没有。

杜双城那一刻像是被刺中了某个记忆的神经，突然呆住，然后冷冷地看着林一二，没有擦去脸上的唾液也没有去揍林一二。

可他身边的人似乎是看不下去了，一群人闹哄哄地要上前去揍林一二。

这时，有个女生走了出来，她挡在被打的林一二面前。

杜双城回过神来，大口地喘着气，似乎是在忍受着一种极其难受的情绪。

"这么多人欺负一个人，不觉得丢脸么？"可是还没等杜双城来得及开口再下达命令，陆单双就开口说。之后还似有似无地看了一眼他，眼神轻轻地从他身上飘过去，落在他身后的其他人身上，包括围观群众。

"与他们无关，我一个人就可以。"杜双城蹲了下去，与她面对面。平静的语言里，像是隐藏着极多不安分的情绪，是什么，她也无法解读。

"废物！"她冷冷地瞪了他一眼，然后拉着林一二站了起来。林一二像是突然被电触到一般，嗖地一下站了起来。此前的他，则像是游离在自己的梦境里一般——"我突然有了武功，然后一拳可以打飞他们全部。其实刚才的失败，只不过是我梦境里的一种修炼，很快就会醒过来。"可被陆单双的手碰到的时候，所有的设想像七八月的台风，哗啦啦地从屋顶刮过去，然后是一片晴天。

"废物？被人打都不敢还手，还要靠女人的男人才是真的废物吧！哈哈哈哈哈！"杜双城冷眼地看着他们离去，虽然在心底想反驳一句，却始终没有。而刚才那句话，却被旁边的同伙大声吼出来了。他们没有回头，他看见陆单双的手紧紧地抓住林一二的手。

　　从闹哄哄的打斗现场出去的时候，林一二与陆单双并肩走着，她不时地回过头去看满眼怒气的杜双城。那一刻她的心里，有种莫名的胜利的感觉，却在碰到他炽热的眼神的时候，怎么也高兴不起来了。这种你争我斗的事，她与林一二一样，不热衷并且讨厌。

　　直到回过神来的时候，她才深深地喘了一口气，像是深潜在水底许久，才刚露出头来一般。

　　"吓死我了。"她停顿了一下，又说："刚才。"

　　"我以为你不怕！"林一二涨红着脸说，一只手捂着另外一只手，虽然伤口不大，但血依然流了出来，在手掌上凝固了起来。

　　"怎么可能不怕！一群男生哎！而且我怕他们生气起来不当我是女生怎么办……"此时的陆单双才散发出一丝女孩子的气息来，并且小声地说。

　　"怎么会，你那么好看。"林一二低着头说，最末一句却压在了心底，像是在嘲笑自己的懦弱——"他们不舍得的。"

　　"你的手没事吧？"说完她想要去掰开他的手掌。

　　"痛！"林一二眉头蹙了起来。

　　——手掌好像和另一只手的手肘被血粘在一起了。

　　"流了好多血！"陆单双看着那个刚被手掌遮挡住，现在被掰开的手肘说："去校医那里清理下吧！不然会感染的！"

　　他们走过长长的教学楼走廊，而这时，走廊像是突然起了风，十月的凉风。墙壁之外的树叶随着风哗啦啦作响，这一端的走廊似乎没有人来，很多烟蒂，不过好在寂静，刚才那片刻的喧闹像是突然被归结成火星发生的事。陆单双想要伸手去牵林一二，但是又觉得不合适，想要伸手去搭着他的肩膀，做关心的动作，貌似也不能。

他比自己高出至少有两个头吧！

陆单双发着呆，却没有看到脚下的台阶，快要踩空的时候，林一二突然拉住她。

"小心！"似乎是条件反射般，伸出受伤的左手就去拉她。

皮肉被拉扯开的感觉，好痛！他强忍着痛楚，看着单双逐渐涨红的脸。

"又流血了！"她皱着眉头说："对不起！"

"没事！"

包扎的时候，医生蹙着眉头细心地清洗伤口，他强忍着痛，一言不发地望着窗外。思维仿佛掉到九霄云外去了，这些疼痛一点儿都不真实，像是被打过麻药处理的手术伤口。

可是——是真的没事呢！即使我不知道为什么他那么讨厌我，为什么每次看见我总是要推开我。但这个世界上，每个人活着，都有自己的生存之道，好的坏的。可这些好像又都不重要，谁年少时不受点儿伤呢！这些忍过了，就好。

说不定，都是个梦呢！

可是有你的时候，我却宁愿相信这就是现实，如果是梦——也请不要让我醒过来。你知道吗？就在我以为这辈子都要这么单调地过下去的时候，你出现了，机缘巧合，像是宿命。

——而我一直都相信有宿命这回事。

周围静得像是冬天的冰窖，更像是世界末日的医院。

"一二！"她叫他的时候，语气很着急。似乎是看到他的手指在动，然后就尝试着叫了叫。

"嗯！怎么了？"他慢慢睁开眼睛，然后看了看周围说："我睡着了？"

"不是！"她转头看了眼外面，又转过头来说："医生帮你清理伤口的时候你晕过去了，然后，他着急起来就去叫老师来。"

"然后呢？"林一二记得，年少时有一次输液途中，无缘无故晕了过去，据医生说是他对某种药物有特殊的反应，所以之后每次输液母亲总是会陪着，可后来却再也没遇见过了，或许刚好是没遇到那种特殊的药物吧？而这次，不知道是否真的碰到那个所谓特殊的药物，抑或是不敢面对，为了逃避疼痛？

"班主任打电话叫你爸妈来了，他们现在在办公室，我在这里等你醒。"陆单双往校医室的门口探头望去，然后又回过头来跟他说。

"我睡了多久了？"

"现在是晚上了。大概三四个小时吧！"

"我发生什么事了？"刚才他一直在做梦，从黑暗的甬道里跑出来，脸上却挂着红色的液体，身躯会痛，像是从高高的斜坡上跑下来，然后被东西绊倒，一个人躺在地上，感觉很孤独的样子。

"你被打了。"她眼睁睁地看着他，心想不会是想要给我上演被打后失忆的戏吧！

"嗯！"原来不是梦，那些痛都是真的。

沉默！两人怀着各自的心思，她不知道该再问什么，而他还依然停留在这是梦还是现实的猜疑里。

"我们去外面看看吧！"停顿了很久，他看着眼前五官渐渐清晰起来的陆单双说。

"你刚醒过来，再坐一会儿吧！"

"没事的！"他站了起来，对她笑了笑。好像总是要麻烦别人是件很不好的事，他一直如此觉得。

夜晚很安静，那些从远处传来的嬉闹的声音以及读书的声音，在耳边回荡，让人仿佛身在人间又像是置身世外。林一二转过头去看了一眼因为黑暗时而认真低头看地面的陆单双，微微笑了笑。两人穿过空旷的教学楼，然后走上喧闹的学校过道，办公室区的灯火明明灭灭的，爬上去的时候他仍旧觉得有些体力不足。手肘处依然发痛，脑袋也很迟钝。走一级的楼梯需要全神贯注地去想下一级要迈上去，所有的动作都在此刻迟滞了起来。

陆单双走在前面，不停地用脚去踩地板，让它发出巨大的声响去打开声控灯。

眼前是黑暗，安静；而后是喧嚣，然后光亮。眼睛在这一明一暗里渐渐变得有点儿难受。

就在这时候，已经快走到办公室了，远远地就听到大声争吵的声音。陆单双依然走在前面，不时地回过头来看他，见他没事就往前再走一点儿。这时他体力有点儿跟上来了，似乎刚才像是苏醒后的肢体唤醒动作。


像是一场梦一样，这个世界。

如何才能记起和陆单双相识的开始？林一二下意识看了看手肘，生怕再一次流血一般，确定没事了，又看了看那张美好的脸，因为紧张而眉头微微蹙着的脸，就像记忆里的一样……

"一二……"教官还没喊完，第二排队尾的男生条件反射般怯生生地应了一声"到"，虽然很小声，但在此刻太阳猛烈、教官气势如虹的寂静操场里，那一声羞涩，突兀地显现出来。这时，有调皮的男生接了一声："三四。"突然队伍里面传出细细的笑声。

后来不知怎么，点到陆单双的时候，队伍里的人却低低地接了句："一二。"相视一眼之后，他们的脸同时红了起来。那天骄阳猛烈，那群起哄的男生被罚在烈日下站了三个小时的马步，直到所有人收操。而林一二的脸，也一直红着，好比海底的红色珊瑚，又像是被太阳暴晒出的颜色。

那一次之后，林一二和陆单双有时在路上看见，彼此都会打招呼。可最终怎么开始说第一句话，又怎么熟悉起来的，却逐渐模糊掉了。后来一二在想，跟她熟悉起来，大抵因为名字的表面词义太相似，又或者彼此的生命中有那么一点儿缘分将彼此联系起来。就像在那个小小的县城读书的时候，也能遇到同名字的三个人，降生在同一块地方，而后坐在一起学习，最末才将那一辈子的缘分耗尽，别去他方。

可是与陆单双，那些缘分，也会耗完么？

或者如果这是场梦，会醒过来么？他常常在想，可是，日子也就那样过去了。

像悄然过去却留下美好记忆的秋风朝露一般，有时在梦里遇见关于相识的点滴，第二日醒来还担心是所谓的梦的相反。可是，日子一点点过去，那些被悄然封存在记忆里的关于相识的前奏高潮以及归于平淡的东西，在岁月的酒窖里慢慢发酵，成了佳酿。

他记得她曾对他说过："其实你也不是那么呆嘛。"

这句话，宛若倒带般，一共在记忆里出现了三次。第一次是军训出丑的那天，收操后林一二一个人带着珊瑚红般的脸去食堂吃饭的时候，遇见她。

第二次是在新生结束军训的时候，她站在离一二两排的地方，带着微笑看着他。上面说解散的时候，下面乱成一团，那个时候，单双过来和他说话。

第三次是领新书的时候，她是班长，他因为太积极早去了些，被叫唤着搬书。所以，那是最后一次，却也是他第一次，没有红着脸，和她说话。

"你是个羞涩的男生。"她对他笑，"而且很好使唤，好像也很乐于助人。"

他记不得那是什么时候的事了，或许是几天前的事。他们后来关系很好，那次领书之后，她有什么活动便唤着他去，每次班里响起"一二、一二"的名字时，他的脸先是一红，然后便听到班里面低低地笑。

继而是，断断续续的讨论。

可因为名字般配而变得像是无话不说的知己，也好像是很理所当然的事。因为他们看彼此的眼光，就像是看自己的眼光一般。一个人和两个人，是一样的。

一二长得清秀，五官很像父亲，可是越长大倒越像母亲了，内双眼皮，嘴唇有点儿厚，鼻子很挺，脸小小的。而且他的成绩很好，从小学直升镇上最好的初中，然后考进这所镇上最好的高中。

熟悉起来之后，他经常和她一起去办事，一二对她，从来都只有顺从。仿佛所有的事，都是她安排好的：周六日去哪里，去图书馆看书或者上街买东西，晚饭要吃什么菜，或者是琐碎到笔用完了，记得下午去买笔的事，虽然口上有时不会说，但信息总会滴滴响起。

……

这些他认为的熟悉起来的源泉，逐渐汇聚成一道如今流淌在一起的河流，虽然没有两岸美好风光，但总有唧唧喳喳的美妙鸟叫。

快到办公室的时候，陆单双先听到那些噪杂的声音，还有重重的叹息声。

"说！为什么要打他？他得罪你什么了？"大人们都坐着，只有老师和杜双城站在那里。大人们都像是在看戏，就像那些围观杜双城打自己的人一样。一二透过窗看着里面的一切，过滤掉那些声音之后就像是在看着一部肢体动作激烈的电影。

陆单双站在不远的门口处，静悄悄地打开门，一二依然盯着里面看。

杜双城似乎是听到微弱的开门的声响，转过头来，那一刻，林一二分明看到他充满怒气的眼神似乎有点儿变了，眉眼之间的怒气像是被驱散了一般。

他望了望她，却依然没有开口，只是将头重重地低下去。像是一朵因错过花期而找寻不到阳光的向日葵。

站在后面的林一二似乎听到背后有急促的脚步声，于是将头转过去。

过一会儿才看见，一对神色匆忙的中年男人和妇女从黑暗里出来，穿过短暂的光斑然后走进教室。他们在推开教室门的瞬间，表情突然变得很卑微，可见到杜双城的时候却一下子又变得很暴躁。中年男人走到杜双城的面前，林一二看到他因为愤怒而紧握着的拳头，却没有料到下一刻——他给了杜双城一巴掌，而在杜双城要还手的时候给中年妇女挡住了。这时候，所有人都愣住了，谁都没料到这时候会有个这样的插曲，像是把原本缓缓进行的剧情一下子推到高潮处。

这时一二才走了进去，因为他看见父亲在里面，似乎在询问单双。母亲看见他，紧紧地握着他的手。

"每次都惹祸，你要闹到什么时候？要不是你妈死得早，你爸也总在外面跑，我们才不会揽你这个灾星上身，你要什么时候才肯老老实实的，也好让你妈在天之灵能安心一些？"

"别提我妈！你们没资格。你们也没搂着我，我也没粘着你们。"

"臭小子！你说我别提你妈？你妈是我妹妹，我是你舅舅，我爱提就提。而且我打你，需要资格么？你上学的钱，谁给的？你吃饭的钱，谁给的？要不是念在与你还有点儿血缘关系，我会看你一眼么？"中年男人一生气起来，脖子上的青筋都涨着，像是可笑的章鱼。

"你们的钱，我一分都没用，我可以还给你，而且——你那些钱还不是那个浑蛋给的。今天的事我自己会解决，你们滚！"他冷冷地说，语气淡定得不像是一个高中学生所该有的。

"好！我以后不会再管你，老师们也听好了，我不再是他舅舅，你们要开除还是要抓他进牢，与我们无关了。"男人手中的拳头似乎握得青筋都要暴出来了。一二站在旁边的时候，感觉像是置身于一场与自己无关的家庭闹剧一般。

于是——那对夫妻来去匆匆，待不到十分钟，就愤怒地离开，离开的时候，还骂骂咧咧的。可是这如同过场的龙套般的角色，却将剧情推向高潮，而之后又留下一个烂摊子，摆在那里，更像是在嘲笑杜双城的孤立无援。

老师和林家父母都看得呆呆的，这张力十足却又瞬间结束的剧情，让他们也不知道该怎么插嘴。

"如果觉得不服气的话，你们可以打我。我打了就是打了，没有任何理由。"再次打破沉默的，依然是他。他表情桀骜地说，眼睛从他们的脸上掠过，然后又定格在林一二的脸上。

"爸！你们回去吧！我没什么事，他只是不小心推了我一下而已，我自己没站稳，就摔倒了。"林一二看了看他，似乎是不想再去追究什么。像是自卑惯了，那些愤怒都低到尘土里去了。而且就算是今天追究了，又有什么用？反正他推自己，也不是一次两次的事。每个人都有自己的生存之道，如果少了这一个环节他会觉得闷死的话，就让他做好了，只要不涉及要自己的性命。弟弟不也是这样的人么？每次都把自己逼上生存的绝路，每次都委屈得想死，我都忍住了，这点儿又算什么呢？况且，这样闹下去，他肯定更不会放过我吧！如果，这世界上，我看不顺眼的人都能消失，就好了。

"不行，将你打成这样，至少也得给个道歉。哪能一点儿理由都没有呢？这样的话，我怎么放心让你在这里继续读书……"

"对不起！"他突然道歉说，态度突然转变，大概是看到林一二的态度，可是语气依然冷冷的。

"爸！算了！我只是走路的时候不小心撞到他而已，你也知道我总是莽莽撞撞的。"林一二仿佛故意没有听到那句"对不起"一般，似乎是接收了，就得到一句不安的咒语。

"这，这怎么能算了呢！你这孩子，每次受欺负都这样容忍，和你弟弟也是，不是爸妈不偏袒你，是你……"林一二伸手去拉父亲的手，想要让他离开。父亲说的那些，他都懂，是自己太懦弱，每次被弟弟欺负，总是认为自己是哥哥，应该让弟弟，而每次都忍让下来，或者自己躲起来静静发泄。

"妈！我没事了！你和爸赶快回去吧！很晚了！"他低着头，语气依然缓和而且温柔地说。

班主任在这时候也不知道该插什么话，反正杜双城惹事也不是一次两次了，而这次当事人竟然能自己和解，这是之前料想不到的事。

陆单双看着一二那张卑微到有点儿陌生的脸，突然觉得很可怜，又很可笑。

"那——走吧！你和我们出去。"母亲深知再闹下去也没什么好下场，而且孩子都说没事了，便伸手过来牵他，一二顺从地跟着走了出去，父亲依然怒气冲冲地看着杜双城。他表情冷冷地盯着外面漆黑的世界，像是这室内的所有闹剧都与他无关。这样的人，真的是少得罪得好，看来儿子比自己更懂得生存之道。他叹了一口气，得饶人处且饶人哪！

林一二从小就这样，活在自己的自闭世界里，给弟弟欺负了，给同学打了，都只会在自己心里闹脾气，自己哭完就没事了。他像是很神奇的生物一般，能完成自我生长，自我进化。

那个自卑的星球里，其实连小王子的玫瑰都没有，只有一片荒芜。

## 贰 [梦生梦]

后来似乎谁都没再提起那一次的"打架"事件，伤口随着时间的流逝渐渐痊愈，慢慢地结成一道黑沉沉的疤痕。那次被打之后，有时在走廊上碰上他的时候，都会下意识地自动绕道而走，像是害怕他了。可是始终不想去弄明白为什么会被打，甚至是陆单双，也没多说什么。

杜双城和林一二，像是这高一年级里，背道而驰的两种极端——更像是南极不会有北极熊，而北极也不会有企鹅般，他们本该是相安无事活在自己世界里的不同生物。

北极熊的世界，企鹅一无所知，而企鹅也从不知道，如果北极熊看到它的时候，一定会因为饥饿而吃了它。它不懂。其实林一二也不懂，为什么杜双城那么讨厌他。

这天晚上，林一二洗澡的时候，突然想到一个凄冷的短故事。

只有一句话——"从前有一个英勇能战的将军，却是个哑巴，他战功无数，从来不写日记，后来，他死了。"

穿好衣服准备出去的时候，他突然想到——题目呢？思维一向不按常理出牌的他，突然想到这个。可他暂时也只能想到比如《哑巴将军》或者《没有自传的将军》之类的烂名字。

所幸我不是个记录者，他耸耸肩。突然就想到小时候那些奇异的白日梦，像是突然腾起的烟雾，被排气窗驱赶着，往外面跑去，而自己则去寻找往日。他擦干了头发，走出浴室，宿舍此时很安静，大概出去晚自习的人还没回来吧，所以此刻他尽情发呆也不会被打扰。手机被安静地放在桌子上面，黑色的外壳，像一块被水泥覆盖的小砖头，能发信息能听电话，在高一开始就能拥有它，已然很了不起了——不过这一切，也要归功于全封闭式的教育。

他在发呆的时候，没有感受到手机微微振动的共振。

黑白显示屏上显示的名字是单双，透着绿绿的幽光。


哑巴将军不会说话，也从不写日记，但是他一定记得自己的记忆吧！带着记忆往生的感觉真好，而之后的一切传说以及战绩，都由后人来美好地杜撰。

林一二记得，刚上一年级那会儿，还是八岁的样子，学校开始布置写汉字的作业，布置的汉字里有个很重要的字——"家"。那时他的名字还不叫林一二，叫林家诚，很大众的名字。后来改成林一二却不是因为它太大众，而是因为年少时的倔脾气。

那天学校布置了作业后，回到家的他便气鼓鼓地坐在房间里半天都不动，直到从外面回来的父亲来叫他。听见弟弟从外面回来的声音响起，他才从快要睡着的状态里醒过来。这时，父亲已经凑到他身后了。

"呆坐着做什么？你妈呢？"父亲还顺势看了一眼作业本，除了老师用红色笔写下的第一个模范字之后，作业本上空空如也。

"不知道！我回来的时候她在做饭。"

"怎么不写作业？"他指着作业本问。

"不会写。"

"这是你的名字啊！怎么都不会写？"

"我知道，但是好难写。"眼睛不知道该望向哪里，仍旧用惯有的可怜兮兮的声音说。

"我教你？"

这时，他才扭过头来看着父亲，然后点了点头。

那时的父亲也没有如后来般沉默寡言，对于小孩子来说，大人若是能融到小孩子的世界里面去，就算没有失去那点儿可贵的童心。可林大能发起怒来的时候还是很吓人的，他会用藤条打或者看见什么就抓起来打。有一次林一二看见弟弟因为顽皮，就被父亲随手抓起的草绳打了，他知道那一定很痛。因为顽皮到连他都自愧不如的弟弟哭得很大声，自那儿之后，他就很少去惹怒父亲。

父亲先是扶着他的手，叫他拿好笔，然后一笔一画教着他写。

"点、点、横钩、横、撇、弯钩、撇、撇、撇、捺。"父亲边写，边顺着笔画念出声来，末了又说："总共十画。"

林一二的手给父亲捏得很痛，他想叫出来，但是却忍住了。这会儿写完了，林大能才放开他的手，然后说："自己写写看。"

他写的时候，心底一点儿底气都没有，甚至很想哭。刚才被父亲捏过的手还痛着，如果慈祥的爷爷在的话，或许可以撒娇一下，然后哀求爷爷叫别人代写。可这似乎是不可能的事。

"你在想什么？写错了，写歪了。"他正在发呆，又听见父亲大声地说，手按了一下那颗木讷的脑袋。

林一二用橡皮擦掉写错的地方，然后怯怯地看了看父亲，又开始写。

"你自己先写，等下回来检查，我去下楼看你妈去哪儿了。"父亲说完这句话走下楼去，他深深地叹了一口气。手在本子的上空漫步，像是无尽的流浪，不知从纸上的哪个点下笔。如果不用写这个字就好了。他心想。

　　阁楼外面邻着条小巷子，这会儿已经有放学并且写好作业的小孩子在玩耍追逐，发出的笑声，还有不时传来的几段孬种的哭声，让林一二的心更是飘了起来。

　　可是看到空白的作业本，他还是硬着头皮，一笔一画地写了起来。他重复着父亲刚才念的笔画顺序："点、点、横钩、横、撇、弯钩、撇、撇、撇、捺。"

　　写错了，重来。写到一半的时候，前面的纸张都已经脏乱不堪了，被橡皮擦拭过度的纸张，宛若白色衣服被墨水弄脏然后泡过水又晾干的模样，很难看。

　　他像是赌气般扔下笔，这时父亲的脚步声配合着他的怒气，在身后噔噔噔响起。

　　"写完了吗？"

　　他没说话，沉默着，父亲在他身后坐下，然后头凑到作业本前看了看。过了一会儿又看了看他的脸。林一二很害怕他，想说些什么话来解释下，但是碰见父亲像是微笑着的脸，又不知道该怎样说。他记得他打弟弟的时候，是笑着说："下次还敢么？看是草绳韧还是你的脾气硬。"那天他躲在阁楼上，记得父亲是笑着的，然后才渐渐转换为凶狠的表情。

　　"继续写，连自己的名字都写不好的话，以后怎么做人？"父亲突然转换严肃的语气说道，他的心底咯噔了一下。

　　"可是好难写。"他低低地说，然后丧气地说："名字又不是我想要取的。"

　　"啊！痛！"耳朵被扯了一下，他突然叫了出来，父亲的这个动作随着他细细落下的抱怨而起。

　　"还懂得讨价还价抱怨了？"

　　林一二心底暗自委屈，根本没这样的事，只不过抱怨了一声，而且用的还是小到连自己都听不见的声音。

"爸爸你是一出生就会写自己的名字吗？"他站了起来，擦着刚掉出来的眼泪，然后大声地问他。

"不会就要学啊！"答非所问。

"但是很难啊！"他倔强犟低着头，大声地回答。

"难就不写了么？那是你的作业啊！"

"我才不要每天都写这个字，我不喜欢这个名字。"说到最后一句，似乎声音终于软了下来。末了，又低低地说："家诚家诚，每天都要被叫成小家诚。"班级里有三个叫家诚的，一个是女生，两个是男生，女的那个叫嘉橙，所以一般老师叫名字的时候叫女嘉橙，男的一个叫大家诚，另一个是自己，叫小家诚。

"你想要什么名字，自己说。"父亲瞪着他。他不敢说话，双手不停地绕来绕去。

"想好才能下楼吃饭，不满意的话自己想，免得以后埋怨我。"虽然是很生气的脸，但语气却是出奇的平静。父亲的脸很黑，常年在外劳作，不过五官深邃，眼睛也很有神，看起来仍是一副意气风发的模样。

"写在本子上，想叫什么名字。"父亲走到他身边，拿起作业本，又放到他面前。

他看了一眼父亲，然后看了看空白的作业本。这时父亲噔噔噔的脚步声随着那股怒气散去了。

他坐在原来的位置上，慢吞吞地，歪斜斜地，而且极不情愿地将那个字写满整页纸。

"林一二。"末了，他写下这三个字的时候，表情很认真，像是在完成一件很神圣的事。一，第一个接触的汉字就是它；二，第二个接触的汉字。

这是他能写的字里面，最会写的而且笔画最少的字。所以他想叫林一二。

一二一二，挺好听的。这样的幻觉或许来自于每天早晨第二节课后的课间操吧！

　　可是关于父亲之后首肯或是其他同伴嘲笑的事，全部都随着岁月被埋葬掉了。仿佛他从一出生，就携带这个名字而来似的。

　　这是他那段岁月里，最后的一个清晰的记忆，而他却从未去问过父母，究竟是否有过这样的故事，还是这本来就是残留在他现实的梦里一个杜撰的故事而已，以此来彰显自己曾经的倔犟与英勇情结。

　　而后来的那些，却像不断衍生出的梦一般。

　　他怕黑，怕弟弟（每次被弟弟欺负，他总是安慰自己那是弟弟，而自己是哥哥，不能打他），怕所有的鬼怪东西（《封神榜》里的妲己令他害怕，每次看《聊斋》都会吓得躲到母亲的怀里去）；他是同龄人眼里的胆小鬼爱哭包——但是他却永远是自己世界里的英雄，因为他一直觉得那个世界是一个梦，梦醒了，才是自己意识里的那个世界。

　　小时候他很内向，很少与小伙伴们凑到一起去玩，和女生说话会脸红，和男生一起玩耍会觉得男生太暴力。他们每天放学都要路过一段长长的下坡路，而学校就在那座小县城的山脚下。往坡下走的时候，他常常幻想着自己能飞！遇到高土坡的时候，就跑得很快，然后飞快一跃，双脚在空中短暂地踩踏，像是轻盈盈地飞起来似的。那时他还没看过金庸也没有看过古龙，他的这点儿武侠情结，最可能的就是来源于电视剧，但是沉醉在自己世界里的他，却一直一直以为自己活在被称为现实的梦里，然后梦醒了，他就是自己世界里的那个能飞的小英雄，手执稻草都能做利刃的人，不再害怕鬼怪，也不会怕黑暗。

　　在那个被称为现实的梦里，他每次晚上出门都会被弟弟唬住。

　　"哇！有老鼠啊！"弟弟每次都这样叫，这样的招数在后来他的记忆里，像是白痴的行为一般，可是每次都被唬住的自己，却更像是白痴。

　　所以他总觉得这不该是现实，而是一个梦。

　　之后他读到更高的年级，有了交好的同学，晚上都会去同学家写作业。但是同学的母亲们都像是知道他的胆小般，每当他出门要回家的时候，就在后面喊："人头马面来咯！"或者"一二你看，你后面是什么？"那时候即使不知道所谓的人头马面是什么，但在耳濡目染之下，也好歹知道是恐怖的东西，于是每次都会却步，不敢回去。最后，总是同学送他回家。这样的懦弱与害怕，在他心底渐渐地砌成了一堵高墙。父母不是不知道他胆小，还是同学口中的爱哭鬼，但是他们不管。他们觉得胆子是吓大的，于是由着那群人乱来，而每次在他看到妲己被吓得大哭的时候，还会变本加厉地说："妲己就在你后面啊！"

——自以为是的大人。

这堵人世的残酷和无可奈何砌就的高墙，在他的心底越来越高。他逐渐忘记了，原来那个害怕的初衷，因为后来，甚至连最爱自己的爷爷过世，他也无法哭出来了。

是不是心底的那道泪堤，在岁月里越筑越高，然后眼泪再也漫不出来了？

而这时，放在桌面上的手机再次振动起来。伴随着手机的振动，宿舍门也砰的一声被推开——宿友们回来了。林一二正了正身子，以往的那些情景像是迷雾般，突然一道光进来，所有的思绪像是雾气突然被光亮驱散一般，慢慢变小，然后消失不见，似乎是在提醒着他，欢迎回到现实世界。

他晃了晃头；然后拿起桌面上的手机。

叁 [秋风梦露]

"我在自习室门口等你。"这是陆单双发来的第一条信息。

第二条是："我在里面等你。"

他飞快地穿上衣服，就往图书馆的方向跑去。

跑起来的时候，春天夜晚里清凉的空气不断往身后掠过去。

快到图书馆的时候，他才慢慢放低脚步，大口喘着气，想要将那些满腔翻滚的气息渐渐压抑下来。每次都是固定的座位，一二闭着眼睛都能找到。坐下去的时候，单双看了他一眼，然后将座位上用来帮忙占位置的书包拿起来，面无表情地看了他一眼，然后示意他坐下。

过了一会儿，单双才推着一个本子过来。

"怎么不回我信息？"

"洗澡洗晚了。"编了个小小的谎言，然后对着本子吐了吐舌头。

"赵萌萌刚才来占你的位置，被我赶走了。"她写字的时候很认真，一点儿都不像平时风风火火的她。

"和杜双城同班的那个？"他写道，重重地画了个问号，之后的脑子里像是闪过一丝微微的闪电般的情绪，然后触动脑神经，他又伸手去拿回那张纸条，再写上："不要理她。"

"嗯！"她重重地写下这个字，隐藏在心底的苦闷一直透不出来。

如果不是你的那个"不要理她"看起来若无其事的又很软弱的安慰，说不定，我会将心底的苦闷倒出来，清扫干净，然后如数家珍地藏着那些美好的东西。可是，倔犟如我，总是有些不想说出来的软弱，遇到一根莫名其妙的刺，就缩回去了。但这个世界归根到底也容忍不了太多这种东西的吧？这个学校就像是一锅翻滚的粥一般，总是避免不了老鼠屎的光顾。

其实你总归还是没有想太多，像那些"她为什么要来占这里的位置？"以及"为什么你也知道她？"之类的问题，但在你退化到简单的脑子里，这些对你来说，或许只是生存之道。

她脑子里闪过这些，之后又将情绪毫不费力地抚平。她看见身边的林一二默不做声地从书包里拿出练习册，拿出笔和纸，然后翻到今天布置的习题那一页。陆单双斜眼看着这些动作，情绪却渐渐被上周五发生的那件事勾去了。

如果她没记错的话，那时应当是黄昏。

上周五放学的时候，她在学校门口等回宿舍收拾东西的一二，那时就碰见她了。那是她第一次与赵萌萌正面交锋。陆单双用那两只像是附有好学生自动扫描仪的眼睛扫了一下，然后在心底默默地念出："赵萌萌，成绩烂整天混夜店而且风气败坏"，可被忽略掉的那一项是——"爱惹事"。

其实这些也不用再多推测，正如看到了上联下联之后的门面，横幅也应当很容易推测吧！

陆单双发呆的空隙，眼往男生宿舍的方向望了一眼。学校里颇为个性的宿舍楼，由下往上宿舍的间数递减，于是看起来变成了斜楼，此时黄昏的阳光打在粉红色（女生们经常拿这个颜色来打趣男生宿舍的男生们，但这其实大抵是妒忌）的砖墙上，折射出橘红的光。这时，赵萌萌一脸拽拽地推了一下她的手臂，陆单双一脸诧异地转过头来看着她，也没有说话，两人盯了五秒。

"你认识那个浑蛋。"用的是陈述句的语气，但是字面意思不应该是反问么？莫名其妙的陈述弄得陆单双一头雾水。

"什么？"她瞪着大大的眼睛，匪夷所思地看着她，以为她在跟别人说话，所以下意识地往四下里看了看。

"我说杜双城。"赵萌萌白了她一眼，然后没有好气地说。

嗬！原来是他！她想了想，淡淡地说："噢！我不认识他。"而她发现，这时赵萌萌身边的跟班貌似已经做好了要干架的姿势。陆单双不以为然地横了一下脖子，一脸想要蛮横到底的姿势。

"是么？说不定是老情人翻脸不认人呢。"

"这话什么意思？"单双转过身来，一脸漠然地看着她："嘴巴最好干净点儿，省得烂掉。"

"初中你是在县城中学读的吧？我记得我们曾是校友呢！"赵萌萌凑近了脸，挑衅似的说道。

"那又怎样？"

"前段时间风传你在杜双城的手下挡下了一个他要教训的人。"

"那又怎样？"继续蛮横的语气，陆单双其实有点儿担心她等下发怒围上来就打，所以自己在心底已经作好了随时逃跑的准备。

"杜双城打架有个原则你知道么？"

陆单双白了她一眼，心底默默嘀咕——"说得好像我很懂他似的"，然后又摇了摇头。

"那就是——他打架的时候，无论男女，无论是被打的或是劝架的，他一律都不会放过，甚至是老师——也是一样。"赵萌萌胸前抱着手，一脸冷笑的表情看着她。这表情里隐藏着的黑暗之花，宛似盛放在眼睛里的愤怒。她的脸很好看，五官很清晰，看起来唯一的缺陷则是眼睛上有与年龄不合的眼线。陆单双看着她，像是等她停顿完这故作姿态的语速。

"所以——你怎么可能是例外呢？"赵萌萌双手放了下来，脸上的表情由冷笑瞬间转为怒气冲冲。

"有病！"陆单双等得有点儿不耐烦了，于是迈开脚步想要往男生宿舍的方向走去。

"啪！"好痛！面对突如其来的耳光，陆单双除了有点儿惊讶之外，更多的是委屈。长这么大，不多的几次被打的经历，都模糊掉了，可是这次却被一个莫名其妙像是讨债一样的女生打了一巴掌。陆单双怒眼看着眼前的女生。

"杜双城是我的人，你别想在我手上抢走他！"

这回换做陆单双冷笑了一下然后说："这一巴掌，当做还给杜双城那狗屁的不打之恩。而且，请你看好你的男人，别像疯狗一样乱打人。"说完接下赵萌萌想要打人的手掌，身边的人想要围上来的时候，陆单双一眼横过去，然后转过身子。

可能是被刚才的话语给镇住了，又或许是可以看得出单双对杜双城的那点儿漠然的态度，赵萌萌就此停下脚步也没有再追上去。

可是这岁月并不宽宏，人心依然如古，犹如女子，豆大的事都要归到别人的身上，可能是这类外表坚强的女生内心大多都没安全感吧！所以才急着要对某个人画地为牢，圈地成城。

那一日陆单双在一二的楼下又等了十几分钟，看着天边的落日渐渐变成暗红的颜色，内心的情绪也渐渐归于平静。

所以今日再次看到赵萌萌那张脸的时候，内心的厌恶感从心底而生，于是在她坐下来的时候淡淡地说："这里有人。"声音不大，但却足够让班级里的人听到，这教室里不止一个位置，如果她硬生生抢夺也太失面子，于是咬了咬嘴唇，然后瞪了她一眼，一走了之。

大抵不是来晚自习，而是来找自己谈某些事情的吧！陆单双在心底默默想到，但是对于杜双城，实在是没有多少的印象。除了记忆里，他是一个坏学生之外，其他的一无所知。

其实若是不出声，那具身躯甚至好看的脸庞所呈现出来的气息，至少也是温和的人。但是有点儿暴戾的气息从眼里从打人的动作甚至从风传的谣言里散发出来的时候，他就似乎摇身一变，成为了十恶不赦的人。

便是如此吧！这世间的真相往往太多：表层的内里的、凝固在时间表层里的真相、在人心里流动的真相，被岁月带走的真相，可是哪一个，才算是你所谓的"不打"的真相呢？

这是岁月的疑问，若我不知，你我不便问，就如此作罢！

肆[猫]

如果在成年之前，以为我们一直生活在是梦的现实世界里，这样的幻想未免可以成立。

若是到了成年之后，再纠于现实是一场梦的臆想的话，那是一种悲哀么？林一二沉重地想。

可他总是觉得，有些事，像是不会过去的。

包括那些在梦里的诡异情节，而今想起，依然似一团丝一般，缠缠绕绕在一起，无法理清。

可是，活着如果是一场梦，那么总有醒的一天。从小，他就如此觉得，特别是遇到不开心的事的时候。他胆小他怕事但是他也很善良。

后来和单双熟悉起来之后，总是会经常在一起参加活动，甚至一起吃饭。

高一盛夏的某个黄昏，他和单双沿着学校外的马路走着，想要去近处的商场买些生活用品。

他们走在一起的时候，林一二总会尴尬得手不知道该要怎么放。那种类似情人却只是朋友阶段的相处，总是内向而羞涩的他不知道该如何处理。陆单双反而大咧咧地和他说话，谈论学业上的事，林一二总是心不在焉地搭着话，偶尔遇到感兴趣的话题就接两句，很少主动说话。

时日像是盘踞在潜移默化的情谊里的催化剂，谁都不知道是怎么跨过开花的那一步的，就瞬间结果了，而成熟的过程却非常缓慢，慢得像是乌龟较之白兔的奔跑速度。这一次起初是林一二先听到猫的惨叫声，一下子整个人仿佛从自己的世界里回来了，更像是宁静的水面被突然落下的雨点打乱。

"怎么有猫叫声？"林一二的脚步明显迟缓了，然后伸手去拉住按照原来的速度先前行走的陆单双。

"嗯？"她莫名其妙地转过头来问。

"听到猫的惨叫声了，不知道哪里传来的。"边说边扭着头四处望着，像是在寻找目标。

"我好像也听到了，可是也不知道在哪里。"她的表情笃定了起来，也四处望着。

"先往前走走。"他拉起她的手，陆单双奇怪地盯着他的脸，不明所以，他的注意力向来很奇怪，明明是很普通的猫叫却引起他的这么强的专注力。

"喵！！！！！"突如其来的一声惨叫，像是要撕裂人心一般，陆单双转过身去看着呆立在原地的林一二。"好像在前面的草丛里。"她说。

"去看看。"他们跨过路边的绿化带，马路旁边有道斜坡，林一二走在前面，陆单双跟着跟着撞在他后背上，他突然停了下来。

"怎么了？"陆单双越过他的身体想要一探究竟，而这时她已能感到林一二的身躯在瑟瑟发抖。

林一二迈开脚步就往斜坡下冲去，这时陆单双才大声尖叫"天啊！"

怎么会有这样的情景发生：斜坡下有两个岁数与他们差不多的青年人，手里拿着粗粗的木棍子死命地袭击地上的一只已经血迹斑斑的猫，它不安地扭动着，可是幅度已经很小了，嘴里往外流着血。陆单双看得真切，心里难受地搅动起来。林一二跑到他们面前，一把推开他们。陆单双没有见过这样的阵势，林一二全身发抖，盯着两个被莫名其妙阻止的青年人，而后几乎是用尽全力量般吼了一声"滚！"他一声不吭地蹲下去摸那只猫，而它已经像是没有了声息一般，连小声的呻吟也没有发出。陆单双这才走了下去，而那两个青年人像是被惊吓了一般，已经欲要离开，因为林一二突然发出像委屈的小猫一般的哭声。大概是无聊到没人性的两个青年想要对一只毫无反手之力的小猫发泄罢了，而林一二如此大的反应又是怎么回事？

他哭得很伤心，陆单双从没有看见他这样哭过。

那是她第一次，也是她唯一一次见他那样哭过。

她蹲下去，拍了拍他的肩膀。他转过脸来的时候，泪水缓缓地掉下来。

——那是她最后一次，见他如此动情。

他说："它死了。"

　　所以那段时间，他又重新做起那个童年的梦：沿着一条粗大的绳子走，原先是平滑的，走着走着，突然遇见一个死结，然后，就醒过来了，像是在寻找某种东西。

　　眼前是清晨淡淡的光，透着薄薄的窗帘依稀能看到约莫是夏天早晨五六点的模样，太阳还没出来，这些从地平线之下折射上来的光，把这个世界唤醒。

　　他想再睡去，可是脑子里，却生动地闪过昨夜的情节——他第一次和陆单双说起那只猫，第一次在她面前流下眼泪。它在他的心中，分量仍重。

　　"我家以前有一只猫，是我养的，妈妈不让养猫，所以一直放在老屋里养，我怕它跑丢，所以一直把它囚禁在那栋两层楼的房子里。我天天都要去喂它，一天两次雷打不通，后来妈妈在我的央求之下同意让我把它接回家，但是前提是必须关在阁楼里，我同意了。在那之后……"他说完顿了一下，眼眶红红地盯着空气莫名发呆，陆单双察觉到这种情绪想开口说些什么的时候，他又继续说道，"后来我被弟弟欺负到哭的时候，就会跑上阁楼，抱着小猫哭。以前或许是自己生性懦弱，也习惯了被忽略的原因，我从未想过要给猫咪取一个好听的名字，于是就"喵喵，喵喵"那样地叫它，这样或许更亲切。与其弄一个彼此都要花费时间来适应的陌生名字，还不如从一而终。"

　　"就像是现在的生活，你也尽可能的和很多人保持距离，你并不是个很能融入人群的人，像是喧嚣世界里，你依然有寂静的气场。"陆单双突然文艺了一番，不记得是哪一本书里曾经看过的话，但是套在林一二身上却恰如其分。

　　林一二只是依然保持着他的叙述："在我的整个童年和少年时期，它一直陪着我，后来有一天，它失踪了，我哭了很久，后来我想，也许是我不再被需要了，又或是世事险恶，人心险恶——因为很多人都说，它是被抓了。"

　　"失踪了？"陆单双呆呆地想，下午见他如此大的反应以为喵喵也是遭遇过这样的暴力。

　　"是在它回到新家没多久，有个停电的晚上，我将它的链子解开了，让它自由活动，可是它却跑了出去，然后就再也没有回来过了。"他说完抱着头蹲下去哭，连哭都没有发出声音，果然是太会隐忍的人啊！陆单双拍了拍他的后背。

　　"它走掉了，后来就没有再出现过。"林一二将头埋在双臂里，依然声音哽咽地说道。

　　因为黑夜太黑，因为人世险恶，所以你再没有找到回家的路，所以你再也没有找到我那颗曾经放置在你身上的心。消失在黑暗人世里。后来的我，其实是相信——人生或许是没有设定也无命定的，不然这些情分的终结为何都毫无征兆，只有开始？

　　"可是这样你肯定哭了很久吧？"陆单双安静地听他说到这，终于忍不住插嘴。难怪今天下午看到那只猫的时候，你的反应那么激烈。她没有说出来，只是在心中默默地自以为。他肯定很难受吧！

　　"嗯！以前有人叫我爱哭鬼，有一次猫咪被送给叔叔养，它被接走的那天，我哭了一天，眼都哭肿了，它第二天又回来了。可是那时为什么被送走我都忘记了，但猫咪被送回来却不是因为我哭得很惨。我的哭在家里一直都没有威严，我很少在他们面前哭，我即使掉泪，也都会自己藏起来在被窝里哭。似乎是习惯了，老是以为那是一个悲惨的梦，哭着哭着就会醒过来了。"他说着说着自己微微扯了一下嘴角，笑了，然后又说："可是我自己，很少真的梦见自己哭，我总是梦见一条巨大的绳子，我沿着向前走，走着走着遇到死结，然后就醒过来了。"

　　"那是你在找喵喵吧？"陆单双若有所思地问。

　　"不知道呢！都好多年没做那个梦了。"像是被成长打开了一道门，然后就觉得完全无所谓了——然后就都消失了，那些所谓的情感。

　　可是那些以前所谓的懦弱，她显然都没兴趣，而关于最后令他成长成今日的事，她也没有问。

——反正，谢谢光临，我的生活。

——我知道，如果没有你的出现，我的生活也将这样继续下去。

——只是有你存在，好像一切变得不一样了，往事被打开了一个缺口，企图用温暖的如今，来暖化它们。


# 伍 [问]


知道他为什么打你吗？

没有人问过林一二这个问题，他也不想知道。因为他是坏学生，他要打谁都可以。

知道她为什么会找上你吗？

没有人问过陆单双这个问题，她也没有兴趣知道。反正她也不是好学生，她闲着无事想要对谁八卦想要质问谁，或许都是正常的事。


这个小小的镇上，几个小小的县城。每天能擦肩而过的机会，是多少？

我们每个人，能重叠在一起的一样的悲伤，是多少？

我们曾有的幸福，来自于哪里？

没有一个人的命运能被预知，谁都不想不堪，我也想变得更好！


可是你的更好，来自于他人的不好。

他人的更好，来自于你的不好。

# 下 阕

[ 烟 火 人 间 ]

我们除了会羡慕别人的生活，妒忌别人的美貌与天赋，忽视别人的努力与辛苦，还会做什么呢？

那颗迟钝缓慢成长的大脑，除了看着成绩的忽升忽降外，还想要得到怎样的意外呢？

壹 [美象]

"那天他被班主任骂完之后，走出校门后还是往酒吧街的方向去了啊！"

"这才是他啊！不然就不是杜大了。"

"呵呵！也是啦！"

"原来他还有亲戚，听说那天晚上他们在办公室里翻脸。"

"好像家里挺有钱的，不然杜大怎么能一个人撑到现在呢？"

"可据说杜大拒绝了他们的资助呢！"

"说笑的吧！他又不会赚钱，怎么生活啊？"

"谁知道啊！"

"喂！你知道他爸爸的事么？"

"都没听说过。"

"貌似从十几岁开始，他就没和他爸爸一起住了吧！"

"这才是杜大啊，一个人自由地活到现在。"

"好羡慕！"

……

这些来自于校园每个角落里的课后谈资、甚至是身在家庭深闺里的好孩子好学生们所向往的生活，究竟是怎样来的呢？谁知道。

我们除了会羡慕别人的生活，妒忌别人的美貌与天赋，忽视别人的努力与辛苦，还会做什么呢？

那颗迟钝缓慢成长的大脑，除了看着成绩的忽升忽降外，还想要得到怎样的意外呢？

如果那些传来传去，说到耳朵都要起茧的话语，要被一句句捡起来，全部缝补成一件岁月的衣衫的话，穿起来应该不像是人类身躯所能披裹的吧？

——单亲家庭、与父亲疏离多年、亲戚对之不闻不问，坏孩子这样的名称随意排列组合起来，都会让人觉得怜悯，甚至是可悲的吧。

可是谁都不知道，那天晚上他在走向酒吧街的时候，边走边哭。就算外表多么不可一世，成长的道路多么不羁，受过多少的历练，但他还仅仅是个少年！这条每天走的路上，除了他，再无别人。这所学校里的那些跟班，似是他辉煌的伙伴们，无一能跟上他的脚步。

谁输在出生的起点上，谁就要快步跟上来吧！岁月这样说，但背后依然是空空寥寥。

已经没有别的道路了不是么？要对得起自己，就要努力活下去，不能连累别人，因为不知道哪一天自己死去的时候，会不会还种下不可饶恕的罪。

可是早就已经种下的罪，却一辈子在逃脱，而事件里的那人，却像是冤鬼一般纠缠不清。

他从十六岁那一年开始，因为环境变更而不得不重新寻找的谋生之路，便是在这附近其中的一家酒吧打工。

而过早独立起来的少年，心中拥有太多惴惴不安的因素，便令眼中对诸多世事充满漠视。但内心想要得到的，无非是活下去的资本。

时间像是不会过去似的，从十一岁那年开始，就要一直忍受这样不堪设想，不能回头的事。可是做多了，也麻木了吧！连爱，都像是要施舍的，谁要，拿去。

——"那一年，爱宛似你留下的一个美好的表象，像一颗春眠的种子般，虽然之后你都忘记了，连岁月残渣都不如，而我却记得。"

杜双城将手抽了出来，将另外一只手叠在课桌上面，继续睡，可是脑子里却深深地刻着那个人的面容。自从那次打架事件之后，他觉得自己的威信有点儿下降了。因为他连自己的原则都失去了，当年架着刀子去打架，尽管没有事可以闹，可还是生生地砍了人家两刀以保住自己的面子。

这次却因为那个女生挡在自己面前而丢掉了所谓的原则。

可那是因为他们不知道，其实这一切因她而起，又因她而变。

十一岁那年的冬天，很冷，宛似世间所有的薄云浓雾全都聚在一起，笼罩在他的心头。

那一日，杜双城又一次从家里被父亲打骂着出来的时候，他在街口随手操起一块石头，以抛铅球的姿势，双手抬起就往父亲的方向砸去，可没砸中，后面的人骂骂咧咧地往后退，他则像逃命的兔子般红着眼睛往前逃。

其实不敢跑太远，跑了几步就累得在镇中心广场坐了下来，冬天的大街，寒风四处找罅隙钻来钻去，好比捺不住性子到处撒野的小孩。杜双城出来的时候还没吃晚饭，这会儿肚子又开始叫了。衣服穿得还是够的，因为在家中安坐着，即使是在室内，冷飕飕的风还是会在空荡荡的房子里面来回串门，所以总是会穿着厚实的羽绒服。忘记从什么时候开始和父亲吵架了，大概是从母亲过世之后，那个女人大方得体地来到自己家之后吧！他低头盯着自己的双脚，脑子里却不停地想起那个女人的恶心嘴脸和父亲发怒的脸。所以脚忍不住地一直大力蹭磨地面，窸窸窣窣的声音，被风声埋没。

他突然觉得好饿。那个仿佛不是他家的家，宛似年少的城堡被别人侵占，所以内心升腾起莫名其妙的抗拒心理，可是懂事之后才发觉那些都是很本能的反应。母亲去世，父亲再娶，谅再懂事的小孩都会替死去的母亲感到惋惜，何况曾有那些伤心往事……

一个人坐到了入夜，看着小镇上清冷的灯光慢吞吞地一盏盏亮起来，眼前的鞋子过了一双又一双，这街头像是巨大的人生秀场，走不完似的。约莫是到了吃饭的时间，人才渐渐地少了下来，这时他才有了被家抛弃的感觉。

出来的时候钱也没带，现在回去肯定也很孬种，而父亲也绝不会那么快便出来找他的。干脆就逛逛吧！他漫无目的地在街上走了起来，路过小吃店和包子店的时候，肚子总是咕咕叫得很大声，比起肚子饿，这些声音更像是嘲笑。

女孩是那时候从包子店里走出来的，一脸幸福的模样，脸上挂着微微的笑。双城呆呆地看着她，咽了咽口水，然后和她擦肩而过。她看起来很好看，特别是洋溢着笑容的时候。她手里捧着装在纸袋里的包子，眼睛却看着对街的方向，有一对中年男女在那里站着，笑语嫣然地看着她，大概是她的父母吧！双城想着，却在突然之间看见街角的一个死角，父母看不到她而她也看不到她父母的地方。

他捂住持续叫嚣着的肚子，快速地跑过去，压抑着内心翻滚想要吐气的动作，跟在她的身后。他想，只要她一走进死角，我就从身后夺走她手上的包子，之后转身跑进胡同里，那就可以了。这个过程在脑子里面排练起来顺其自然，宛若天成。但是他却惴惴不安着，怕她大叫，怕她反抗会打他，他可不想打女孩子。

但是他抢过她手里的包子的瞬间，女孩子却转过身来，只是平静地看着他。

这是他人生第一次抢夺。

他原以为她要大叫，可是她没有，而且还淡定地挡住了想要捂住她嘴巴的手。

"你怎么抢我包子。"女孩淡定地问，仿佛在问他，你今天吃饱了没？

杜双城呆呆地站在原地，忘记了刚才想好的计划，甚至忘记了迈开脚步逃跑。

"你是不是肚子饿？"她走近一步，然后问："你说啊！"

他重重地点了点头。

"我还有钱，我再去买。"她说着，然后像个小大人一般绕过他，往走过来的路折回去。他一下子呆了，不知道该做什么表态，这样子直接跑掉也太孬种了，于是他脸憋红了很久之后才说："还，还给你！"像是施舍一般，这样得来的，跟侮辱有什么区别？他突然觉得很难堪。

"给你吃啊！"她笑了，这样温暖的表情跟这清冷的冬夜很不搭调。

"你，你叫什么名字？我会把钱还给你的。"他紧紧地抓着包子的纸袋，肚子更饿了，肠胃发出翻滚的声音。

"不用，我等下就走了，我不是这里的人。"

她没有告诉他叫什么，也没有再理他，他就那样愣愣地站了一分钟，再次抬头的时候，看见她站在包子店门口，昏黄的灯光下，笑着跟店家说要什么包子，大概是这样吧？

他转身走进黑暗的胡同，眼泪掉了下来，这包子的味道所带来的慰藉，很温暖很像妈妈！

# 贰 [假象]

　　吵。

　　本来就很喧闹的环境里，还要掺杂着男女生高低不一的说话的声音。杜双城斜眼看了那群在班里嬉闹的同学，叹了一口气。手里的笔，又握紧了一点儿。

　　真的很烦。

　　杜双城手中的笔快速地在纸上移动，那些字或许只有他自己当下才看得懂。而老师对他的要求也只是作业的份额能够完成，根本不管其中的质量。

　　他正要发怒让班级里的同学们安静下来的时候，前门被愤怒地踢开了。顺势带进一阵风，那阵风，迅速地飘到他的面前来。

　　"杜双城，你是不是喜欢那个臭丫头。"赵萌萌摆着平时最喜欢摆的、盛气凌人的姿势，站在他的书桌前。

　　"说谁呢？"杜双城原本不想理她的，但是看她这想要吵架的架势，若是不理她，想必会让她脸挂不住而闹一番，在多一事不如少一事的时候——他只好冷冷地看着她，顿了一下，见她没反应就抬起头来看着她说，"而且我喜欢谁，由得你来问么？"

　　"我当然要问，因为我喜欢你，你也要喜欢我。"这么大声，全班的同学都瞬间被镇住了，不是因为她声音过于大，这班里本来就吵——而是因为那句"因为我喜欢你，你也要喜欢我"的话，所有的声音宛似突然被关了静音一般，又像在酝酿着下一场猛烈的暴风雨。

　　"谁说的？"杜双城停下手中在抄写的作业，然后一把搂过旁边的同桌男生，在脸颊上就是一吻，"看到没？我爱亲谁就亲谁——何况，我爱喜欢谁就喜欢谁，你又管不着。"全班再次死寂一般。杜双城……吻……吻了那个男生，女生们都仿佛在做白日梦一般，揉了揉眼睛瞪大着眼看着。

"杜双城，你别想刺激我，从我们一起做过那件事之后，你就别想撇下我。"这时那群死寂一般的同学，此时又发出类似恍然大悟的声音，细细地汇在一起，这时赵萌萌脸涨红着。

他像是被戳中秘密的重点一般，站了起来，然后搂过她的脸。

五秒过去了，她像是还没反应过来似的，就被暴力地一吻。

此刻，心底有些东西突然苏醒了，复苏了过来，于是她猛地推开他。本来以为阒静的森林，此时吹过一阵猛烈的风，摇摇摆摆着，犹如此时站不稳的身体。她晃了晃身体，然后靠着桌子站稳，用一副不敢置信的表情盯着对方。

"够了吧！拿着这点儿喜欢，爱玩什么玩去！别来烦我。"在场的人无不石化，特别是刚才那个还没反应过来的男生，表情像是吃了腐败食物一样难受。而所有的人，好像还沉浸在赵萌萌的那句"一起做过那件事"里，像是青春岁月里的所有猜疑，无一不指向暧昧的情节。

赵萌萌落荒而逃，教室门被砰的一声关上，那帮人才从这场突如其来的暴力爱情戏里醒过来，耳边就听到杜双城冷冷地说："谁多嘴把今天不该看到的事说出去，我就把谁的嘴撕烂。"然后他又气定神闲地坐下去继续抄作业。

这宛若是大人世界里的爱情争斗戏，却在高中的世界里提前上演。

这一切，究竟什么才是真，什么才是假？

他自己也说不清楚。

可能爱你是真，恨她是假。在纸上移动的笔突然停了下来，在稀稀拉拉的声音里，他突然闪过一丝这样的想法。他记得，从很多年前第一次看见那个女孩开始，心中就有了一丝爱意，后来再次遇见的时候，心中或许再次萌动了多年前隐藏的种子。可是那时，却只能远观而不能靠近。而她，他冷笑了一下，赵萌萌，那个像冤魂一般纠缠不放的人，他恨她，所以他相信只要她不来找他，他绝对不会再想起她——只是好像依然做不到漠不关心。

他也懂——爱的反面不是恨，而是冷漠。

赵萌萌在那天下午被杜双城气走之后，连课都没上就回宿舍睡了一个下午。心底五味杂陈的，她一时也理不清那是种什么感觉。而关于杜双城的吻，对象因为是个无辜的男生，所以她一点儿都不放在心上，他肯定是为了刺激她。但对象若是个女生的话，她肯定会利用自己所能够做得出的一切手段去把那个女生搞垮吧！

她就是这样的人，可是是从什么时候变成这样的？大概也是因为杜双城，还有那个名叫母亲的女人吧！所以，为了让自己可以更自由以及更好地生活，可以和别人联手将自己的母亲送上没有归途的人生低谷。或许她心底还是善良的，但那仅限于自己幸福的范围内，过界了，她便会如一只发疯的猫。

夜晚凉凉的，她一个人从宿舍的床上坐起来，空荡荡的宿舍里，甚至都没有人回来过。

宿舍里的人都害怕她，所以很多人都宁愿下课后直接去吃饭，然后去逛校园或者到自习室去学习，直到学校放热水的时间才回到宿舍洗澡。而即使回到宿舍，和赵萌萌之间的交流也很少，明明是同在一个屋檐下的人，却形同陌路。

她慢吞吞地去食堂吃饭，吃完饭又无所事事地往教学楼的方向荡去。

其实是很无意地，就看到陆单双坐在靠窗的位置上，于是便走了过去。或许是上周五的事让她仍然有些愤愤不平，出于好奇心理，想心平气和地去问清楚。反正她自己也说不清楚，心中究竟是怎样的一种感受，妒忌抑或是单纯的好奇？

她问："我可以坐在这里么？"原本以为用这样的语气或许可以博得她的一点儿好感，可以再靠近一些，因为若是平时，她肯定是二话不说就直接霸占。

可是陆单双在抬起头来的瞬间，看到是她，当即就说："这里有人了。"虽然是不大的声音，但周围的人都回过头来看着她们。或许是自己觉得脸挂不住，想发火也不是地儿，于是便忍了忍站起来往外面走。

倒霉的是出门的时候，就看见杜双城走了进来。原本想着不理他，但是走了两步又违背良心地问道："你怎么也来这里？"

他站在她面前，眼睛却飘向别的地方，摇了摇手中的书，没有说话。像遇到烦人的老师一样的表情，一副爱理不理的表情。

"看不出来嘛？你也来学习？"她鄙夷地说，然后像是突然想起什么似的，往后面看去，继而又说："你该不会是因为某人吧？"再次回过头的时候，她意味深长地看着他笑。这笑里，含有一种肯定的意味，她肯定了心底的那种情绪是妒忌，而不是好奇。为什么凭空出现的一个女生，却轻易地取代她多年处心积虑想要争夺的地位。

"你究竟想说什么？"杜双城的眼神终于与她对上了，只是眼里依然带着漠视的，还藏有一丝不耐烦的气息。

"陆、单、双是么？挺好看的！你眼光真不错。"她不再笑，神情凝重地，一字一顿地将她的名字念出来。

"你刚才找过她？"眼底暴戾的气息在听到这个名字的时候，好像突然被驱散了，而语气也稍微有点儿紧张。

"怎么了？不让呀！我只是想和她发展一下姐妹关系而已。"她再次走上前，脸已经快贴着他的脸了。而心底却咕咚咕咚着，脑子里不停地想起今天下午的情形。于是又下意识地后退了一点儿，眼睛与他保持对视。

"无论如何，你离她远点儿。"他冷冷地说。

"凭什么？"

此时，他往前一倾，将嘴唇印在她的嘴唇上面。心底仿若爆出千万朵噼里啪啦的火花，又像是青春的荷尔蒙在炙热的心房里不断地膨胀膨胀。

怦怦怦！她的心在跳。

即使她心底再怎么清楚这只是逢场作戏，或许只是应付，而且还是为了保护那个女孩，可她想到这里，不愿再想，所以宁愿相信。

"凭这个！"他笑。

反正，比起让心爱的人受委屈，而且还是在不知道自己的爱之前——

这样的一点儿付出，根本不算什么。反正这么多年来，为了生存，已经付出了太多不属于自己这个年龄层的东西了。杜双城莫名地扯着嘴角笑，像是小时候赢得胜利的孩童般。

　　风宛若停了下来，为这紧张的气氛而驻留了一会儿。而后又吹了起来，空气依然冷冽，穿堂而过的风，扯动着她的头发。

　　"难道你不会后悔的么？"她见他脸上挂着莫名其妙的笑，却宛似心怀鬼胎般，再次打破这风吹不开的沉默说。

　　"后悔什么？"他依然带着笑，笑里带着一种莫名的情愫。

　　"后悔这一辈子，都要被我缠上啊！"她靠在走廊上，眼神飘忽地盯着他说，而回忆里却想起那难堪的情景，昔日妇人的叫声尖锐地撕裂着记忆的耳膜。

　　"你以为我摆脱不了你么？"他突然恶狠狠地说。

　　"那倒是，当年若是没你，我们都没今天啊！"她又远离了依靠着的走廊围栏，将脸凑近他，然后一字一句认真地说道，恶狠狠地，像是要吃掉他——如果可以的话。她想。

　　他顿了一下，像是又被刺痛心底的某根神经似的，然后上前捏着她的脸颊说："别跟我提往日，那些，都是拜你妈所赐，你以为我真的在帮你？其实——我是在报仇。"他的眼睛突然瞪大，她像是被吓到一般，往后退去。

　　"别再纠缠了，该说谢谢的，是我。"他说完将手放下，然后决然转身，往来时的方向走去，连初衷也都忘记了。快走到楼梯口的时候，他又突然转过身来说："而不是你。"

　　这一系列的动作，像是为这场戏份画上一个称职的句号般，连台词，也都说得完满。

　　她颓然地在走廊的墙壁上，慢慢地靠了下去。

　　风，又好像突然大了起来，像是回荡在心房里的无尽的岁月猜想。

她和他一样，都想摆脱那个秋天的庭院。

那仿佛是，属于他们的，唯一的秘密。

而自己是怎么了？一直在提起往日那件不堪秘事。是为了抓住那个岁月的把柄，还是为了那句"这只能是我们两个人之间的秘密"？她不知道，她只知道，她爱他。不惜一切手段都要在他身边。

## 叁 [飞蛾]

十岁之前，他不懂这个世界缘何如此杂乱不堪，所有人情世故都像是一张复杂的网，将自己笼罩在其中，而没有挣扎的余地；十岁之后，他不懂这个世界为何变化这么快，母亲离世，父亲再娶，自己离家出走——那张网说烂就烂，没有余地。

就如同那句："妈妈，别走。"还没说出口，甚至连最后一句撒娇都没有，这个美好世界，就随着母亲的离去而悄然破碎。自此后，他的生活就只剩下一片狼藉，像是秋天荒凉的庭院般，等待着残酷的冬季到来。

母亲是十岁那年的秋天离开的，她独自一个人离开了人世，在那之前，她最记挂的人，肯定是我。杜双城没有和任何人说过这些心里话，也没人可说，这个急剧变化的世界，让他更急切地想要保护自己，而将自己封锁了起来。

他记得，父亲是那天凌晨才赶到医院的。

而他一个人，守着母亲的尸体，在清冷的太平间里，从傍晚到深夜。

那天晚上，他看见一只巨大的飞蛾，在清冷的太平间里不断地扑腾，像是母亲离世前在挣扎的心一般，也如同自己即将要挣脱离开那张网的姿态。直到很久之后，他再次想起那只飞蛾，再次想起自己的当时难堪的处境。飞蛾在记忆里，一直扑棱着。那天凌晨，直到他哭完了，然后站起来将门打开，那只飞蛾才飞了出去。再次抬头的时候，他就看到父亲的脸。

那是一张既没有悲伤也没有欢喜的脸，一如既往的严肃，就像躺着的母亲一样。双城没有看他的眼睛，只是掉头看着躺着母亲尸体的柜子。他很害怕，从傍晚坐到现在，肚子饿了，他也没有走开，就一直哭，没力气了停一下又继续哭。医生和护士多次要拉他离开，但是他不懂自己身上哪里来的力气，从护士手中挣脱开来，将医生的手臂咬到淤青，直至他们都放弃劝他离开。那一刻，仿佛母亲即将离去的灵魂在附身飞蛾之前附身在自己身上一般。

父亲一下子抱起他，说："这里不是小孩子待的地方，医生怎么让你进来的？"

"爸爸你没来，我要守住妈妈。"他低着头，手里的拳头却紧紧地握着，他想问，"爸爸你怎么才来？"但是他没有问，而是说，"妈妈刚才飞走了。"他指着飞蛾飞走的方向说，父亲没有理他，而是呆呆地站着，像是站在一具陌生的尸体旁边。

那一夜的太平间走廊，像是突然升腾起一个巨大的记忆磁场，往后的很多夜晚里，他的眼前总是多次出现那样的情景。

人的灵魂就像飞蛾，就那样轻飘飘地飞走了，或许在他之后的生命里，都会以为飞蛾就是人死去的灵魂，而理想也应该是生活的灵魂吧！

而自己那些残余的生活的灵魂，会在什么时候悄然飞走呢？

"或许对于我这种人来说，理想和美好的生活就像一只很大的飞蛾，携带着漫长的生命去扑一场叫永恒的火，可是谁都不知道哪一日火会耗尽，而飞蛾可以停止这样的宿命。"

自那之后的许多年间，每每恍惚而过当年那个场景的时候，他就会在心中默默地想起这些宛若生命对自己的暗讽揶揄。

十岁那一年，母亲因未知（至少对他来说是未知，且在那之后——来不及问就与父亲的关系决裂然后一度降至冰点，两人已经无法再打开这个悲痛且对他来说久远的话题）的疾病在病床上躺了短短一个星期后去世，而后的日子浑浑噩噩地过，甚至自己都再也想不起其中的细节。

之后对这段时光以来的所有记忆的伊始，或许便是来源于后妈（也许他不属于这个称呼，因为从她进家门到她离开的那段时间里，他没开口叫过她）第一次出现在他的家里。

那是母亲葬礼的时候，她来了，在很多人中间显得好看而又妖娆。小孩子的眼睛清明，一眼就看透她与父亲那欲说还休的缠绵关系。因为她是唯一一个父亲亲自去迎接的女人，而且她还是最后离开那个悲伤阒寂的家的。他那天跪在母亲的棺材前，已经感觉再怎么也哭不出来了。对于他，或许是残忍的，小小年纪便要承受那样的生离死别，而且母亲连一句遗言也没留下。

那天他去看母亲的时候，走在人声嘈杂的医院走廊上，每一个人的脸上都是冰冷的表情，没有一个人对自己笑，没有一个人认识他，他像是闯入别人世界的小孩子一般，往母亲的怀里去找出口。

他快跑到母亲的怀里的时候，才发现那个入口被堵住了，医生从里面走出来，护士从外面小跑着进去。他脸上没有笑容，而平时他会对医生笑笑说："我妈妈今天还好吗？"或者跟护士姐姐打招呼说："下午好！"又或者是"晚上好！"但是这次没有，他们的眼神都没有落在他身上，这所有的一切像是隐喻一般，他们在目睹着一个生命的离去，像是一场无比神圣且悲伤的仪式。

于是他走近那个病房，看见的，便只是母亲僵直在白色被单里的身躯，摸到的，只是母亲冰冷的双手。

他没有哭闹，仿似那一刻没有人给他打开一个缺口，供悲伤释放。

直到护士来将母亲盖上，然后小声提醒他说"你妈妈死了，该送去太平间了，我们会联系你爸爸的"的时候，他才开始放声大哭，他抓着母亲的手，一直哭，不肯放开。

护士们也对他没有办法，于是便让他待在那个冰冷的太平间，等待着他家中的大人来领走尸体，并且办理一切的手续。

从那时开始，他小小的脑子里，便深知这人世的悲凉，平时对你笑关心你的人，到了最后利益终结的关头却仿佛漠不关心，互不相识。而那个最爱自己的人，却只是永远地合上自己的双眼，不管自己的冷暖与悲喜。

生，便是那样结束的。
而生，也是这样开始的。

## 肆 [秋天的庭院]

这一切，像是秋天的庭院。

春天过去了，夏天的炙热也过去了，剩下秋天的扫院人，来清扫那些以往。他再怎么阻挡，也阻挡不住这一切——轮回。

"在别人家里住着，你就一点儿都不害羞么？"十一岁的杜双城对眼前的小女孩说，像是再次重申她的母亲是侵略者一般，而心底则是希望在他们还没举行婚礼的时候，仍可以存在一丝的希望将她们赶出去。

赵萌萌看了看他，很久之后才回答："因为我也不想留在这里。"事实上她觉得留在那边跟父亲生活会更好一些，父亲很爱她，而且家里也富裕。至于母亲则是将自己当做筹码，发疯似的要求让女儿跟她，或许她这样就可以每个月拿到那笔可观的赡养费，而在十八岁之前的她，是没有完全的财富支配权，她必须受这个疯狂的母亲控制，而且还要看着她，像是撕破脸皮般，想要进入别人的家庭。

"那你可以离开啊！"他淡笑着说。

"我妈会打死我的！"她的表情看起来怕怕的，虽然很胆怯，但是语气却依然笃定。

他们是在夜晚的洗手间处相遇的，此刻两人都沉默下来的时候似乎可以听见偌大的房子里回荡着呻吟的声音，像是房子的，又像是情欲的声音。

"那，把你妈妈赶出去吧！赶出我家，你就可以离开了。"他的表情突然凶狠了起来，她被吓到了，身体往后退了一步，然后不假思索地跑回房间，一夜都没有再出来。

此后的几天，她都避着他，恰逢是转学期间，很多手续都还没搞定，根本没有可以逃避的地方，唯有期待他去上学，或者与他父亲争吵，然后一个人跑出去，那这个"家"，她就可以随意走动。

可是日子这样一天天过去，她甚至觉得这是在磨灭自己的快乐。

母亲有了幸福，对自己宛若是不闻不问，而那个男人，从来都只会在母亲面前，对自己寒暄一顿。她在这个家里，能做的事情便只是吃饭看书或者发呆，她一个人不敢出去，这是一个陌生的小镇，好像到处都能看得到那个小恶魔的身影。仿佛他对她母亲的恨，全都转移到她的身上来，似乎她才是不该出现的人一样。其实我才是无辜的。她懊恼地想。


杜双城以前是学校的孩子王。

而他是在母亲去世后，感觉到学校里那些小女生对他开始疏远的，身为学校孩子王的他，这样的疏远未免有些难以接受。而在他的心里，对母亲的怀念与悲伤，似乎都是从家里开始的，一旦要回到那个曾经温暖的地方的时候，他就满怀惆怅。

如果杜双城不是四方镇的孩子王的话，那他的一生，会如一株小树般苗壮生长么？像是毫无关联的话题，却被摆上命运的舞台。

而他在作为孩子王的时候，还没有看到命运的端倪。

又或者，它原本就是毫无端倪的，再次回首看见的不过是无力的回顾。

在他一年级的时候，那个名义上为女朋友的，叫顾诗婵的女生整天黏着他，她像是缠在一棵高高的树上，别人都只能仰望。而那些树下的女生，仰望累了，便一一散去。仿佛都对他失去了所谓的倾慕之心。他长得好看，家里有钱，不穿校服的时候穿着那些好看的衣服，在学校里到处招摇老师也不会轻易找他麻烦。那些女生，都是如此倾慕着他的。

而杜双城是不甘寂寞的人，但他对这样的改变也束手无策。

后来他看电视剧的时候终于明白，一个王，他是不应该被情感所束缚的，当然，那时的他，是不懂得所谓情感，只是一种作为男性的本能的霸占罢了。

那一晚，他很开心，并做了奇异的梦。

第二天，他大声对她们说："从今起我不属于谁，但是你们可以属于我。"这一句豪言壮语从他小小的心里流了出来。

那一刻的他，自己的形象在自己心里显得威风凛凛，四面八方。

他享受那种沉溺在无法呼吸的人群中的感觉。

而顾诗婵却像是挂在树上抓不稳树干的考拉，一下子掉到了属于平民的地面。像是戏剧般的，她一下子对所谓的仰慕失去了兴趣，甚至一度变成了厌恶，而且组成了一个讨厌杜双城的协会，并与之抗衡。

这样的抗衡，在杜双城失去母亲的那一天开始消失。

因为那个学校里，已经不需要这样的协会来对抗杜双城的受欢迎程度；那些关于"杜双城母亲离奇死亡，会不会是……"的半命题话题以及流言在学校里悄悄地冲破杜双城的光环。所有的女生都像是逃避霉运或者诅咒一般远离他。这像是一个悲伤的童话故事，无意的流言轻轻地毁灭了一个小孩子所谓的"幸福"，或者说"虚荣心"。

杜双城的那些小小的爱恋，甚至在还没来得及记录在日志里，或者被人所赞颂流传之前，已经被扼杀在时间那小小的摇篮里。

或许小孩子的恋情像是没有守护神似的，要不然怎么会有那么多的初恋、美好的恋情终结于岁月里，并且无人记录呢！

轻轻地被遗弃。

而谁都没有看见他那小小的失落，就像雨后的小水沟般，流着流着就会归于往日的寂静。就像再怎么新奇的路走多了，也会变得平常。而通常，熟悉感和陌生度是很模棱两可的东西，他不懂为何那些女生会突然离他远去，而谁也没给他答案。母亲去世的打击，同学们的疏远，让他更加暴戾而桀骜。

这一切，该恨谁？

或许后来，他也是没有来由地在那场孤寂里"爱"上年级成绩最好的女生的。像是使命感一样，注定要你爱上了，你便爱了。而他小小的内心里，明白这只是种利益的驱使罢了，他在学校里的地位已经失去了以往的辉煌，而他深深地知道若是能和年级最好的女生在一起，或许就能挽回往昔的一点儿地位。

孤飞的雁只有找到相逢的伴，才能飞向天涯的尽头呀。

所以他靠近她了，开始只是静静地，在课间看见她的时候，会对她无邪地笑，而她却一次都没有理过他，甚至是白眼以对。以前和他一起闹哄哄的男生们，一个个都各自组成了小团体，集体对他疏离。他一个人再怎么坏，也显得单薄了。

每天回到家里，面对的是冷冷的房间和沉默无语的饭桌。

那个女人在饭桌上，只是一个劲儿地微笑，往父亲的碗里和她女儿赵萌萌的碗里夹菜，刚开始她会对杜双城献殷勤，而他每次都挡下她的筷子。父亲因此也生气过几次，而每次杜双城都会掀掉桌子，一个人往屋外跑去，直到半夜才回家。虽然他不知道这天生的反抗是来自于哪里，但他总是觉得那个女人不怀好意。而母亲才离去不久，他内心的孤独和寂寞，像是被悬在空气里似的，只要醒来，就置身于那种氛围内。

后来赵萌萌和他上同一所学校，他开始在人群里孤寂起来，而她却在流言里走进那些嘈杂的人群里。

她漂亮，而且性格开朗，而寄人篱下的身份，却丝毫没有影响她的受欢迎程度，因为她的反面，是不受欢迎的杜双城。男生们开始故意讨好她，女生们开始对她好玩的好看的玩具和服饰感兴趣，每晚他从学校回到家，都会听到从她房间里传出来的开心的笑声，虚伪地撕裂着他的耳膜。杜双城大声地关上门，开始给那个女生写信。

字体歪歪斜斜的，天真的表白不过是——"我会好好保护你的，我很喜欢你，我们交朋友吧！"那个年纪的他，丝毫没有用到"爱"或者"喜欢"的必要。

可是信还没有送到她的手上，他已经被出卖了。

那个上午，他威风凛凛地，一点儿都不想放下往昔的架子般，去找女生男生们帮忙送信，被屡次拒绝使坏眼色之后，他决定放学的时候，自己送去。

黄昏时，下课铃一响他就站在校门口外面的路上等她。

而从学校出来的女生们，一看见他就窃窃私语，仿佛得知了他那有预谋的追求一般。

那个女生走出来的时候，看见他的瞬间脸红得像西边的云彩。

"这个给你。"他走到她的跟前，没有注意到其他人的表情，直接地说。

她站在那里，不说话，脸上涨红涨红的，像是酝酿着无法爆发的情绪。

"你拿着。"他想要去拉她的手，她却迅速地闪开了。

"你想干吗？"女生紧张地问，像是一点点验证了今天的那些传言。

"我——"喜欢或者爱，要怎么说出口？他纠结着。

"他喜欢你啊，赵雅！他喜欢你啊！"这时，身边走过的男生女生们突然开始起哄。

而这时僵直到极致无法释放的情绪也终于像是被激怒了，女生的脸因为害羞而涨红着，口中吃的糖噗的一声，喷到他的脸上。

"不要脸！"说完这句话后，她便转身走了，留下杜双城愣愣地站在那里。

从来没有人敢这样对付自己，从没有。那一刻他觉得伤心极了。他站在那里很久很久，直到整个西边都暗了起来，有些不知名的昆虫开始叫了起来。他才慢慢地往家里走去，脸上还粘着糖的碎块，很不舒服。

可他总归是坚强的，没有哭，只是觉得很失落。

但是这些在他内心的创伤，重击，像是被一群小绵羊集体围攻一般，每个人路过心底那片翠绿的青草地的时候——

——都踩了重重地一脚。

所以，我会报复的。

伍 [无法衍生的罪恶，不能复制的善良]

"所以你后来开始报复的事，我都记得，你还记得么？"赵萌萌站在杜双城的身旁，两人在突然相遇的街角，聊起往日事情。

"可是我这么讨厌你，一副与你水火不容的样子，你为什么还要缠着我？这对你没好处啊！我又不优秀，你那时不是很好么？"杜双城像那些混迹在这里的坏孩子一般，抽了一口烟，然后挑衅地说道。

"这些我可不知道，以前想过为什么。可就是对你恨不起来，我很少恨，除了我那位在精神病院待着的母亲。"

"那她何尝也不是恨你？"

"那不重要，我幸福就可以。"

"你真自私。"

　　"自私都是你教的。"谈到这个话题，突然有些失落，她说完这句便转身走了，周末午后寂静的街头，只有一两只慵懒的猫走来走去，偶尔有狗吠的声音传来："不过仍然要谢谢你，帮我过上这么自由的生活。"

　　卸下了校服的他们，一点儿都不像是高中生。在这样的地方能遇到，除了赵萌萌处心积虑的跟随，没有别的原因。他们本是河水不犯井水的两人，但是她却一直紧紧地跟随着。

　　他觉得很厌烦。

　　他抽了一根烟，然后往酒吧街的方向走去。

　　"祝我们幸福！"他黯然地说，往事的确是无孔不入呀！

　　在看见她的瞬间。

　　美好的、黑暗的往昔瞬间如同烟雾腾起。


　　杜双城在酒吧当服务员，偶尔还能唱一两首歌，当做串场的嘉宾。而最开始的时候，那里的老板一度因为他的年龄不够而不敢招他。但最后他却死缠烂打，无孔不入地证明自己适合这个位置。只为了求生，为了在最不安稳的地方依靠自己的能力生存下去，这是一门极难的学问。在上了初中之后，他除了跟父亲拿钱之外，再也没有跟他说过话，因为他的昏庸好色，而让母亲深陷过早的死亡里。而高中之后，他已经离开了那个曾经的家，完全独立，像是一棵独立的小树，除了那一本证明他们是父子关系的户口本之外，在平常人的眼里，再也看不出其他的关系。

　　刚才与赵萌萌的相遇，其实也不完全是巧合，大概每个周末她都会到这边来，或是光顾他所在的酒吧，或者是来找他说说话，她知道在那里可以找到他，并且和他心平气和地说上话，而在学校里的两人，却总是很容易针锋相对。同在一个不安稳的环境里的两个极端，要么对立，要么互不相干，而不能像是其他普通同学们，相亲相爱——他们不能，他们必须维持自己的原则，在小小的世界里为王。这是他的劣根性，也是她的驱使性。

　　他利用他的强权，来维护自己的地位。

她用自己的强权，来维护与他的对等。

或许只有这样，才能在对等的地位上，和他走到一起。

她无疑是爱他的。

但是何时开始，她自己也忘记了。


年少时的一次小小的举动，像是大西洋另一边的蝴蝶扇翅一般，影响了太平洋这边的地动山摇。

她依然记得，在那次的黑暗走廊的谈话之后几年时光里，他与她相安无事，虽然同在一个屋檐下，但是相见的机会却甚少，他也越来越少准时在饭桌上吃饭，每次都是很晚回到家，然后温着那些凉掉的饭菜草草吃掉。那时的她躲在楼上的房间，即使关着房门，也能听到楼下的争吵的声音，杜月朗（杜双城父亲）的声音很大，而对手却始终是一头沉默的狼，最后的动作总归是发怒扔碗筷掀桌子，起初的几次，赵萌萌出去看的时候，都会看到他被抓起来打，可是后来，那个男人再也抓不住他的时候，他已经懂得还手，然后头也不回地离家出走，消失几天。但是，每次都能在学校里再看到他。

有一次他离家出走之后，在放学的路上赵萌萌被一群与她年龄相仿，但却比她高大很多的男生挡住，要求将身上的钱拿出来。语气里充满调侃意味。

在赵萌萌呆住的瞬间，他们的手开始不安分地往自己身上袭来，她觉得很别扭，那几双手，像是章鱼恶心的触手。

这时杜双城走了出来，抓住一个男生的手说："让她走。"

大个子男生转过头来看着他，脸上是匪夷所思的表情，他们大概还不知道赵萌萌与杜双城是没有血缘的兄妹吧！而在这个校园里，他们大概也不属于这种流言的存在——又或许他们根本不是这所学校的学生。

"为什么？"大个子放开他的手，问了一句。

"她没什么钱，放走她。"他也收回了手，然后转身对她说："你走。"赵萌萌依然愣愣的，完全不清楚是怎样的一种状况。

可是她心底明白，他们是在收所谓的"保护费"，又或者他们没钱了，缺钱用，而且她没记错的话，杜双城应该距前几天与那个男人吵架之后，三天没回家了。

她想了想，还是卸下书包说："我有钱，给你们！"或许是心底悲悯的情绪萌发吧！

杜双城双眼怒瞪，用不可思议的表情看着她，然后大声说："谁要你的钱？给我滚！"

她像是被吓到了，想要拉开书包的手悬空。

这时，前边的高个子已经抢先将她手中的书包夺了过来。杜双城眼神从她身上怒气冲冲地收回来，然后转身去夺回高个子手中的书包。

"你小子欠揍啊！"高个子抡起拳头，似是要打下来。

而那个瞬间，杜双城抓起她的手，狂奔了起来，赵萌萌在还没反应过来的时候，身体已经被用力地扯了出去，因为自身的条件反射而随着他狂跑起来。那个时刻，她既害怕又兴奋。


那是最美的夕阳。

在他们十四岁的夏天。他拉着她的手，卖命地奔跑着，后面的人似乎没有跟上来，或许觉得没有必要去追一个会逃跑的猎物，放学的高峰期，他们换另外一条路，依然可以截到很多学生。

不知道跑了多久，好像连家门口都跑过去了，赵萌萌挣开他的手，慢慢地站定下来，然后蹲坐在地上。

"那，那你怎么办？"她抬头看着不远处站住喘气的他问，又说："他们一定会来找你算账的！"

杜双城沉默着，汗水从额头上流下来，他不动声色地擦去。他完全不明白为何要帮她，也不知那种莫名其妙的正义是从何而来。反正做了，就做了。

他继续沉默着，僵持着那属于男生的骄傲的沉默。

"我的零用钱反正都够用，给他们就好啦！"

"别装好人了，我不需要你的施舍。"

"我……"她欲言又止，不知道该说什么，好心相劝的话语就这样被堵在对话的死胡同里。

"你走吧！"他依然冷冷地说，然后转身走了。

她呆坐在原地，想哭却哭不出来。

"又或者，他只是想要报复而已！却生生地拉扯上一帮不分青红皂白的人。"她突然灵光一闪，暗自想到，可是，自己不也是他想要报复的人之一么？他不是讨厌过自己么？

被悬空在惊恐与悲伤里的内心，不断地盘旋着那句："让她走！"

她很想喊住他，跟自己一起回家！

她只是突然觉得他很可怜而已，但他远远地走了，像是一次离别。单薄的背影消逝在渐渐暗下来的傍晚里，而她眼角的泪，也悄悄地落了下来，心中某处冰封的悲伤，像是，被融化了。

而十五岁那年的夏天的晚上，他终于再一次出现在家中，此前，他总是不定期消失，从来没有在家中过夜。

那么多的夜晚渐渐过去，单调的日子也如同冰箱里单一的速冻食物般不可选择。她也终于受够了这个冷冰冰的家了，她那个发疯的母亲，变本加厉地对她的亲生父亲索求更多的赡养费，而这一切，只因她与杜双城的父亲并不是真正名义上的夫妻，所以在法律的义务上，她的父亲还需要为这个只为了物欲而不顾爱情的疯子母亲付出赡养费。而她所做的一切，既是为了物质需求或许也是为了情感依偎。杜双城父亲其实也算是个成功的商人，可在他出差、杜双城也不在家的日子里，她就觉得这个家变得格外冰冷。那夜里缠绵不尽的、来来去去的各色男人，犹如黑夜的鬼魂一般。她从未在那个年纪上理解那些所谓的性欲的需求，而后来的她终于明白，在那样无止境的索求里，人的心，也会逐渐变得空虚，像是一个无底洞一般。

所以只要是杜双城父亲出差的夜晚，那个所谓的家中便会出现各色的陌生男子。

而她从来都视而不见，甚至也不会多说母亲一句。

但是噩梦，却是从十五岁那一夜开始的。

半夜时分，她发现有人在摸她，而她不知道这是梦还是现实，她翻过身子，然后呻吟了一声。黑暗里的那双手似乎更兴奋了，一下子伸进她的下腹部。她瞬间清醒了过来，并且大声地叫了出来，那个男人似乎被吓到了，手迅速缩了回去。她一个激灵坐了起来。双眼对着眼前的黑暗的影子，她持续地尖叫，在楼下的开门声响起之后停止。

杜双城便是在那时回来的。他像是突然出现的一道光，犹如十四岁那年夏天带她狂奔的"小英雄"般再次出现。只是依然是她一相情愿的想法。

黑暗里的男人似乎是隐隐地察觉到不安，便冲出房间；不一会儿，咔嚓的一声，之后又是嗙的一声，闷闷地在空气里传来。

他大抵是从二楼的阳台处跳下去了。

她缓缓地摸到台灯，打开的瞬间，迷蒙的双眼，眼泪就忍不住流了下来。她从未感觉如此的不安，这个家像个黑暗的、不断吞噬着光明的黑洞，甚至想要将自己也吸进去。

母亲还没有回来，那个男人应该是她的情夫之一，但却不知何时来的，大概是母亲留了钥匙或者不小心被拿走，或许甚至是一早就有预谋的，心想到这个，赵萌萌内心升腾起巨大的空洞，所有的幸福，那些开心的曾经，都被吸走了，此刻一点儿都不剩。

她像是一个离家太远的人，这人世的所有世俗业障，像是将她置身孤岛的缘由：母亲的自私父亲的无能为力以及他们的情欲，这些与自己无关的东西，却将自己悬在一个完全不想停留的空间里。那一刻，她突然深深地恨这一切，甚至恨死她母亲。

杜双城回来之后，也没有出什么声响，只是径直回了房间。她在黑暗里，坐了很久之后，眼泪也干了，才下定决心般轻轻地起身，往他房间的方向走去。

　　这一次，是她主动去找他的——但这一切，却是关乎自己生命转折的一个情节。


　　厕所传出哗啦啦的水声，他好像是在洗澡。

　　于是她就站在那里等，这时她好像不害怕了，不知道是因为他在的原因，还是那份恐惧已经过去了。

　　而刚才作的决定，却丝毫都没动摇。

　　他从厕所里出来的时候，她就站在门外，直愣愣地盯着那扇会开启的门。他看见厕所昏黄灯光下的她，那一刻的光打亮着她殷切的双眼，而他只是冷冷地看了她一眼，便伸手想要去关掉墙上的灯，她抓住他的手，将他拉进厕所，然后慌张地将门关上。她转过身来，便看见脸上都是淤青的他。

　　本来想问："你怎么了？"但是却觉得这些对他来说，是无所谓的关心，还是算了，因为他此刻正恶狠狠地瞪着她。

　　"我记得以前你跟我说过一件事！"她淡淡地说，情绪复杂，之后像是下了很大的决心似的说："我现在答应你！"她涨红着脸，而这些情绪却与那个被表白的女生完全不同。

　　"我现在的脑子里，只有一件事，其他的我忘记了。"他邪笑着说，这样的表情让她的心里发毛。

　　"你说过要赶走她的，帮我赶走她！"她没有说谁，若是他记得，应该就明白。

　　"那可还真巧，我记得的事，就刚刚是这件！"他笑了，扯开嘴角冷笑，那笑容不像是一个十五岁的少年所该有的，她愣了一下，然后突兀地问："为什么？"

　　"你不是已经想好了么？那还问什么？"

　　"那我要怎么做？"

　　"给我一个星期，之后——你就会清楚！"

　　他似挑逗般划了一下她的脸颊，那个动作，对于十五岁的他来说，显得太过了，但是配合着那时的情景，却十分搭调。

　　"对了！"他要打开门的时候，突然像是想起什么似的，转过身来问："刚才你鬼叫什么？"

　　"害怕！"她说。

　　"很好！"

　　他打开门，走进黑暗里。

　　夜，还是一样沉默，从母亲去世后便没有变过。无数个家中的夜晚，那种冰冷以及单一的气氛，是不会改变的，宛似珠穆朗玛峰山顶终年笼罩的雾气一般。

# 陆 [人间烟火]

　　人间烟火，烧得滚滚烈烈，远处村庄炙热的烟囱冒出白色带黄的炊烟，将人间食物煮得通熟；未知地的钢铁厂，一日又一日翻滚着高温的铁水，它成了教室的桌椅支架，还是高楼大厦的支柱？人翻滚的内心，恒温的血液，流过不断跳动的心脏时，会知道他们正在策划什么事么？若知道，那也是血液本身无法言说给他人所知的事。

　　翻滚的炙热，蒸腾不了那些仇恨，只会让她越来越迫切。

　　他从那一刻开始，便没有想要她死。

　　只是后来适得其反的结果却让他觉得，其实有时候，人活着，或许，比死更难。

"这个，可以算是我们两个人永远的秘密么？"她淡淡地问。

"必须是！"他如此肯定地说，那一刻她嘴角裂开的笑，像是一副胜利者的姿态。而她却不知此生，就是这样沉下去的。

那天他先从厕所里走了出去，她关上门，想让自己冷静下来，然后洗了把脸，才回了房间。

一个星期后，白天的中学校园。像他这样已经彻底坏掉的学生，似游魂一般，飘荡在校园的每个角落，所以他们在操场相遇的时候，赵萌萌愣了一下，她这才恍然记起，自从上次夜里相遇，已经有差不多一个星期没见到他了。

这时他走了过来，喊住她。

"她最在意以及最害怕的东西是什么？"他擦过她的身边，然后问。她慢慢地跟上，和他落下半米的距离，不敢与之并肩走。

"她每天都要化妆，以前这样，现在也是。我记得她年轻的时候，每天早上自己打扮完才会给我打扮，而且还会一个劲儿地问我好看不！"她顿了一下，看见杜双城依然若无其事地往前走，然后又说："所以，她最在意的，应该是她那张脸吧！"

"嗯！"他轻轻地答，随即打消了原本要出动人力的计划。嘴角轻轻地笑开，那是一个对于十五岁少年来说，超龄的表情，而他却早早地就做得如此自然。她看不到他的表情，也不知道他还想继续问什么。只是依然顺从地跟着。

"那她最害怕的是什么？"他又开口问，这时回过头来瞟了她一眼，之后眼神飘到其他地方去，然后又往前走，脚步几乎没有停顿，只是放慢了一会儿。赵萌萌停下脚步，绞尽脑汁想了想，突然想不出什么，便摇了摇头。走了几步，又像是恍然大悟般："我记得她很害怕爬行动物，她连乌龟都觉得恶心，所以我家里从没有养过这些类似的小动物。"

"噢？有比较具体的么？"他又问。

赵萌萌摇了摇头，沉默了一会儿，眼睛里像是闪过一丝恐惧的神色：

"她怕各种软体的活物，特别是蛇。"

杜双城微蹙了一下眉头，接着又摆着一副所有事情了然于心的表情问："你最近都在家么？"

"我又没其他地方可以去！"她懊恼地说："如果整天乱跑的话，她肯定打死我，她老是以为我会跑去我爸爸那里。"

"噢？那她不是整天不在家么？你偶尔出去一下，她也不会知道吧？"

"她总是行踪不定的！"确实是这样，无论何时，她想在家就在家，她不想在，你也不知道她在世界哪个角落："可是，最近几天她生病了，都得在家躺着，所以我每天放学后都得准时回家。"

"生病？"他可没想象过那个美艳恶毒的女人生病的模样，在家里每次见面，大都是针锋相对，她也曾想过示好，但是大抵是见着了父亲对杜双城爱理不理、实则理不了的态度，最后她也觉得这份讨好没有必要，所以逐渐变得更冷艳起来。

"嗯！貌似是重感冒吧！今早出来，她要去医院，叫我请假陪她去，可我不想面对她，就撒谎说今天要考试。"

"感冒？"他若有所思地停下脚步来，然后问："那她最近都在家里待着咯？"

"嗯！是啊！生病只能去医院或者在家里。"

"真是难得。"他突然很开心地笑，宛似在嘲笑她，接着又向前走去，这次他没有再放慢脚步等她，而是径直地往前走。

"哪？"她看着杜双城莫名其妙的笑，然后还想问点儿什么的时候，他掉过头来看了她一眼。

"你走吧！"又是这句冷冰冰的话，她愣了一下，然后又听到他说："家里见！"他像是故意将"家"字念得很重似的。

她呆呆地停下脚步。

好像有什么不好的事情即将要发生似的，她心中扑通扑通地跳个不停。

暴风雨终于要来了么？

教室里回荡着历史老师激昂的声音，口沫横飞地说着历史上著名的事件，并且很得意地加入自己的见识以表自己的那一套见解。杜双城坐在最后一排，头枕在手臂上睡着，黑暗里，像是有个人影跑来跑去，而他转身闪进黑暗的小巷，尽头的光，宛似越来越亮。

他晃了晃脑袋，然后从口袋里拿出那个厚厚的手机。手机是先前一段时间才被找出来的，而那之前一直被放在自己的杂物箱里面，他一直不懂得怎么摆弄手机，现在会用了，于是拿出来，充满电之后想看看母亲的手机里，到底存了什么东西。这个母亲留下的遗物，像是尘封多年的秘密一般，令他想起十岁那天的晚上，母亲埋在被子里的手，紧紧握着它，像个乖巧的小孩。

他从口袋里拿出耳机，插在耳机孔里，然后按到那个录音的音频文件，便再次埋下头去。是妈妈的声音，这样听着的时候，眼角似乎有温热的液体流了出来。他没有去擦拭，直到播到下一个音频，那一刻，他的脑子瞬间清醒了起来。

一闪而过的愤怒。

也没有理会是在上课，收好手机放进口袋里，装好书包就直接站了起来，椅子和地面摩擦的声响很大，但当老师抬起头的时候，看见是他也只是蹙了一下眉，之后便没有理他，任由他走了出去。

而前排的学生们，也似乎是司空见惯了，没有转过头来，只是身后有两个小跟班跟了上来。

走出教室后，他听见后面有走路的声音，然后转过头去，眉头紧蹙着。

"你们回去。"

"不是要去抽烟么？"背后的两人停下来问。

"不是！"

"那你去哪里？"

"回家！"

他们没有再跟上来，只是有些莫名其妙。因为他们，似乎从没在他口中听过"回家"这个温暖的借口。

他走了几步，又转过身来问："喂！你们知道哪里可以搞到死蛇或者活蛇什么的么？"

"生物实验室啊！那里不是很多活体标本么？只是没有活的，你要来干吗？"他们两个想了一会儿，然后其中一个挠了挠后脑勺说。

"你们回去吧！"他冷笑了一下，继续走。

上课时间段的校园，很安静。操场上有上体育课的班级，偶尔会传来几声欢笑。

又看见那个女生了，这时她正在上体育课，他就突然呆住，站住在操场的边缘，看着那个记忆里，奔跳着前行的模糊的影子。

有人往这边看来，他转过头，若无其事地继续往前走。

路过菜市场的时候，他想了想，然后没有进去。

在回家的那条路上兜来兜去好几遍，还是没有决定好要去哪里找自己想要的东西。于是他又折回学校，想到那两个傻子脑筋虽然直，但也算是说得正确，是可以去生物实验室看看的。

初一初二的学生还没有接触到具体的生物实验的东西，所以更别说生物实验室了，他去都没去过。而此时高年级的学生大概也没有用到实验室。走过去的时候到处都很安静，这是常来的地方，抽烟圣地，因为老师很少到这边来。

他绕到实验室的后窗，看着里面一排排的活体标本，然后深吸了一口气，从地上拾起一块石头，想要砸开玻璃的时候，却突然看到窗户没有关紧。他愣了一下，然后兀自笑了，轻轻地打开窗户，身子弯曲着爬了进去。一股浓烈的福尔马林的味道扑鼻而来。

他站在那一排排的瓶瓶罐罐前面，里面装着大小不一的动物标本，什么都有，有鱼有鸟有兔子有青蛙……他看了一圈，深深地为这些动物感到悲哀，死后或者尚未死的时候就要被制成标本，这样想着，他也不禁觉得毛骨悚然。却没有找到想要的东西，于是片刻之后，又从窗口处爬了出去。

后来去了原来路过的菜市场，那是他几乎没去过的地方。以前妈妈也很少出去买菜，去也是去附近的超级市场或者保姆去买。所以他走进市场的时候，瞬间有点儿不适应那些浓烈的杂味。

从菜市场出来的时候，杜双城觉得明晃晃的阳光就像刀子一样触目惊心，虽是黄昏，太阳却还如此猛，像是世俗给他的警示。他擦了擦额头的汗，然后提着那袋没有生命力却足够吓人的东西回家。一路上，他觉得脚步很重，沉甸甸的。或许那一刻他有点儿犹豫了，他不想杀死她了，他只想吓吓她，给她点儿颜色看，让她滚出这个家。然后……他又想起那段母亲手机里的录音，就想不下去然后的东西了。这点儿报复，他必须做。

快到家的时候，他像是如释重负一般呼了口气，然后用钥匙开了门。家里依然是冷冷清清的，大厅没有人在。

他走进自己的房间，绕了一圈之后又走了出去。

晚上她回来，打开房门的时候被他吓了一跳，想要尖叫的时候，他做了一个"嘘"的动作。

她惊讶地看着他。

"那个女人和我爸呢？"他问。

"我妈刚才打电话回来，叫我帮她放好水，她就要从医院回来了。"她惊魂未定喘息地说道，接着又补充道，"你爸出差很多天了。"

"嗯！她感冒还没好吗？"杜双城突兀地问，莫名其妙的关心此时显得很奇怪。

"嗯！"赵萌萌闷闷地答，显然是刚受过气。而杜双城依然扯着嘴角笑，然后说，"好戏要开始了。来！我给你说下游戏规则。"

在他说话的过程里，她一直惊恐地跺着脚，想是在躲闪什么东西似的，忽而摇头又忽而点头，像是个摆钟。

"听清楚了么？"他看着她，严肃地问："只是很简单的配合而已，之后，你走你的幸福大道，我走自己的清静小路。"

"可是不行，她很怕这个东西的，这样做会吓死她的。"从听到

"蛇"这个字眼的时候，她就开始显露出惊恐的神色，不断地摇头。

"是死的。我只想吓吓她，让她滚出这个家。"他逼近她的脸，然后说，"难道你想继续这样下去么？这样继续受迫害……"

"不要说了，我做就是。"她突然叫了出来，夹杂着哭腔并带着歇斯底里的声音，冲击着他的耳膜。

"那就好！我在楼下配合你，你一定不要手软，该出手时就出手，知道吗？"他狠狠地说，然后又笑了，像是做一件很开心的事，"不成功，便成仁！"他说道。

他沿着楼梯走了下去，空旷的房子里回荡着他下楼梯的声音，一声声，敲打在她的心上。

她突然觉得很难受。


**柒** [心魔]


此去经年，而她的心魔却摇摇摆摆，一直都在。

赵萌萌从精神病院出来的时候，依然为那个女人感到悲哀。

而这一切，是她自己，咎由自取。

而自己的这一切，是自己争取来的。


"你又来找我做什么？"她坐在酒吧的吧台上，叫了一杯烈酒，而他只是换了一杯饮料给她，然后问。

"我要威士忌！"她大叫着，身边的人看着她，他小声地靠近她的耳旁说："你还没成年，让你在这里坐着说话，已经是上限了。"他意味深长地说。

"那你呢？"

"我在这里从不犯规。"他边干着手中的活，边懒懒地答。

"可你自己不还是进来了。"

"管好你自己的嘴！"他突然又变得暴戾起来，恶狠狠地盯着她，像是要洞穿她的身体。

"你何必在这里看别人眼色，甚至还要被人调戏。"她冷笑了一下，然后又说："我可以给你钱，只要你跟我在一起。"

"我不稀罕那些，我不是寄生虫。"他说道，然后转身过去继续他手头的工作："而且，别在学校跟我提这些事，我和你，一点儿关系都没有，你要记住这点。"

"我们不可能没关系的。而且——为什么你从没问过我妈妈的事呢？"她像是要拉拢与他的关系一般，想了一会儿，再次亮出多年前的底牌。

"嗯，她可好？"

"越来越疯了！什么东西都以为是蛇，整天叫着蛇蛇蛇，好多蛇。而且连衣服都不肯穿了，她的病房里，只剩下一张木板床，连被子都没有，全被她撕烂了，撕烂之后，又从门的缝隙里塞出去。"赵萌萌搅动着饮料，然后若无其事般说着，像是在陈述别人家的事。

"那多好，每个月只需要支付精神病院的费用，省心多了。"他笑。

"你狠！"她喝完那杯饮料，然后将一沓钱扔在他面前，转身走了出去："学校见！"

"赵萌萌！"他恶狠狠地念着她的名字，然后将那沓钱抽了一张出来，其余的塞进自己的口袋。

已经过去两年了。

为何还是不能释怀？

杜双城对母亲的死，如果不是真相浮出来的话，或许早就忘记了。可能只会在看见飞蛾的时候，突然想起她曾经孤单离去的灵魂而已。可是那个时候，却突然又出现了那部手机，这一切像是母亲留给自己的劫数，更如同命运为自己铺下的路，逼着自己步步为营，走向毁灭。

毁灭祸害。

那部用到现在，还依然能用的手机，是母亲留给他，最后的遗物，它像是自己心中的一剂灵药与警戒。

或许年少的心，只懂得最直接的恨，因为人世间太多的烟火世俗，他不懂。他那时，只想报复，只想给她点儿颜色看看，却不料因为她心中的恐惧，而让事情变本加厉，沿着他没有料想到的却更解恨的事态发展下去。

所以直到现在，他依然坚信，这世间的很多事，或许只要努力去做，就能成功——比如跟随她的脚步。

十岁那年，母亲去世的时候，他在护士们移动母亲身体的时候，掀开的被子下，发现母亲的双手扭曲着，压在身子底下，将那个手机紧紧握在手里。他把那个手机从母亲的手中拿出来，那是个很简单的手机。而很久之后，他才知道这最简单的手机，依然有对于一个母亲来说，最重要的功能，甚至——它记录了这世间最恶毒的妒忌。可是那时候，母亲或许还没用得上短信功能，因为后来他翻遍短信箱之后，也只是发现一些系统短信。刚拿到的时候，他只当它是宝贝，因为它是母亲最贴身的事物之一，所以他在连父亲都不知道的情况下，保留了它四年。而在这些年里，他从童年的桀骜，成长成一个暴戾又坏的少年，而他也终于懂得，父亲对母亲那冰冷的感情——那一年的太平间，以及，母亲消失的手机，他似乎没有再去追究。他在这苍白的一年一年间，做的最多的事就是在自己房间的枕头底下，放上一叠又一叠的人民币。

而对于年少的双城来说，那时候最难以忍受的事，就是接受母亲死去的事实。

直到十五岁那一年用起自己的第一部手机之后，他才恍然大悟一般地将母亲的手机拿出来，充满电并且再次打开。

可是那无心的动作，却像是让自己再次坠入黑暗的内心的钥匙。

宛似一颗棋子，在棋盘上走到正确的位置，毁灭了整盘棋。

他已经许久没有再去拿起那个手机了，如若今天不是赵萌萌的出现的话——他会以为陆单双已经冲淡了对母亲的思念，对那个女人的恨。

可是，爱是久远的。

而恨——也是长在的。

录音回放，记忆再次倒流。

一：

诚诚，妈妈感觉自己的身体越来越虚弱了，每次见你的时候，总是提醒着自己要打起十分的精神，可是内心却总是很疲惫。入院的时候，医生只说是普通的乳腺癌而已，刚动了手术之后的那几天，我感觉一切还很适应，可从最近几天开始，精神就越来越差了，越来越累。而我也没有跟你爸爸说，省得他担心，他为这个家，已经太操劳了。城城，但愿妈妈只是想太多，这些都只是术后的正常反应而已，我很快就会好起来。我多想送你去上学，你调皮的时候轻轻地呵斥你，你再不听话我就打你。可是这些，我现在都做不到，现在我连手臂都不能正常地举起，有时护士喂我吃饭的时候，或者城城总是逞强要来喂妈妈吃的时候，我总是很想哭，前者是因为内心哀怨，而后者是因为感动。

诚诚你十岁了，如果妈妈有什么不测，你也要好好地记着妈妈的话。

妈妈总归是爱你的，而你爸爸他一直都是如此，待人处世，都很沉默。他不善于表达，太过于老实死板，而当年他娶我的时候，甚至都没有求婚，就直接跟我说结婚的日子，而当年我是死心塌地爱他呀！所以就答应了。

最近的气温好像下降了吧！我才住院几天，就好像过了很久似的。夜晚睡觉的时候，身体都是冰冷的，总是会醒过来。医院里很安静，妈妈很想念晚上抱着城城睡觉的日子，可是转眼城城就长大了，对妈妈也不亲昵了，每天都出去外面捣蛋，虽然有时妈妈很生气，可是总归还是开心的呀！看着你一天天长大，心中有说不出的幸福滋味，但幸福的余味却总是苦涩的，这好像是每个父母的通病吧！想着孩子长大的同时，却又担心着长大。可是我现在却很希望城城能长大成人然后懂事地去看这个世界啊！但是现在这一切对你来说，太难了点儿！妈妈活了这么多年，可还是依然不停地被人陷害、妒忌，但纵然有什么难过的事，妈妈只要想到城城的时候，就不难过了呢！就会变得很开心。

你不爱学习，妈妈也从没有打你，每次学校开家长会，妈妈也很虚心地听取老师的教导，然后就和你一样，转眼忘掉。妈妈希望你健康、开心，拥有自己美好的童年，然后慢慢长大。可是万一妈妈不在了，你也要听爸爸的话，他虽然严厉了点儿，但你总归是他的孩子，他爱你，这是天经地义的事，所以你要懂得。

妈妈的这些话，好像以前你外婆临终前的唠唠叨叨，没有一点儿逻辑。

而我也不知道你听不听得到，反正妈妈是说出来了，希望你能感受得到。

虽然你不一定能听得懂那些话，但是妈妈希望，你的人生旅途能更漫长，而且更顺利。

你爸爸的生意目前做得不错，所以妈妈一点儿都不担心你的衣食住行——妈妈，只是（哽咽了一下）……难过不能在你身边陪你长大而已。

诚诚……

第一段录音在这里戛然而止，像是被硬生生掐断。

而第二段录音，则是在咔嚓的开门声之后开始的，有人走了进来，所以母亲停止了之前的诉说。

二:

"看起来气色不错嘛!"那个女人说,从第一次听这个录音开始,杜双城就听出这个声音的主人,十年不变的刻薄尖酸谄媚的语气。

"你怎么来了?"声音里听得出惊恐且颤抖的语气,最开始,双城并不能理解母亲的害怕。

"来送你最后一程。"

"你想干吗?"录音里有细细的沙沙声,还有间断的喘气的声音,沉默了一会儿,母亲又说:"你那么希望我死么?"

"当然!"

"你到底图什么?我这个家远远比不上你们家,这样各有所得不好么?为什么你非要这样?"

"就凭当初你从我手中夺走他。"

"他不爱你!"

"少来了!据我所知,你病后他很少来看你,不过——你那个儿子倒是很孝顺,常来。"

沉默。

"他要出差,忙!"双城听到这句话的时候,眼泪就快掉下来了,因为那时的母亲,心底已全然没有了往昔的贤惠镇定,而是没有底气。

"他出差出到我身边去了呢!原来——他把我当工作呀!那个死鬼,我得教训下他!"

"你……"

之后又是大段的沉默,还有潜伏在压抑环境里的喘气声。

那个女人也没有开口说什么,特护病房里,很安静,除了护士一个小时来看一次点滴的情况之外,其余时间都少有人来。

"不用按铃了,白费力气!"或许母亲是想按铃让护士来,可是过了一会儿,依然没有听到救护铃响起的声音:"等下,会有人来帮你收尸的!"

"你，你说什么？你就那么希望我死么？"

"当然！"

"你滚出去！"

"你可别激动，我可不想你死在我面前，我这就走，你慢慢死！"

"你究竟想要怎样？你不准拆散我的家！"已经几乎是哭泣，且哀求的声音了。

"我没想怎样，我只不过，在你药水里，叫人帮你加了点儿料而已！不会有人知道的。"

"谁？"

她快步走到门口，已经咔嚓一声打开门，又突然说："有钱能使鬼推磨！"

之后咔嚓一声，世界重归安静。

哗啦啦，哗啦啦，哗啦啦！

母亲再没有说话，身躯挣扎着躺下去，然后是低低的哭泣声。

之后，仍然是大段大段的沉默。

双城的拳头仍然紧握着，他恨这真相，他恨这一切。

十五岁的那个夜晚，他等待着从医院归来的，并且重感冒在身的赵萌萌的母亲。

她开启的门，像是通向巴士底狱。

她回到房间之后，赵萌萌便去浴室，窝心地放了一缸热水，然后去叫唤着母亲洗澡。

而赵萌萌在母亲洗澡的时候，便打开房门，杜双城站在门外，表情僵硬地看着她。她从他手中接过那袋沉甸甸的东西，他的脸，在那个瞬间不自觉地扬起，像是得到暂时胜利的赢家一般。

　　"一定要铺满整张床，被子要记得盖好，表面看上去不能有任何迹象，我听到她大叫的时候，便会……"他狡黠地笑了起来。而赵萌萌像是魂不守舍一般，只是不停地点头。

　　"快点儿，等下她就洗完澡了。"

　　赵萌萌进去了五分钟，五分钟之后，她颤抖着走了出来，手里拿着的编织袋，随着她抖动的双手不停地在空气中摇摆。像是她此时复杂的心情。杜双城接过那个袋子，然后准备从楼下走去。她出来的时候，和母亲说了一声"妈！我回房间写作业去了，你早点儿休息。"里头发出一声闷闷的声音。她看见双城走下去了之后，便也关上门，回到自己的房间，等待双城的指令。

　　她躺在那温热的水里，一天的疲惫似乎被抽离开来一般，而原本塞住的鼻子，也渐渐舒畅了。她突然感到有点儿困意，于是从浴缸里出来，擦干了身子之后将浴帽摘掉，想要穿睡衣的时候却发现没有带进来。她恍惚地骂了声"臭丫头"就打开浴室的门，走了出去。夜晚冷冷的，她快步走到床上，想先休息下。

　　于是她掀开了被子。

　　那个时刻之前，整座房子里一片冷寂，杜双城站在楼下的家里的所有电源开关的总闸旁，手扶着二楼的电源总闸。他的耳朵竖起来，听着楼上的动静。

　　是在那一刻之后，她的手翻开的被子，刚躺下去的时候——她先是触碰到那些软绵绵的身体，因为她的半个身体已经横跨在那些让她最恐惧的东西上面。那个瞬间，她全身起了鸡皮疙瘩，心底打了个激灵，她带着一种确定又不怎么期待的心情，翻开被子——

　　——她看见的是满床的蛇，她最恐惧的动物，她的身躯开始确定地感受了那种属于它们特有的黏液，她开始发抖，"啊！！！！！！"她尖锐地叫了出来，声音刺透了整座房子，回荡在空旷的空间里。

"蛇……蛇……蛇啊！！！！！" 另一波恐惧的声音再次传来，那时候的双城，终于不动声色地将电源总闸拉下。

"啊！！！！！" 黑暗里，传来的是更撕心裂肺的尖叫声。

"砰！" 楼上有闷闷的声响传来，她在撞门了。杜双城站在二楼的楼梯处，阴骘地看着房门，房门已经被赵萌萌反锁了。那里面的声音，撕心裂肺地持续了很久很久，杜双城终于有点儿不耐烦了，于是走向赵萌萌的房间。

她浑身发抖着开门，脸上一行行流下的泪，像是春天缓缓流动的瀑布一般。他冷冷地说："收起你的同情，去把她房间里的蛇收掉，床单包裹着，拿出来给我。"

"我，我，我怕！" 她浑身发抖。

"你怕什么，你想想你憧憬的，你憧憬的以后的自由生活。" 他眼神笃定地看着他，又笑了，这一笑，像是在掩饰自己的慌乱，其实，他也很害怕。而他的那一笑，令她的身躯抖得更厉害了。

"快点儿！" 他将她从房间里暴力地拉了出来，将手上的编织袋扔给她。

"给你五分钟，我在楼下等你，收拾好拿下来，不必管她，尽管让她知道这是我们的恶作剧，哈哈哈哈！" 他大笑着从楼下走去。

可是，事情却沿着他没有料到的地方发展着，从恶作剧变成悲剧，或许只需要一线之隔而已，而那一线，就是恐惧。

赵萌萌打开房门的瞬间，她仿佛看到希望一般，从里面奔了起来，赤身裸体，那个瞬间赵萌萌傻站在那里。母亲摇晃着她的身躯，不停地说，"蛇啊蛇啊！好多蛇，好多蛇……" 然后又往外面跑去。她浑身发抖着，却依然艰难地走进房间，几分钟后她走了出来，母亲已经不知道跑到哪里去，房子里，依然回荡着一声又一声的尖叫。

杜双城看着从楼下走下来的她，浑身瑟瑟发抖，像是风中飘荡着的一片树叶。他神色凝重地接过袋子说："现在打120，然后给你爸爸打电话。我走了。" 转身的时候，意味深长地笑了。

　　她无助地站在楼梯上，手因为过度颤抖而发麻。楼上的声音已经消失了，像是累了，也像是昏死过去了。

　　夜晚七点多，路灯都已经亮了许久了，有细小的虫子在灯光里绕来绕去。刚下过雨的夜色里，有蒙蒙的水汽笼罩着，杜双城走出很远很远，想要穿过那一条小巷，然后将手上的东西扔掉。可是心底却明明不好过，不是可怜她，是他在问自己：得到胜利了吗？这样的报复算什么？可是下一刻，他又复杂地笑了，比起母亲的去世，这一点儿报复真的不算什么。他像是自问自答般，独自撑着走完离家那段长长的路。他不断问自己，是否得到了胜利和满足。

　　这条路的行人很少，那是条他鲜少走的路。

　　而路灯到了这里，也变得暗了下来。像是失败的昏暗的人生，路灯也有很多种：绚丽的霓虹灯，冷白色的节能灯，昏黄的白炽灯，发散着强烈光芒的太阳灯……灯类仿佛也有它的世界一般，三六九等。

　　昏黄的灯光下，他将那个袋子扔在垃圾桶里的时候，倒垃圾的阿姨若有似无地抬头看了他一眼，他愣了一下，然后慢慢地往前走。

　　他听到小孩子的哭声，然后停下脚步往后面看——他看见人群稀少的街上，吃完饭出来散步的一家子，小孩子大概是因为不甘坐在手推车里面，所以大哭了起来，而后父母和奶奶都在哄小孩。双城想转身继续走的时候，看见那个清洁工阿姨，虽然有点儿看不清她的脸，但却看得见她嘴角微笑的弧度，此时她正呆呆地站在原地，看着那温暖的一家子。

　　那一刻，双城突然觉得，很心酸。

　　他想起今天的事，突然跑了起来。

　　这世界有人羡慕这美好的表象，有人处心积虑地想要去破坏，而我呢？我究竟做了什么？这些像小孩子般的把戏，而后又产生戏剧般的效果，一切只是宿命么？

　　"妈妈！"

"没人能抢走你的一切。"

"她曾经伤害你的，我会帮你加倍偿还！"

他突然哭了，于是沿着街道跑了起来，刺骨的寒风，呼啦啦地，往身后掠过。

像是刀子般，一刀刀掠过他的脸。

# 捌 [离去却总会回来]

她疯了，这是杜双城第二天才知道的消息。

接到赵萌萌电话的时候，他愣了一下，似乎昨天的一切都只是一场梦。而他依然没有适应那之后的空洞。

"她疯了！"接起电话的时候，她说。

"噢？"他愣了一下，似乎没有想到这个结果。

"你走之后，她赤身裸体昏倒在地板上。送到医院之后，她就疯了，不停地抓东西，打人，嘴里一直喊着'蛇蛇蛇'，医生根本无法对她进行医治。"她有点儿哽咽，停顿了一下。

"后来呢？"

"后来护士按住她，帮她打了镇定剂，她还不停地叫着'蛇蛇蛇'，而后，被送到精神病院。"

"医生没问原因么？"

"因为她疯了，所以我说我回到家就看到她倒在地板上，然后才打了电话这样，我也不知道发生了什么事！可是你爸真狠心，到现在还没回来。"

"真是一举两得呀！很快，你就可以回你那个有钱老爸的身边了！"

而赵萌萌后面那句话，他似乎是瞬时没有听到一般，而后才反应过来，冷笑了一声说，"他一向如此。"他突然又想起十岁那年，太平间冰冷冷的夜。

"双城！这是我们两个人的秘密吗？"她突兀地跳转话题，然后问。

"必须是！"他再次强调。

"我爸爸早上来看过她了，他说明天就来接我回去。"她顿了一下，然后又说："回去之前，我想看看你！"

"我今晚回家！"他简便地回答，然后挂了电话。

他想到那个冰冷的，并不能称之为家，其实才是噩梦开始的地方。真相像是嗜食人肉的秃鹫般，用自己的暗黑手段捍卫着自己的领土。开始做自己世界的王。

妈妈！我没有如你祈愿的天真美好的童年，而我也已经长大了。

我帮你报了仇，并且我能照顾你了！

可是，你不在了。


赵萌萌走的那天，她父亲来接她。前一天晚上，杜双城很晚才回到家，打开门的时候，父亲坐在大厅里抽烟，看见是他回来只是愣了一下，然后又低下头去抽烟。双城径直穿过大厅，然后往房间走去，装作不知道这一切的发生。

离开那天的清晨，她走到他的房门处，站了很久。

而他依然像往常一样，还没有起床，她又站了一会儿，咬了咬嘴唇，然后轻轻地敲了敲门。


"我走了，但是我会记得你的。"这句话，像是岁月里没有下落的信一般，地址不详主角不详，随着空荡荡的空气轻飘飘地散开去。他的房间里，依然没有任何声响，像是不曾回来一般。

而她已然习惯了这种冷冰冰。

只是不能抑制自己心底那颗日益炽烈的心。

这没有照面的道别呀！年少的记忆，依然留在那个夕阳红透的傍晚。

如果往事都那么纯粹就好了！

人总是站在离别的关口伤悲；

——却忘了，离开总会有回来的一天。

第二幕
# 春 行
直到四季都错过

人类的世界，
从来就没有一夜成人的神话；
他们都是慢慢变坏，
我们都是渐渐学好的。

# 上 阕

[向日葵先生]

可是——我内心里，是真的
如此认为的。

可能，别人看到的只是种
子，或者含苞待放的花蕾，遍寻
不见那种精神……

……但是，在我心底，你早
已盛开了呢！

## 壹 [苍蝇效应]

那个时候，林一二看到那只苍蝇，在关紧的窗户上来回地撞击了几
下，像是笼中的困兽。冬天教室的窗户玻璃上，凝着一层薄薄的水汽，一二
伸手去将窗户慢慢推开，可苍蝇却像是受到惊吓一般飞走了，它并没有从窗
户飞出去，而是在桌子旁边嗡嗡地疯转。

他推开窗的时候，外面的风灌了进来，冷冰冰的，林一二的手没有抓
稳窗扇，被大风一刮，砰的一声打在墙壁上，玻璃碎了一地。

他转过脸来，全班同学包括老师都在看着他。

心中那个小人在慢慢地消失，快要掉进黑洞了，此时又不知道该怎么办呀！所以就怔怔地看着老师，他看见陆单双似乎也觉得很莫名其妙。他的手还没放下来，依然保持着去开窗的姿势。此刻可是真的很想消失呢！为什么要这么做呢？就让那只苍蝇撞死在玻璃上，或者让其他同学抓起来虐待好了——似乎天生就爱多管这些鸡毛蒜皮的小事，小时候看见小伙伴欺负小动物都会伴随着它们痛苦的呻吟声落泪，上次和陆单双看见那只被打死的猫还大哭到不能自已。但是，从来都空有泛滥的情感，软塌塌的爱心，却始终没有一腔英雄的热血，以及沸腾的行动。

所以，他依然僵持着。

走廊尽头的赵萌萌被玻璃碎裂的声音吓了一跳，在即将走出教室门的时候，尖叫了一声。风很大，沿着走廊跑过去的风，轻轻松松地就将玻璃碎裂的声音吹到她的耳边。讲台上的老师看了她一眼，她若无其事地往逆风的方向走去。

这时，林一二被老师怒斥出来扫玻璃。

他顿时觉得心头的大石像是被突然卸下，在僵持了将近一分钟之后，终于松动开了身体。

赵萌萌看着林一二，不知道该说什么话，站了一会儿，往破掉的窗口处望了望——与陆单双望出来的眼神刚好对上，四目对上的那一刻，单双瞬间转过去看黑板。站在外面的赵萌萌觉得索然寡味，于是看着窗口处空着的座位，又看看扫完玻璃准备拿去走廊处垃圾桶倒掉的林一二。

她走了过去。

"喂！刚才是你弄碎玻璃的么？"她叉腰看着他，声音很平淡，刚好是他可以听到的音量。

"是风。"林一二没有看她，说完便拿着工具往教室的方向走。

她想上去理论，却不知道怎么搭腔。刚才坐在教室里，心里实在憋得慌，才跑出来散心的，可没想到刚走到门口就被这该死的玻璃碎裂声吓到。

她跺了一下地板，愤怒地走了。

可是——

如果没有往年——

她心底其实还是很恨母亲当年的决定的。

如果她没有到杜双城家，便不会这样，如果没有那个疯子母亲，便不会这样死心塌地而且还要整天看他的脸色转换心情，实在是憋屈至极。人心究竟由什么构成的？为何被一种叫"爱"的莫名其妙的东西一生牵着走，却控制不了自己，摆脱不了那个影子，那个在十四岁夏天带着自己狂奔起来的身影？这些年来，她每当累得想要放弃的时候，就想起这些问题。

当初离开他家之后，赵萌萌回到自己所在的镇上中学读了一年初三，却因为上课太闷，便跟着一众纨绔子弟慢慢学坏。而在这期间，她曾多次瞒着父亲去找杜双城，无奈杜双城的行踪从来都是难以捉摸。到最末，她只好联系上曾经的初中同学，慢慢地，才知道他的一些行踪，也终知道他以体育特长生的身份被招进市重点的城年高中，而那个学校还是全封闭式的。她虽然不知道他靠什么体育特长进去的，但她几乎是想都没有想，便硬是要父亲帮她打通关系，将自己送进这个学校里。

而那时，父亲已经在策划着将她送到国外去，她当然不从。而且还据理力争，失去了往日好女儿的形象。她从没有否定过喜爱着父亲这个事实——当然，这一切必须以她的个人利益为前提。

"你就不怕我像那个疯婆娘一样，在异乡疯掉并且被人毁容吗？"

"你就那么不希望我能有点儿自己的志气，去争取点儿东西吗？我又不是你们的玩偶！"

……

其实第一句话，已经戳中父亲的软肋，他举起的手轻轻放下之后没有再讲话，只是转过身去，叹了口气。

"只恨，而今无子，而女儿也终须长大呀！"那一刻父亲的心中，空出来的那个黑洞，无论多少情感都填不满似的，一点一点被消耗掉——在这人情世故的凡间。

而之后的生活，就是如此般。

除了整天面对着杜双城的那张臭脸，就是不停地参与学校里黑白两道的大小事，像个包租婆，更像个大姐大。

自从那一天决定将自己母亲搞垮起，心底的恶魔种子便仿佛慢慢绽开来，为了不辜负自己原来也可以坏起来的心，也为了那个她与他之间永远的秘密——而去变坏。所以即使你要怪我变坏了，或者以为我变坏是为了对抗你，那完全是错误的呢！因为我之所以变强，只是为了更理所当然地接近你，在相同的层面上，去爱你！

后来的一切，证明我没做错，但是却没有所得。

浩浩荡荡的流水，不一定能流出一条河流呢！有些在半途就消散，能到达大洋深处的，都是那些流得深的吧？就像杜双城本身，他就是一条巨大的河流，并且流速太快，别人都跟不上他的脚步，沿途风景都在他身后。

"刚才看到赵萌萌在外面看着我，吓我一跳。"单双坐在林一二后面空着的那个座位上，那时林一二刚从办公室回来，她并没有问老师对他怎样，却说起了这档儿事。

"哦！她跑来问我玻璃是谁打破的——"他转过脸去，刚在办公室只是无比郁闷地赔偿了那扇玻璃的损失，还被老师轻轻地斥责了几声。

单双此时悠哉地喝着水，而且正嘀咕着赵萌萌好管闲事、连这点儿闲事都要过问的时候，只听见林一二延续刚才的话说："我说，是风！"

"噗！"单双喷了一口水，所幸受害面积尚小，林一二赶紧从书桌里拿出纸巾擦干那张"受害"的桌子。

　　"风一般的男子。"这时陆单双依然不忘了取笑他。

　　林一二脸红了起来——这个反应莫名其妙的。

　　"刚才下课之后,你知道她们在讨论你什么吗?"陆单双扫了一眼教室问。

　　他摇了摇头。

　　"她们说,你刚才僵直着站立在座位上的身体,像是一座丰碑。"她表情狡黠地说。

　　"你肯定也参与了讨论。"他用鄙视的语气说道。

　　"我才没那么肤浅,我只是说你向来如此——"可是她还没说完,便被林一二颓丧的语气截断,他问:"为什么?"

　　"因为你像一株向日葵呀!站在那里的时候,迎着炙热的目光,亭亭玉立,所以你不仅是一座丰碑,而且还是一株发光的向日葵。"

　　"噗!"林一二轻轻地发出鄙视的声音,陆单双过度渲染的叙说被打断。

　　她的脸烫烫的,不是脸红的烫,而是心里太紧张。想方设法赞扬一个人和处心积虑的表白一样让人心生紧张。陆单双看着林一二的背影怔怔地想,顺手摸了摸滚烫的脸颊,然后伏在桌子上。


　　那是爱么?

　　可是——我内心里,是真的如此认为的。

　　可能,别人看到的只是种子,或者含苞待放的花蕾,遍寻不见那种精神……

　　但是,在我心底,你早已盛开了呢!

## 贰 [ "姐妹" ]

陆单双觉得最近赵萌萌老是持着在别人看来是善意、但是自己却觉得是不怀好意的笑容对自己微笑。

特别是那一次莫名其妙的窗外对视，那一天放学后，回宿舍的时候，便被她投来的微笑和点头礼弄得不知所措——本能反应只是加快了脚下的速度、往宿舍的方向走去。

不知道为什么害怕她，但是陆单双就真真地觉得她不怀好意，又想再一次来找碴儿似的。上一次的事，其实单双心底知道是怎么回事，但是自己已经尽量淡化了。只是她真的不知道，这世界上，连那样的"人渣"也会有人那么死心塌地地爱着他。而她自己也知道，杜双城一直都是单身，哪怕一点儿的绯闻，都没有听说过。最多的，或许只是恶闻吧！

从初中伊始。

其实她不想回忆是因为多年前第一次见面，和初中时的第一次照面，都不是一个愉快的开场。若是童年时的一次无心所为倒好，轻易就会让太单纯的童真瞬时打散，随着时日消失不见。可是，多年后的又一次照面，又是差不多的情节，只不过是换了主角罢了。

那天是放学时分，她和一帮同学在学校的门口分别，自己往另一条路走去的时候，远远地就听到呜呜的哭声，单双悄悄地绕过去看了一眼：是杜双城为首的一帮人围着两个小男生，而其中一个男生已经哭出声来了。单双大概知道是什么事，但是她看着那张已经在岁月里快模糊掉的脸的时候，还是愣了一下，然后问："同学！你叫什么名字？"这样的开场很突兀，但她只是想试着解救那两位无辜的同学，她完全不知道自己能否有这个威力，所以想试试。

年少的杜双城转过脸来，看着她。那个时候时间宛似停下来般，他盯着她的脸，风和太阳以及空气都凝固在那一刻，只等他确定自己内心的那个影子是否与眼前的人儿重叠。

只是那片刻之后，谁都没有发现他充满怒火的双眼渐渐地冷却下来，而后却一句话都没有说，便低声地对身边的人说了一句话，或者是两句话？陆单双听不到，她莫名其妙地看着他们，原地不动地看着他们带走那两个小男生。

不可救药。

不可理会。

她叹了一口气，不愉快的第二次照面就这样结束，那时的她，以为他已经不认得记忆里那个被他抢了包子的小女孩了。而她回到家的时候，认认真真地把那一次去那个小镇春行的照片拿出来，对着镜子里的自己仔细对照了一下——她觉得自己并没有怎么变呀！

可是，与其被记得，还不如不被记得，这样一来，即使耳朵里听到再多不好的事情，也能用像没有温度和表情的事实来和同学们一样去讨论了。

但记忆并没有戛然而止，忘却多年后，一直在他恶闻侵袭之下的她，转眼到了高中时又再次遇见他。而再次的打照面竟然是和林一二的争吵开始。对一个人的厌恶，是与接触的次数多少和坏印象的深浅成正比的。

赵萌萌每晚都会比林一二早出现在晚自习的地方，而自己每次走进教室的时候，她还会跟她打招呼，招呼她过去。单双一般都是无奈地扯扯嘴角，欲言又止般走到自己的座位去。而这时，她也会跟过来。

"帮我解解这道数学题好不好，很难哦！"估计是很少装可怜兮兮吧！硬是要把语气拿捏得很娇气，单双听着觉得有点儿受不了："你还是正常点儿说话。"她白了她一眼。

我没在怕呢！她心底喘了一口气，默默地想。

她显然是被莫名其妙地呛到了，气氛开始变僵。

"哪道？"她盯着她那本甚至还没打开的数学练习册问。

她直接一翻，没有表情地一指。

这时候的陆单双终于知道她是来找碴儿的了，因为那道是简单到直接套公式就能做的题，她看着那张洁白得像她脸一样的练习册，瞬间就明白了。

单双用两只手指夹起她的练习册，往后面扔去："慢走，不送！"她盯着她说。

"你！"她憋红着脸，前面的同学都转过身来盯着她们看。

"这个位置有人坐了。"她低下头去从书包里拿出要写的功课，放在桌子上。

"对不起！"赵萌萌没有来由地说完这句让单双有点儿哭笑不得的道歉，就走了，走得风风火火，恨不得让整个自习室的同学都知道她深有修养一般。

她走了之后，坐在前面的同学转过头来说："如芒在背呀！"

"对不起对不起！"单双不好意思地道歉。

"不关你事啦！"同学摆了摆手，而后压低声音问："你认识她？"一副友善的却充满八卦意味的嘴脸。

"不认识！"说认识真的不算认识，但说不认识却又打过几次照面了，更像是"被"誓不两立的两位。

"哦！"自讨无趣的同学，默默地转过身去，可心底可能已在嘀咕着为自己找台阶下——"也许是看她成绩好，来问问题"可是"又被发怒轰走"，所以更像是"好学生怕被坏学生缠上的把戏"——嗯！一定是这样。或许每个人都天生擅长为自己一切莫名其妙的行为找台阶下。

像是"上课被老师莫名其妙斥骂却不怪自己走神不认真而总是说老师是更年期"又或者"考试考砸了却总是觉得是考试时状态不好而不是平时的知识积累不够扎实的缘故"，更甚的是"每次去主动搭讪被推进冷水坑都可归咎为对方太死板或者天生内向无趣"……

可是，这一切的自我认为，都正藏在青春的坛子里，慢慢发酵着，像是要酿成成年的醇酒！

林一二过来的时候，单双趴在桌子上，这时班级里已经坐满了人，他不动声色地坐下，然后凑在她耳边轻轻地说："你怎么了？"她迅速地抬起头来，一二因为靠得太近，这时她的后脑勺和他的下巴就华丽丽地撞到一起了。

"嗷！好痛！"

"你来了？"她摸了摸后脑勺，她倒是不觉得痛，可能是后脑勺比较硬，而被撞到下巴的林一二此时却很想哭出来。

他哭丧着脸，看着她说："谢谢你的见面礼！"

"啊？撞到你了？"她依然迷迷糊糊着，来得太早了，赵萌萌走了之后，她就睡着了，大概已经睡了一个小时。

"嗯！"林一二摸了摸疼痛感渐渐消失的下巴闷闷地答："你怎么了？很困？"

"没啊！有点儿无聊，就睡着了。"

"……"

"还在等你来啦！"

"不好意思！每天都要排队等洗澡，男生比较拖拉，等到要洗澡的时候全都一哄而上，而我总是那个抢不到的人，所以每次都只能最后。"

"那下次你就早点儿洗啊！我都是第一个洗的。"

"嗯！你来很久了？"

"我都睡了……"她抬起手，看了眼手表："差不多有一个小时了吧！"

"哦！好早，那时我正和舍友们争着洗澡。"

"没事啦！我待在宿舍也没什么事可做，就赶紧洗完来占位了，哪儿像你们男生还要去打球。"

"下次我们一起去打羽毛球？"话题突然就被转开。

"那我们的位置会给人占掉的。"

"哦！也是！"他挠了挠后脑勺，不好意思地笑笑道："那我下次也早点儿回去洗澡好了！老让你等这么久！"

"哟！什么时候学会见外了？啰唆死了！"她一边说着，一边从书包里拿出课本。

"这支笔是谁的？"一二拿起放在桌子上的粉红色圆珠笔问，记忆里，单双并没有这样的笔。

"哦！赵萌萌的！"

"她来做什么？"

"就问了一道题！"

"哦！你认识她？"前几天才刚在走廊上和她遇到过，最近怎么她频频光顾这个小小的生活圈子。

"不认识！"单双将那支圆珠笔收起来，然后说。

这个学校不算大，就算是"被认识"也不是什么值得奇怪的事。

那如果，她想要认识你，并且和你当很好的伙伴，并且以"姐妹"相称呢？

这样的问题让陆单双正面回答的话，答案肯定是直白的"有病"吧！

但赵萌萌并不是这样想的。

再次在走廊上看到她的时候，陆单双瞬间止住脚步，然后往回走。可是没走几步手就被拉住。

"学校四月份的春宴你会去吧？"

单双心想这不关你事吧！而且就算自己已经和一二报名参加了，也没有必要告诉你吧！

"怎么了？"

"我也报名了啊！"她高兴地答，然后又说："到时我们同一个小组好了！我会罩着你的！"她拍了拍她的肩膀道！

"野炊的事老师会安排，我们班级不同，而且我和你不熟！"说完，单双就往前走掉了，本来想要去操场，但此时胸口却像是被莫名其妙地憋满了气，这个学校有那么小么？每次都要撞见她。

"我的圆珠笔，你帮我保管着哦！晚上见！"

她走了几步后僵住在那里，她怎么知道圆珠笔在她那里，这是故意留下的借口？单双觉得怪怪的，为什么她想要竭尽全力来认识自己，和自己示好呢？

想了想，她还是掉过头往操场走去。

## 叁 [春宴]

依山而绕的小镇，一年四季都很美，每个季节，都有不同的美。

被小县城围绕在中间的城年山，像是一座魁伟的陆地孤岛，一年一年，延续着四季的童话。春则百花开，夏则绿，秋则落叶堆积果实累累，冬则山体光秃，但仍有一种荒凉的美感。这个不下雪的城镇，每年冬天的冷风宛似回荡在歌剧院里的回声一般，早上刚吹过去的风，到了山的那端，似乎是拐了个弯，在傍晚时分又吹了回来。

而靠在山脚下的城年中学每年春天都会举办一次春游，且美其名曰"春宴"——意为春天的宴会。每个班级都可自由报名参加，还会要求自带炊具，在那座满是春意的城年山上野炊踏青；而艺术班的学生则会带着画具去写生。对于全封闭式学校的学生来说，这样一年一度的活动的期待度绝对可以称得上爆棚——因为每年没去参加的同学，无一例外都是因要事而不能去的。因为失去了这次参加的机会，像是失去了课后饭余的谈资。别人都在集体谈论这次活动有趣的难忘之处，而你却只能呆坐在一旁静静倾听，连参与讨论都不能。这对于有着八卦天性的女生来说，绝对是一大憾事。而对于男生来说，在野外的恶作剧或者培育盛开不久的情愫，则更令人难忘些。

但对于陆单双来说，赵萌萌的一次次示好，却让她不知所措；而林一二也渐渐地觉得如临大敌。好像与杜双城的那次交锋之后，有些事情就如同多米诺骨牌效应一般，细微地，悄悄地一环扣着一环。当然，杜双城再也没有对他动手，但常常以恶意的眼神告示。林一二心底就算再要装得若无其事，但还是会被那种嫉恨的态度所影响。

林一二也说不出为什么被仇视！但那种芒刺在背的恨意，让他总觉得浑身不舒服。

或许这个世界上，并不是每件事情都非得有已知的答案。就像我讨厌虐待小动物的人与讨厌黑暗一般，有时候想来，也无理由，只有结果。想到这，林一二突然有点儿释然了。

况且他还是坏学生，反正应该也不是第一次这样了，看见任何人不顺眼，就可以打呀！也许在他成长的路上，到处都是血肉横飞的往日吧！


春宴的前一天，全校放假，但他们都没有回家，而是集体出动去挑选野炊所需要的食材，而班长则带领着另一部分同学去领学校发放的炊具。学校每年都有举办此类活动的习惯，意为学生减压，同时也为了提升这一项具有历史意义的活动的知名度——这也是其他学校所没有的待遇，似乎城年山就为城年中学而开，所以学校里，干脆也为一年一度的春宴准备了各式各样的炊具，只需要班主任按照每个班级小组给出来的炊具清单，统计后再吩咐班长去领回来，春宴的那天在班级里分完炊具后就出发。

城年山并不高，海拔三四百米的样子，而每年春宴的地方都会不一样，由老师们考察了之后，挑选出最好的野炊地点。

在前往城年山的路上，一二和单双提着一袋重重的蔬菜落在队伍的后方。

赵萌萌超过他们的时候，朝陆单双笑了一下，眼里充满着复杂的神色。

"她对你笑？"林一二看着已经越过他们往前走的赵萌萌。

"啊？"她依然看着刚才那个幻影似的人，一时没有反应过来。

"哦！没事！"估计她也没发现，林一二心想，那就没有再询问的必要了。

越往高处，就越能发现被郁郁葱葱的树木包围起来的林荫道处的空气，似乎更加清冽了一些。而从山上吹下来的风，掠过脸颊，凉凉的，像是春夜深处落下的露。

杜双城叼着烟从后面赶上来的时候，看见他们愣了一下，然后将烟扔在地上。他看着林一二，然后伸出手，林一二以为他要出手推他，心想着这可是山路，于是下意识地退了一步。但杜双城只是伸出双手将他们手中的袋子抢似的夺了过去，然后转身继续往上走。

林一二一时不知所措，反应过来的第一个动作则是低下头，伸脚将地上的烟踩灭了，然后才看了看同样不知所措的陆单双。

两人面面相觑。

"被抢了？"陆单双问。

"应该是吧！"一二面无表情地答。

"那怎么办？"

"去抢？"

"等爬上山再说吧！"单双回头看了看爬上来的路，然后又望了望前方已经不见了杜双城的路。心底不禁感叹，坏学生的体力就是好啊！但是她却忘记了，他是体育特长生——以扔铅球出名。

"呃！也好！"他也觉得就此上去夺东西也没有优势，而且他跑得也太快了吧！

可十几分钟后，当他们爬上去的时候，却发现那袋子蔬菜正安静地在正午的温暖阳光下，幸福且嫩绿地散发着属于生命的光。两人又对看了一眼，然后上去，一人提着一端，往人群里走去。


寥寥尘世，哪有那么多的为什么！

一场喧闹便冲淡不快，一念欢喜便冲开悲哀的心结。

而那支圆珠笔，赵萌萌却没有再去找她要。

但是也不奇怪，因为当天晚上，她便兀自换了平常习惯去的自习室——经过之前学习的那间教室的时候，单双走到老座位处，将圆珠笔放在那张桌子的桌面上。

春宴之前，赵萌萌没有再去找过她。单双自以为那件事，就让时间冲淡了，根本不值得让她在心上记挂那么久，而事实上，她也扪心自问和杜双城没有任何交集！

——如果除去今天，在此之前。

可是莫名其妙地，他就帮他们将一袋子很重的蔬菜提到山顶，并且不留任何言语。

而林一二的心底却别扭着。是看不起自己太弱小么？还是为了帮单双？想起上次被推倒差点儿被打的事，貌似也是因为单双的出现才变得好收场的。因为这点，或许内心会自卑些，但是想到关于要去计较的行为，也觉得大可不必，而且真的计较起来，则更像是承认自己的弱小。

内心有一棵向日葵，会迎着风雨长大，甚至盛开。

可是心底若拥有太多的猜忌和自卑，就算是茁壮的内心，也会渐渐变得萎缩吧！

那还是兀自吞噬黑暗和不快，像是背弃黑暗的向日葵一般，迎着太阳，茁壮生长。

春宴开始的时候，赵萌萌果然参与到他们的那个小组里面，至于她是怎样让老师同意他们在一个小组里的，他们似乎也没有兴趣知道。反正这个小组里，也不单单他们两个，而赵萌萌此行的目的也很明显，就是为了陆单双。这样的主动的献媚，林一二觉得她不再像是以往同学里口头相传的话题女生，而是那些脑袋缺根筋的大大咧咧的女生，有点儿硬装可爱但又有点儿可取的好性格。大抵人总是分两种：好人和坏人。但是好人的界定点太微妙了，微妙到坏人有时也可能是好人。

　　而对于陆单双来说，赵萌萌的出发点或许是真心的，但她实在是放不下先前对她的坏印象。

　　"还在生我上次的气？"她坐在单双的身边问。

　　"嗯？你说什么？"她回过头去问她，停下手里正在清洗的蔬菜。

　　"上次校门口的事，是个误会，对不起！"

　　"最近你就是为了这件事而？"没有说完那句话，但是潜台词对她来说已经很明了，于是便没再说下去。

　　"啊！嗯！大概是吧！后来去问双城了，是个误会，他说他对你没什么特别感觉。"

　　"这个不关我事，反正我跟他不熟。"声音闷闷地，自我地说道，她望着在远处的河边洗炊具的一二，然后又转过头来跟她说。

　　这时，林一二转过头来望了她一眼，她们两个坐在一起说话的情景总是有种说不出的违和感。

　　"她们很熟？"旁边一起洗东西的同学问，林一二看着他，然后说："不知道。"

　　"嗯！"男生低下头去继续洗东西，林一二这时也转过头来，身子俯在清澈的河流上。河流映着几张没有表情的脸，他们的手中各自闷闷地在清洗手中的蔬菜。这时，林一二突然扬起嘴角，硬扯出一个微笑，看到那个模糊不清的笑时，他真心笑了出来，有点儿滑稽。

　　"不熟是认识的意思么？"赵萌萌欢喜地问，似乎是在探究着她的一切，而且像是要就其可能地挖掘关于岁月里那些她不知道的隐秘情事。

　　可是没有呀！如果陆单双知道那句话的背后意思的话，她肯定会如此回答。

　　"以前同一个学校过，知道他。"

"哦！那也是，他那么出格！"赵萌萌若有所思地说，却又像想起什么似的说："这样说起来，我们以前也是校友咯？"

"嗯？你也是四方中学的？"

"读过两年，初三不在那里读。"

"哦！"以前没听过你，是比现在收敛么？还是？陆单双的心底有好多潜台词想要冒出来，可终归还是不熟悉呀！这最多算是真正意义上的第一次交流，而且还是从道歉开始的。

"去那边再洗洗这些菜吧！"赵萌萌提起那个水桶，然后微笑地看着她说。

春深处阳光很美，陆单双抬起头看着她微笑的脸，只消那一瞬，对她所有的坏印象，如同春雨后随同微风消散的云朵般消散。她其实长得也很美，但是却美得很霸道：扎起马尾辫后露出来的光洁的额头，加上那个与自己相比像是陡峭的秀峰般的鼻子，还有丰满的唇以及因为瘦显得很尖的下巴！从来没有关注她外表的她，此时却被瞬间打动！

她站了起来，和赵萌萌一人提着水桶的一边，往小溪处走去。

刺破往日僵局的一幕，硬生生地刺进杜双城的眼里。他站在远处看着陆单双忘情地看着赵萌萌那张"虚伪"的脸的表情，突然心底咯噔一下。他清楚地知道，赵萌萌已非往日的那个她了，已经再也不是那个下了决心又反复拒绝，甚至在自己面前哭泣以及因为恐惧而全身发抖的她了。她不再是她了，她的眼底里掩饰不去的，满满的都是爱恨情仇。而杜双城，依然不懂这一切因他而起。

林一二看见她们走过来，站了起来，将她们手中的水桶接了过去。

却听见她们继续讨论："你会做菜？"赵萌萌问单双。

"算会吧！"她蹲下去帮林一二洗菜。

赵萌萌站了一会儿，对着她的背影，突兀地笑了笑，然后默默地往野

炊地点的另一端走去。陆单双抬头看见赵萌萌走开了，人群里也看不见她，
又转过身来继续洗菜。

"你们认识？"林一二问。

"哦！现在算是了吧！"

"嗯！也好！"林一二转过身去，他不知道陆单双、杜双城和赵萌萌
间的剪不断理还乱的关系，而他好像也总是容易把事情想单纯。因为初中
时期曾经和所谓的坏孩子好过的他，并不担心赵萌萌能对陆单双造成怎样
的影响。

"什么？"陆单双不知道这个"也好"的潜台词。

"我说还可以啊！"

"为什么是还可以？好奇怪！"陆单双不解地问："你的意思是我和
坏学生好，是很自然的事么？"

"难道你初中也没有和坏学生好过么？"他盯了她一眼。

"没有！为什么要和坏学生好？"

"哦！我和好学生以及所谓的坏学生都好过。"林一二停下手中的动
作，然后若有所思地说，"其实他们并不坏。"他们只是，比我们更纯粹地
对这个世界怀有喜怒哀乐的情绪而已。林一二最后一句话没有说出来，而是
停下手中的动作，然后沉入回忆里。那一段过去，突然让他觉得清醒无比，
宛若那个瞬间附身于冰冷的水面一般。

**肆** [黑暗之光]

面对着永不停留的青春年少，沉醉在怀念情节里的人，总是占据着多
数，并且与日俱增。林一二发现自己在这个春日的中午，记忆被打开了一个

缺口后，就再也无法止住追忆的情绪！

　　可是被明媚的春日打亮的心房，却并不是忆起太美好的情事。

　　"我以前的学校，黑白两道交杂着，而那时的我，也很难分清所谓的好坏，大抵是因为我性格里的软弱吧！或许又不能称之为软弱，而只是甘于对现实妥协以及献媚而已。因为我知道在那样的环境里，太卑微的人，只会像海底的食物残渣般，被大小鱼群蚕食干净。而生存在学校边缘那些成绩不好不坏的学生们，就是那群食物残渣。年复一年作为坏学生们的欺负对象。以前的我是，而后来就不是了，因为我跟那些所谓的坏学生关系好了起来。"一二顿了一下，然后笑了笑，继续说："可是我并没有跟着坏起来，我也不知道什么原因。"

　　"因为你像是太阳，最终打破了黑暗吧！你那么正气，站在狼群里，也能深觉你只是一只本质良好的小绵羊。"而且你就像是一棵向日葵，虽然与阴影依靠，却总是向往着阳光。

　　"或许是因为我的胆小懦弱吧！"总归要为自己找一个原因，而这个貌似可以成立，从小至今，依别人的印象和自己的妥协看来。

　　初中时的他已然将年少时的自闭都丢失在沉闷的岁月里了，而与一大帮同学关系好起来的时候，他也不知道该如何去分辨哪些是值得交往的。大概是心底自我保护的情结太厚重，被那群坏学生欺负后的他，却逆着风走近他们。

　　处于青春期的他，内心总是怀着太多的不知以及想要急切解开的问题，而这些，即使不问，也能在毫不避讳的他们当中找到答案。

　　终将长大的少年，可以肆无忌惮地窥探所谓的青春隐私。

　　那一年他有性冲动的时候，并不觉得这是所谓的发育，而更像是身体对所谓的情欲的一次对抗，或者称之为找到一种对身体发泄的方式。

　　他们那群人，可以嬉笑打骂着讨论这些关于发育和身体冲动之类的话题，而反之，沉在那群所谓的好学生中间的时候，却总是要面对着巨大的沉默以及内心的自我压抑和无止境的检讨。那之前的他，总觉得那是种下流的举动，而每次压抑不住的时候，却总觉得那是种自我背叛。

而所谓的坏学生，却可以大方地告诉他这称为发育，是很正常的生理现象。因为他不懂，从来没有接触过这个话题，所以内心听到的时候，虽然别扭但是却觉得欢喜，像是心底很多的尘埃都被打扫干净般。这样之后，反而更健康地面对自己的这一切。

而那沉溺在其中岁月里一次次无心的自我反抗和妥协，则更像是一场自我成长。那些所谓的矜持，莫名守着的秘密像是世间最无趣的原则，而被轻轻揭开答案的瞬间，心底满满的都是释然。那些好学生们，会乐意与自己说这些么？他想。

初中时，他记得是十一国庆期间，连续七天都没有回家，住在很多同学的家里。第一天的时候，在同学家里给家里打了电话，说要在同学家住不回去。而向来对他很放心的父母并没有多问，只是交代了些多注意安全之类的话，便挂了电话。这让一直兀自成长的林一二觉得莫名感动的同时也颇为失落，仿佛这样的放任并不是放心而是不在乎一般。那时的他纵然没有想这么多，而后这也被成长的一切情绪冲淡了。

虽然一直身在那群人中间，跟着他们去玩，去水库游泳；在黑夜里行走，到处去同学的家里串门；看他们抽烟，却因始终接受不了那个味道而不抽，但是他一直很奇怪，为何他们没有逼迫他抽烟，只是在每次集体抽烟的时候笑笑地看着他，眼神里似乎有一种暗示着"他不抽"的情绪。

而那一次深有印象的过去，是以受伤来记得的。

他所在的那个镇上，有很多个小村庄，而他们所在的学校，便是那所镇上唯一的中学。那个假期的一个晚上，他们集体去另一个村庄的同学家串门，疯玩，到了深夜才集体回到另一个村庄他们借住的同学家。夹在人群中的他，并没有感到那种从心底油然而生的踏实感。其他人说说笑笑，唯有他紧张地跟随着人群前进，并且时不时地向后面看去。那时的他，像是在莫名其妙地怕一些所谓的黑夜怪兽般。

黑暗是他始终不能释怀的一种情怀，长久地盘踞在他的心底，宛若不断生长的藤蔓植物。

终于在那个夜晚冲破惊惧的内心，破土而出。

原本一路安分走路的他们，这时却不知道是谁，看着迎面开来的一辆闪着光的警车突然说："我们朝警车扔石头好不好？"

原把那一道当做是黑暗之光的林一二，在听到这样的话之后，心底不禁默默地颤抖。心底的希望因为他们的话语而渐渐灭了下去。

是的，他还是害怕这样的举动所造成的后果。

可是天真的他，哪知道这只是善意的玩笑。

警车闪着蓝红色的光迎面开来的时候，越近他就越紧张。终于，在警车与他们即将擦身而过的时候，他跳下了马路旁边的水沟。那时的他并不知道水沟有多深，他只是单纯地想要逃避掉那个自己不敢做却必须要面对的事。可事实是他们并没有往警车扔石头，但是他已经跳进水沟了。

水沟里没有水，满是石子，他跳下去的时候："嗷！"的一声叫出来。

警车已经走远了，寂寂的黑夜里，他突兀地发出这样的叫声，他们借着另一辆车照过来的光将林一二从水沟里拉出来。他觉得手臂火辣辣地痛，应该是被擦伤了。

所以被拉上来的时候，他一言不发，伙伴们只是问："怎么那么不小心？"他摇了摇头，低着头，像是受了莫大的委屈一样，像是突然地被黑暗和玩笑话摆了无辜的一道。人与人之间的默契，以及语言，真是高深莫测的东西啊！

而回到同学的家之后，他们在帮他擦药的时候，他只是说："太黑了，看不清路，然后就掉下去了。"

"真不小心呀！都擦破皮了！"

"嗯！很痛呢！"跳下去的那一刻，整个脑袋像是空的，脚底突然踩空，然后就滚下去了。

可是他们并没有取笑我呀！林一二看着帮自己上药的同学，感激地想。虽然受伤了，但被关心的感觉，令心里突然暖暖的，像是黑暗里的光芒一般，而自己则像棵黑夜向日葵一般，想要趋近那样的光芒却又畏惧。

最终他也忘记了之后的其他琐碎，而从那件事情之后，他终于知道面对自己懦弱的内心，比装坚强来得重要。或许吧！自卑懦弱的人，总会有自己的美处，不然在那寂寥成长的岁月里，为什么能相安无事地处在他们之间呢？

这关于成长的本事，仿佛是天生的呢！人生于这世上，作为食物链最顶级的动物，这点儿所谓的生存能力也是很本能的吧！降生走路学说话懂得区分颜色懂得区分好坏、懂得表达喜怒哀乐懂得隐藏自己的难过懂得假装懂得太多太多的东西，而这些一点点懂得的过程，被称之为成长，那是世上的任何生物，都必须经过的阶段。

只是作为人类的自己，要更复杂艰难罢了。

"所以你胆子真的很小了？"春宴的那天下午，单双听完林一二的叙述，然后站了起来，她活动了下因为久蹲而发酸的双腿，而沉浸在过去里的林一二，依然保持着双手泡在凉凉的溪水里的动作。

"没有了吧！不过依然比较习惯逃避！"他也站了起来，那瞬间，天地仿佛暗了一下，然后从故事里回过神来之后，这个世界又恢复先前的熙熙攘攘。

她也没有再说话，再问的话或许他又不知所措了吧！

本性是善良懦弱的人，终究是坏不成的。

但终究谁都忘记了。

他们与我们都是慢慢学坏，而不是瞬间变好的。

春宴之后的几天，并没有看见赵萌萌上来找单双搭讪。

若是再仔细想起的话，应该是从那天春宴洗菜的时候走掉开始就再没有看见她了。原来的小组按照原人数继续野炊。明媚的春日，山顶升腾而起的袅袅炊烟，像是每年春天对城年山的一次祭奠。

单双也没有为此觉得突兀或者是莫名其妙，就当做是她善意的一次道歉罢了。

## 伍 [春宴之后]

春宴之后，很多嗅到即将来临的考试火药味的好学生，便开始拼命般准备期中考。城年中学的学生们像是从后山厨房转战到教室战场的士兵一般奋战。

若是将一个月、两个月换做一天来过的话，那应该就像是奔腾而过的走马灯，每一幅都是校园生活，每一幅都以瞬间风景应对校园百态。

"那个，单双——"他欲言又止。

"嗯？"她抬起头来问，教室里，只有哗啦啦翻书的声音以及写字发出的沙沙声。

"你和杜双城是不是认识？"

"怎么了？"

"没事了！"他丧气地低下头去，继续推敲那道数学题。

"你是问那天他帮我们提东西的事么？"

"嗯！"他停下笔，然后想了想又说："还有——那个赵萌萌为什么会莫名其妙地对你好。"这些，她都没告诉过他，甚至是那次校门口差点儿被打的事情，虽然不尽知道，但是总能隐隐约约地感到她们之间有什么事情发生。

"怎么说呢！"她抓了一下头发："赵萌萌是因为之前对我有点儿误会，然后找了一大帮人要打我，但是没打成，所以后来找我道歉了，承认是她自己搞错。然后……"她迟疑了一下，觉得杜双城跟自己也没多大的关系，说说也无妨，于是便站起来："出去外面说。"

林一二站了起来，走在前面。

夜晚的空气很好，凉凉的微风吹过也不觉得生硬，这个季节的风宛似生来就温柔，一点儿都不懂得暴戾之气。

"然后怎么了？"他问，双手抱在胸前，因为觉得有点儿凉，所以双手抱起来护着身子。但是这样看起来又有点儿严肃。

"哈哈！你那么紧张干吗？"她伸手去拍打了一下他的肩膀。像是故作轻松的动作，却在下一刻冷静下来："我是认识杜双城的，但和他不熟。"

"哦？"没听你说过。不过，即使不说又如何，我们又不是如传闻中那样亲密吧？你们也只是普通到像是路人一样的关系吧？

太自以为是的人，也会让人生厌的。

"我记得他，只是不屑于说起而已。"她叹了口气。

"是因为他是坏学生？"

"大概吧！我家里的管教也很严格，我只能安分守己地做好自己该做的事，比如读书，比如好好生活。"

"你没那个过么？"问出这句话的时候，他觉得脸刷地一下红了。只是想问你是否恋爱过而已，就脸红成这样。若是要表白呢？若是要为了心中的那份炽热而付诸行动呢？会寸步难行吧！

"什么？"

"没什么！说说你们的认识吧。"赶紧转移话题，有或无，都是过去吧！

　　"小时候，我和父母去过四方镇春游探亲，然后遇到他，我因为肚子饿闹着要吃饭，而父母却着急赶路，就给钱让我自己去买包子吃。后来，才知道他们那时是在找那个镇子上的房子，因为从初中开始我们就要搬到四方镇。当时——当时他来抢我的包子，可搞笑的是我并没有害怕，看见他也是和我一样的小孩子后，我就由着他了，然后自己又去买了一份，回来时他就不见了。我觉得他大概是因为肚子饿吧！那时真的不知道他为什么会一个人在街上抢东西，我打小就仗义，父母总是灌输我尊老爱幼、对别人多忍让的精神，所以也没多追究。他让我印象很深刻，虽然他抢了我的东西，但是我却看得出他善良，或许是害怕的一面，而多年后再看到他，那些东西都不见了，正如他那天推撞你一样。"

　　"所以，他应该是记得你的么？"

　　"我不知道，应该吧！初中我们同一个学校，但是从来没有真正地打过照面，他不犯我我不犯他，在学校里，我们完全是两个极端。"


　　心底盘旋的风像是突然停了下来，鼻端的呼吸也像是轻盈了起来，因为和她谈起隐秘往事而惴惴不安的心，此刻也安稳了下来。

　　这些从她嘴里说出来的话，怎么像是恍然隔世的语言。他沉默了很久，她也没有继续说话，只是安安静静地站着，直到远处补习的下课铃响起。

　　"那，赵萌萌和你的误会是？"他似乎是理了很久，然后才又回到这个初始的问题上。

　　"就因为杜双城吧！"她摊了摊手，无奈地说。

　　"为什么？"

　　"不清楚，她喜欢杜双城吧！"

　　"那为什么她喜欢杜双城要误会——"他噼里啪啦地说，像是自动扫射的机关枪，可是话说到这里，又突然停下："意思是她误会杜双城喜欢你么？"

"是吧！"灯光下，能看清她的侧脸，微微动容了一下。

"那——你呢？"最终还是要问。

"怎么可能！"她反应激烈地说。

"哦！呵呵！"像是傻子一样。是事情得到答案了，还是心结得到告解？他和她，明明是八字没一撇的情谊，却总是因为自己懦弱又自卑的心而变得如同谜一般的存在。其实是多虑了。

夜晚的最后，林一二和陆单双微笑着走进课室，因为逐渐明朗起来的情谊，以及各自炽热的心而变得温暖的感情，让他觉得如今真好。他和赵萌萌不同，他怕无收获的付出，而赵萌萌，孤身一人，为爱可以付出很多，甚至得不到收获，依然往前。

像个勇士一样。

但是——

近处之温暖，风并不会将之绵延至他方呀！

此时之情深，并不能延至彼方之——哪怕一点点的情之清浅。

[如果你们能看见，上帝在玩的游戏，他在走的人生道路，你会觉得悲凉么？]

[没人懂得他的悲伤吧？这些潜伏在不属于他们世界里的混乱江湖事，只有自己能承担了，对吧！杜双城？]

[他在暗夜里翻过墙的时候，被往后的力道拉了回去，而后，像是很多个过去的日日夜夜一样。]

[黑暗里，看不清他们的脸。]

# 陆 [时日]

往日如白云苍狗，当下的日子像是岁月大战般，时间士兵们翻山越岭而去。

这世界安静得仿佛你们都没有出现一般。

春宴之后的许多天，赵萌萌像是潜伏起来了一般，这个校园里难以见到她的身影。而陆单双也没有将这些放在心上介意的环节里，因为她先前的出现，对自己来说，或许只是一场吵架后的善后戏份，而后她也可以像个跑龙套的一般，安分退场。而单双过自己的生活，走自己的人生戏路。

在繁杂的学习间隙里，抬起头的时候，只要扭过头去，就能看见坐在窗边的林一二的侧脸——平和的侧脸，轮廓并不立体到咄咄逼人，这样看上去反而觉得更让人舒心。

她和林一二的关系在那一次谈话之后，变得渐渐微妙起来。

而她也深感奇怪——从不问过去生活的他，却事无巨细地挖掘她过去的生活，按图索骥般搬弄她过去的感情。可是她哪有，以往的生活乏善可陈，索然无味，那适合情窦初开的时间里，连来得及认识这个世界的人情世故都不够，还何来感情生活呢！说来真好笑，每当想起林一二涨红着脸问"你谈过恋爱没有"的时候，她就笑得想打滚。

那种想要被关心被珍爱的情感被这样可爱地询问的时候，便会变得暧昧以及微妙起来吧！可是连对方都不敢道破的结局，她认为再多说也是无谓的。

"只要，能在你身边，那何须表白与深藏呢！
即使是不爱的，能陪伴在你身边，也能像是你所需要的阳光般吧？
这样是否多情？这和以往的我，差不多。
直接又利索。"

　　她最近总是在盯着他侧脸或者背影的时候发呆，不知不觉按在练习册上的钢笔的墨水就在纸上晕散了开来，没有规则的形状，像是在嘲笑自己的分神。

　　她往后撩了撩额前的头发，然后又再度靠前了身子去集中注意力做题。

　　可是已经多久了，只要他坐在身边，很多情绪都无法集中在这些上面，总是想着他的过去。

　　总是很想问"嘿！那你的初中是怎样的？"太多不理解以及不知道的事，藏在心底，荡来荡去——特别是被他一一询问自己的过去之后。

　　"在做什么？"她用手肘碰了碰他，然后轻声问他。

　　他愣了一下，然后呆呆地转过脸来看着她，恍过神来的时候才将手中的练习册推过来给她看。

　　"哦！物理！"

　　"怎么了？"似乎是觉得有点儿和平时不一样的，或许深觉怪异的地方。

　　"我们出去吹吹风吧。"

　　"嗯！等我做完这道题。"他转过身去，陆单双看见他拽过旁边的稿纸，将最后一步计算写完，然后将最后的解题步骤写在练习册上，再写上答案。做完这些之后，他转过来对她笑："走吧！"

　　如沐春风呀！如沐春风般的笑！

　　"做题无聊了？"他依然笑着问，那些笑容对单双来说，就像是暗夜里的阳光般，能照进阴霾的心房。

　　"大概……是吧！"她点了点头，手抓着走廊的围墙然后摇晃着身子说："就想和你说话。"

　　"嗯？"——"好像？心事重重的样子？"

　　"啊！"她转过头来："像么？"

　　"不像！"看着那张笑靥如春风的脸，实在觉得是一点儿都没有心事累赘的模样，倒是隐隐觉得她心底有开心的事。

"其实啊！我想和你说说话而已！"

"你又重复刚才的话了，想说什么？"无奈地笑笑，今天的她，貌似有些反常。但陆单双却踟蹰着，总觉得有些话是很难问出口的。

"就——想和你聊聊以前的事啦！我初中的事都说给你听了，我都不知道你初中的事！"心底怦怦地跳着，都不知道是紧张还是为之爱的心跳。

"哈！原来你想说这个啊！就不怕我这么闷的人闷到你么？"他说道。

"你小时候很内向我知道，你以前说过，猫的事我也知道了，初中的你只说过一些。"她说着，然后又停下来，突然觉得这么直接不好，于是又补充道："最近准备考试好闷，找不到别人说话啦！我就跟你比较好，所以，说点儿来解解闷吧！"

"现在，春天都过得差不多了吧！"他并没有听到她后面补充的那些话语，而是看着眼前星星点点的光亮发着呆，身上的长袖前几日已经早早地换做短袖校服了，而路过学校体育馆的时候，可以看到白色的瓷砖墙柱上贴着游泳兴趣班的广告贴纸。眼前晃了一下，那张贴不稳的白色纸张，突然被微风掀起一个角。

"要不，我们去报游泳兴趣班吧？"想到这里，他又突然转过来说道。单双好像还没从他刚才打岔的话题里回过神来，便听见他这样说。林一二看着她呆呆的样子，然后笑道："春天都过去啦！夏天来了，避免无聊，我们可以去报游泳兴趣班，还可以锻炼身体哦！"

"你一直都这样么？"她闷闷地说道，一个好端端的话题，硬是被扯离自己的思想轨道："小儿多动症？"

"什么？"他伸了一下舌头："只是好像听到你说学习太闷而已，所以就建议去游泳啊！而我，要说初中的好玩的事，大概也没多少。因为太平庸了，除了学习，然后偶尔和别的班级年级的学生交下笔友。那时，很流行交笔友呀！你有么？"

"嗯！有！但是联系了几次，就断了，怕被妈妈发现说耽搁学习。但——也实在是有些无聊，所以就打住了，没有再写。"

"我以前有一群玩得好的朋友，大概到了这个季节，指甲花就开了，然后我们就会翻学校的墙去后山人家的花园里偷摘指甲花，可是我常常爬不过墙，于是每次都是他们去摘，我在另一边放风。不过一年就只会在春夏交际的时候才会去几次，所以两年之后，跟那帮朋友也不了了之了。人对人很难保持长久的热情，就像我，记起这件事的时候，不是先记得人物，而是先记得事情发生的源泉——那些翠绿的指甲花。"他喃喃地说道，双手抱着，然后靠在走廊的角落靠墙站着。

"你知道指甲花么？"一二看着若有所思的单双，问道。

她点了一下头："那时跟写信一样，都是一种潮流般，男女都染，好朋友之间还会帮忙染。"

"嗯……后来我才知道指甲花也会开花，但其实我没见过它开花，每次他们去摘回来我看到的总是叶子，他们也从没有形容过指甲花是怎样的，好像我们都只是记得要把叶子捣碎，然后敷在指甲上，但是常常会敷得不均匀，连周边的皮肤通常都被染成红色的。"

顿了一会儿，他又说道："我也好几年没见过了。"

"是没见过，还是根本不知道它长什么样？"像他这样"软弱"或者说是好孩子般的人，应该是很难知道这世界上有那么多美好的东西存在的吧！可是一说出口，总归觉得有点儿不妥，如果他是"软弱"的，那这句话也许会宛似如鲠在喉的鱼刺般吧！

"猪头！"不过他仍是笑笑，然后往教室的方向走："再不学习，成绩就要飞流直下三千尺啦！"

她站在他身后，翻了下白眼，走向教室。

没有再多的刻意的理解了，就像岁月里很多无意的情节一般，该发生的，应该总会发生吧！所以，要那么在意干吗！总归是无聊的东西——但这些所谓的"无聊"以及"闷闷闷"——就是爱的源泉呀！

谁体会谁知道！

**柒**[成绩表]

期中考试成绩表公布的那天。

他们挤进人群里的身躯，仿佛是想要极力跃过龙门的鱼般，除了奋力一跃，还必须要经过不断逆流而上的水。

水——眼前是水一般的人群，从走廊的各方聚集过来。

自从教务主任将长长的三张期中考试排名表贴上去之后，几乎这年级的所有学生便像鱼池里被撒了食物残渣的鱼儿般，往"食物"聚集过来。涌动着密密麻麻的人流，而每个人的心底，也涌动着另一道悲伤或者欢欣的暗流。

一二终于挤到前面的时候，看了一眼自己的名次。

"还好，比上次还上升了一个名次。"他的目光锁定在那个"19"的数字上面，喃喃地说。

可是——手指指在上面往下看的时候，却在28名处看到单双的名字，而上次，他记得她是紧靠在他之后的。他转过身去，想要寻找单双的身影，可刚转过来，就碰上那张淡然的脸。

依然被人流挤着，他说："出去吧！"

他往外走去，还是要经过一层层的人墙。

看见她失望的模样，他想要去安慰，想要牵着她的手，远离这个没有硝烟的战场。

可是自己还没作好准备的时候，已经看不到单双的身影了。

一二走出人群的时候，往里面看了一眼，已经看不见她了。

单双往回看，没有看到一二，转身下了楼梯。

# 捌 [爱之黑洞]

[或许，计划，真的远远比不上所谓的变化的——多年前我们的计划的加快，还有多年后，我的计划的变化一般。]
　　——这时候几乎所有高一年级的学生都聚集在那张排名表前面。而赵萌萌却靠在教学楼后面的墙壁上，看着不远处的杜双城，若有所思地，吞云吐雾。
　　吸烟，是初三那年跟着那群坏孩子学会的。
　　他们估计早就学好了，她自己自嘲般想道，然后渐渐地沉陷下去。

爱一个人的时候，便会全部都沉下去。
像是一片无底的汪洋，宇宙之黑洞。

# 下 阕

[ 恋 自 己 的 爱 ]

　　最后明媚的阳光，在回想起母亲疯狂的笑容的那一刻，消散而去。

　　整个脑袋是沉重的，手臂像是被折断一样地痛，身躯与情绪像是要重蹈母亲的罪恶!

　　谁来救救我?

## 壹 [春宴那天]

　　有些心情是不能对人诉说的，就像躲在世界中心但依然穿堂而过的虚无的风一般，它是存在于这世界上的，却并不能被他人捕捉以及拥有。

　　所以，他心底的心思，是很讨厌被人看透的。

　　杜双城从未如此厌恶过赵萌萌。

　　从春宴之后，她便开始缠着他，上学的路上、放学的教室，甚至抽烟聚众的地方，而且话题无一都直接指向心底不能说的爱恋去。"你是不是喜欢陆单双？"、"你为什么要保护她？"、"你们以前谈过恋爱吗？"、"她看起来好像一点都不喜欢你啊！"，最后赵萌萌被逼急了，直接问，"还是你们在谈地下恋爱啊？"

"啪！"杜双城从那次之后，直接关上那颗可能让她遇见的开关，宛似并联电路的不同分支，永远不会相逢的电流值，他们所有人的总和，是这座学校的人流，而不尽相同。

后来他接续的旷课，却无意中遇见了一个已经渐渐模糊在记忆里的人。

可是，这一切事情的源头，还是得回到春宴那一日。

"你葫芦里，究竟卖的什么药？"迎着明媚的阳光，他轻蔑地笑着问她，赵萌萌才刚站定，转身看了眼在远处的小溪边洗菜的陆单双，一瞬间就知道他在说什么了。在那之前，赵萌萌和陆单双蹲在地上整理着蔬菜，而就在那时，她突然看到杜双城。他在叫她，表情看上去让她不是很爽的样子，但是难得他主动叫她，赵萌萌还是贱兮兮地走了过去。

"她有什么好的？真的值得你爱那么久么？"果然是为了她的事而来呢，就知道你不会安好心。她心想着，然后转过头去看了一眼远处的陆单双，她和林一二不知道在说些什么，因为认真听林一二讲话而蹙着的眉，看上去是挺可爱的。

"你说什么？"他逼近她，而她已经习惯了他这样咄咄逼人的态度了。

"上周，你是怎么说的？你忘记了么？"

他皱着眉，看着眼前变得越来越像自己的女生，不禁心中冷笑。

"你不是很久都没碰女孩子了么？"上周，赵萌萌找到杜双城的时候，第一句话便这样问。

"你又知道？"

"我当然知道。"她顿了一下，胸有成竹地继续说："那我再问你一次，那个陆什么双。"

"陆单双。"他抢先着说，而说完之后他也为这急促的反应愣了一下。

"哟！你认识她？"

"不关你事。"他神情冷漠地走了几步，眼里满是红色的血丝，配合着凶狠的神情，像是一条条鲜红色的蛇芯子："再说，我们有关系么？"

赵萌萌持续着刚才咄咄逼人的表情，看着短暂沉思的杜双城，然后又轻蔑地笑了。她接近陆单双的身边，或许是因为上周之前去搜索到关于初中时，杜双城与陆单双的一些似有似无的关系。再说，接近她，既有契机，又有目的，本来是顺其自然的事，而杜双城的紧张则更是证明了"他喜欢她"这个事实。一想到他单恋一个对他自己来说远在天边的人这么久，她就有点儿受不了。

他回过神来："你靠近她究竟有什么目的？"

"我们是好姐妹哦！"她捂着嘴笑。

"呵！鬼才相信！你要知道，这个校园里，你们永远都不可能是同个等级上的人，而你接近她，怕是有目的的吧？"他笑，但是仿佛渐渐地，没了往日咄咄逼人的怒气了。

"是呀！对你来说，所有的事，都存在着因果，所有的人，都存在着利益。但是对我来说，或者更简单一些，我是因为你呀！"这个山腰上的野炊之地，有一处靠近森林的地方，他们就站在那个边缘之处，她说完这句话的时候，将脸往前凑，逼近着他。

"就是因为你，我才接近她的，我只是跟她转达了你的意愿而已。"她盯着他的眼，那种专注的神情，像是要洞穿他的所有心思一般。

"什么意愿？"他粗暴地推开她，两人所处的地方有点儿坑洼，她没有站稳就往后倒去，坐下的时候，手弯曲了一下。

"痛！"稳住之后，她坐在地上，手抚着另外一只手："我操你妈啊！推我干吗！有病啊！痛死了！"她忍着痛，仍然骂道。

他蹲下身子来："我问你话呢？现在不是你要大小姐脾气的时候。"

"你他妈的，她不爱你不喜欢你甚至唾弃你，明白么？这是她亲口说的，而且你也不是真正爱她的吧！你就是想找一个精神依赖而已，你这种人，自以为是，目中无人，就是注定要孤苦一辈子的……"也不知道怎么的，说着说着，眼泪就掉了下来了。

是的！他"自以为是"，但自己就是喜欢他啊！比任何人都理解他，虽然桀骜不驯，但是内心温暖的光，她见过。

他"目中无人"，但是他是真的爱她的呀！自己感受得到，不然为什么那么害怕地要去维护自己内心的防线呢！只是因为陷得太深，而不能自拔的时候，才用这样的方法去维护自己的利益罢了。

不然你以为她能好好地继续在这个校园里么？

为了在相同的等级上和你对抗，只是为了爱你，也为了保护自己。

——但是我懂，不能触犯到你最后的防线。

可是回过神来的下一刻，他只是凶狠地捏着她的脸颊，一点儿都不温柔，那些所谓的美象，只是因为"喜欢"而幻想的美好而已。她从未如此伤心过！手很痛，像是骨折了，也像是脱臼了。

而他也只是冷漠地说："我怎样都与你无关，我只是知道，如果你再这样任性下去，就别怪我心狠手辣！我很清楚这个校园里的生存规则，当然也包括爱，为了保护她，我会不择手段，因为我们在不同的等级里，所以我会保护她，而不会占有她。纵使霸道，但也只是为了保护她，而不是因为爱她就要占有她，你懂了么？"

说完这句话之后，他走了，那一天，他没有来搀扶起她，就由着她坐在原地哭泣。

即使是母亲疯了的那一天，自己的内心，也没有如此地悲伤和无助过。

为什么有你这样的人呢？可以将明明有关系的情感，撇得一干二净。

为什么要爱你呢！若无其事的爱恋，为什么要发生在自己身上呢！

最后明媚的阳光，在回想起母亲疯狂的笑容的那一刻，消散而去。

整个脑袋是沉重的，手臂像是被折断一样地痛，身躯与情绪像是要重蹈母亲的罪恶！

谁来救救我？

贰[顾诗婵]

赵萌萌消失的那段时间里，他虽然有耳闻赵萌萌发生的事，但内心只是稍微不安了一会儿，之后便无其他情绪，甚至有想让她消失的念头，这个比悲痛的情绪，还要浓烈。而班上那几个尽管知道他便是这事儿始作俑者的人，也通通都不敢吭声去举报。

根据耳闻而来的消息是——"赵萌萌右手骨折，当天发现的时候已经昏迷过去，被送往医院医治之后暂无生命危险，但是需要休养半个月以上。"

而杜双城听到那句"暂无生命危险"的时候，仍是冷血地轻蔑一笑。周围的人，特别是知道他便是始作俑者的同学，都用一种匪夷所思的神情看着他。究竟是多么冷血的人，才能如此自然地做出这样的表情。

但纵是所有人都不理解杜双城，只要他自己懂自己便够了不是么？而他却也不知道，这世上，还仍有努力想要理解他的人——赵萌萌其实知道他初中所有的小事大事，甚至每一次的打架，甚至最后发疯似的练铅球。那时所有的人都不理解他，而他也只是当做一种发泄，也为了一种出口和信仰的坚持。可是当他拿到全镇的铅球考试第一名的时候，所有人都仿似明白了，他所有的努力，只是为了城年高中，而他为何要如此，仍然如他不轻易坦白的内心一样，沉默如谜。

但是调查之后的赵萌萌也好像知道了，城年高中、四方中学、陆单双，所有这些可以连接起来的线索，都直接地指明了杜双城所有的努力。

——就是为了她。

可是对于杜双城来说，安逸的日子，或许也只是短暂的。命运的惊喜和接连不断的阴霾像是那年被缠住的恶果一般，缠绕不清。

依然在周一到周五固定的时间，晚上翻过学校的围墙去酒吧兼职。周末的时候则连续两天都待在外面，有时是晃荡，有时是待在酒吧里。

而遇见顾诗婵的那天晚上，也正是赵萌萌回到学校的那一天。

那天晚上，他从宿舍出来的时候，远远地就看到她站在正对着宿舍门口处的空地上，冷冷地盯着他。

他走到她面前，笑着说："恭喜康复！"其实那时候他的心底是有想过，你不要再缠我好不好？就当往事都是过眼云烟，就当那些相遇和交叉全变成平行线，我们只是平行线。他很想这样对她说，可是他做不到。而她那个时候，也显然做不到静静地听他的话。

因为她在下一刻，在他站在她面前的时候，条件反射般往后缩了一下，然后跑了。她像是没有勇气再去面对这个外表恶魔，内心依然邪恶的人。而他那张好看的脸，此刻也像是被撕烂披上恶魔的面孔一般。黑暗里，宛若发着幽幽的光。

杜双城走到学校的围墙处，翻墙过去的时候照旧往后面看了一眼。她就站在远处，那个身影，他一辈子都记得，笃定得像是一座丰碑。

黑暗里，他翻越过那道墙，像是翻越了所有的校园悲喜，与人世的殷殷期望。

往酒吧走去的时候，他的内心一直徘徊着一个模糊的影子，像是母亲又像是陆单双，这些，都是他记忆中对于女性最初的模样。而赵萌萌出现的时候，他总是会想起那张尖叫着昏过去的美丽女人的脸。

111

此刻交织在一起的所有莫名的情绪，压抑在心上。

并不是不会爱啊！只是好像天生对女性丧失了那种细心呵护的本性似的，所以往往都是本能而笨拙的。

站在吧台里的时候，仍然是晃了一下神，然后抬起头来就看到一直盯着自己看的女子。他很少去回敬任何女生的眼神，此时只是觉得熟悉而已，便多看了一眼。眼前的女子尽管浓妆艳抹，但仍然可以看得出年纪很小。她依然盯着双城看，那个眼神像是要洞穿他。他别扭地转过身子去，想要去问身边的客人想要什么。

"给我杯鸡尾酒。"杜双城听到声音转过身来，在吧台上寻找声音的主人，而在看到她的时候，从脑里搜索出的声音，和眼前的妆容果然对不上。明明是看起来依然年轻的面孔、听起来仍然清丽的声音，却妆饰着过分成熟的妆容，而嘴角扯起的笑，乍看的时候，是有那么一点儿熟悉，甚至美艳动人。

"你是杜双城吗？"杜双城在想要转过身去的时候，那个女子又问，他转过身子来，匪夷所思地点了点头，他此刻想不起自己所认识的人里，有多少人是会来酒吧的，而又是他无法认出的。

"你是？"他调好酒递过去的时候，淡淡地问。而她依然笑着，嘴角叼着薄荷烟，脸上持着胸有成竹的表情，像是笃定地认为他一定会记起她似的。

她的眼神一直游离在他身上，让他觉得浑身不舒服，像是一条金色美艳的蟒蛇在身上缠来缠去似的。

酒吧另一端的舞池不断地传来尖叫声和音乐轰鸣的声音，他冷冷地看着她的眼，记忆里能搜索出来的女人的面孔，像是沙子里淘金般。

"果然是不记得我了呢！"她巧笑倩兮地看着他说，双眼还眨了一下，而后又缓缓地说："那也难怪，都有好几年没见了，嘻嘻！我是顾诗婵啊！杜双城你忘记了么？"

顾诗婵。

双城听到这个名字的那一瞬间，尘封已久的记忆瞬间就苏醒了过来，关于往日的线索像是一棵瞬间哗啦啦长高、不断伸枝展叶的大树般。而在大树根部，他记起顾诗婵那张美丽稚气的脸。

"当然记得，只不过，你变了好多。"他笑，不好意思地说道。

"你也变了许多，可是我总归是记得。"她暧昧地说，然后望了望周边，凑近他的耳边说："你可是我的初恋情人呀！"

这一点是他自己没有想到过的，因为在他的记忆里，或者在关于爱的概念里，他们远远没有到达恋人的程度呀！或许最多只是同班好同学的程度罢了！而眼前时隔多年不见的女生，竟然毫不避讳地直呼彼此曾是初恋。

"你怎么也来这种地方？"他并不想接她的话，只是转移话题。

"这种地方？这种地方怎么了？"她惊讶地问，潜台词里像是她什么地方没去过一般。杜双城看了看她的神情以及她的妆容，瞬间明白了一些。

"你该不会是天真地以为还没成年就不能来这地儿吧？"她笑，而后又说："这地儿我可是有人罩着的呢！我想来就来，而且我去过的地方，可多着呢！龙吧知道吧！那可是我去得最多的地方。"

他心底哆嗦了一下，龙吧连他都没去过，那可是全城年镇最混乱也最出名的酒吧！所以，自己总不能再幼稚地问"是谁罩着你"这样的白痴问题了吧！也许只能换了笑容，然后宛似轻松地说："那可不是，只是多年不见，竟然就在这种地方看到你，觉得匪夷所思罢了。"

"这就是缘分咯！"身后有嘈杂的声响传来，杜双城记得每天晚上这个时候，都会来一大帮人。

顾诗婵转过身去，看了一眼后面的人群，然后转过身去说："我走了，改日再聊！"说完便往人群的方向走去，瞬间，消瘦的身影便消失在烟雾缭绕灯光弥漫的酒吧深处。

而后好像只要他值班的晚上，都会碰到顾诗婵来这里喝一杯鸡尾酒，而后步伐轻佻地往人群里挤去。而他，也渐渐知道了她这些年里的一些事。

他以前只是记得顾诗婵是个好看霸道的女生，却从不知道她年幼时双亲便都去世，从小便跟着舅舅一家人长大，而渐愈长大，就更对所谓的人情世故寡淡的事实慢慢生厌，从而远离那些似是而非的亲情。所以她也只是上到初中，便独自出去打工，就是从那时起，开始学会用化浓妆来掩饰过小的年龄。

一次偶然的机会，她在酒吧里当卖酒女郎帮客人送酒的时候，被帮派的老大看上。那时的她，有点儿害怕又有点儿虚荣，害怕的是眼前的男人像是一座以往从未料到也难以征服的大山般！虚荣的只是，若是能攀上这样的人，或许就能在这个孤苦无依的世上为所欲为了吧！她内心想着，而脸上的笑容尽是接受。

自那儿之后，她便跟随着那个在道上被称做涅槃大佬的男人，而相处多年来，她甚至不知道他的真名。这是她这么多年来，竭尽全力去索要其他东西，却不敢逾越的地方。

她总是虚荣的，而他也像是一个大度的父亲般，给她所有自己能满足的东西。她记得曾经看过一本言情小说里面写道，一个好的男友或者老公，应该同时是父亲的角色又是爱人，而一个女友或者老婆，应当是女儿或母亲又同时是爱人的模样。可是既然成不了母亲，对涅槃来说，她太小了，那便像个可爱的女儿般吧！只是这么多年来，她倒是觉得他们之间，只有亲情般的惺惺相惜，而根本不像是爱情——除却那些性事之外。

有时她在吧台固定的角落处，看着忙来忙去的杜双城就那样絮絮叨叨地说道，像是个找到说话的出口的故人一般。杜双城大部分的时间都沉默地听着，只要没有人叫酒的时候，他就站在她面前，看着她因为回忆而动情的面孔。

于是突然就想起了那句话——"谁为了生活不变。"好像，是一首歌的歌词吧！

# 叁 ［于低潮处看见爱］

一二从教室里出来的时候，看见陆单双站在不知被谁撕掉的排名表前面，若有所思地看着依然粘着破碎纸张的墙面。他走了过去，走动的脚步声让她从沉思里回过神来。

"不见了一本物理练习册。"他懊恼地说道，心底依然在回想着究竟是什么时候丢的，或者随手放在哪里而忘记拿了。

"嗯？不见了？"她转过身来看了他一眼，然后往前走。

"嗯！记得也没有带回宿舍啊！今天没上物理课，所以刚才想要带回去今晚晚自习的时候做，就发现不见了！"

"回宿舍再找找吧！有时候记得和事实还是存在差距的。"她转过来对他苍白地笑，他看得到眼底是关于这次考试成绩下降的失落。

就好比明明"记得"不会很差的，但是"事实"却是下降了好多个名次。虽然老师目前还没有指明她的名字上"政治课"，但她内心已经默许了自己的失败。或许也不是失败吧！只是失策而已。

而有时自尊心上来的时候，作出来的很多决定，往往都会震慑到旁人。

比如："一二，我们还是分开晚自习吧！"

"为什么？"他不解地问。

"免得影响到你学习了。"其实潜台词自己很清楚，明明是怕影响了她自己学习，她心底无比清楚，确实是因为他的存在，而让前段时间的自己分神了。但是在关于"成绩"与"爱情"的自尊心前面，她好像总是惯性地选择"成绩"。这好像是被一贯而来的教育惯性所影响。但说完这句话的时候，她连自己都有些懊恼了，既生怕林一二爽快地说好又担心他再继续问为什么。

可是他终究没有开口。

两人各怀心事地走在走廊上，下楼梯的时候，两人一前一后地走着。

林一二看见杜双城从楼下走上来，接着又看见一群他的同班同学。他看见陆单双在看到他的时候，脚步似乎顿了一下，然后才继续往下走。

晚上的时候，他仍然一个人去以往所在的班级晚自习。

她仍然在那个位置，而他也像是什么话都没有听过一般，坐在以往的位置上。

但是那天晚上，他除了因为找不到物理练习册，而找她借了一本练习册，在稿纸上默默地做题之外，并无其他的交流。

而两天之后，事情似乎是愈演愈烈了。

班级里超过半数的学生或多或少地丢失了练习册，而最夸张的是一个人全部的书都不见了。闻到此次恶意偷书事件还会继续恶化的同学早早地就报告了老师，而即使晚上留下同学来值班或者是老师坚守到全部学生都走了，自己再离去，第二天一到班级里，也依然会接到关于丢失练习册或者书籍的报告。

林一二已经有好几天没有听见神情低落的单双和自己说话了，这次成绩的下降好像对她的打击很大似的。而他从未想到她也是这样的一个学生，他以为成绩对她不过是浮云，分数升降只是平常事。

虽然面对这种情况，自己有点儿难过。可是——自己又何尝不是这种人呢！一直想要当老师与父母眼中的好学生，好孩子，而付出太多太多的时间与懦弱去坚持。

等到他有心去告诫她的时候，这次"丢书事件"的矛头已经在班级里的流言中指向某一个人。

而单双身在那群七嘴八舌的学生中间，只是依然保持着以往的淡定神情拿着齐全的练习册做着习题，丝毫不关注那些事。而班主任对于她，也渐渐持有怀疑的态度：身为班长本该跟进这件事，而她却在这时候选择了沉默。

在越来越多的流言里，班主任最终也将矛头指向了陆单双：

"全班貌似就她一个人没有丢书。"

"你们检查过么？"刚开始的时候，林一二还是会帮她解围，可是她的态度淡定得让他实在是难以辩护。

"而且她上次考试不是下降了很多个名次么？不是因为这个妒忌别人而生恨吧？"越来越多的人这样笃定地认为。

"根本不可能！我每天和她一起放学，一起去晚自习，她没有时间去做这些事啊！"一二晃着脑袋想道，陆单双一离开教室，关于这件事的讨论，便会变得白热化起来。而林一二像是勇敢抗战的勇士般，拼命想要捍卫着她名声的最后防线，但是这群人的暴烈情绪，像是随时都要崩溃一般。

而最终的解决方案，也只有班主任出面了。

林一二着急起来的时候，便很想哭，特别是在不知道该怎么去维护她的时候，而她那漠然的情绪，或多或少是有伤害到他的。所以在他说出那句："不信你们走着瞧，我相信她没有做这样的事"的时候，陆单双从外面走进来，看了他们一眼又转身走出去。那时候的他们，将反击的语言以潮涌之姿压了过来："人家根本不领你的情，你急什么？何况你不也丢了书么？你就那么不在意，难道你演苦肉计，是和她一伙啊！"

所有关于向日葵的最后的信仰，瞬间崩裂。即使骄傲地仰望着阳光，却总是忘记了身后也有阴影，那些阴影，此时正蠢蠢欲动地在嘲笑着自己的固执。

你要怎么去相信只要自己依然拥有美好的信仰？这个世界上，所有的事情还仍然是能指向光明之处的？

而不是现在这般，流言将她推进黑暗角落的时候，也远远地将自己抛进无人之境。

那个傍晚，她从空荡荡的办公室出来的时候，是哭着的。说不出为什么很难过，明明不关自己的事，却觉得很委屈。人啊！终究是会在走投无路的时候对看起来最弱小或者最若无其事的人下手吧！她不是不想解释和做出相应的行动，只是最近自己的心事也已经差不多要将自己完全分裂——更何况，在这风口浪尖上，自己站出去，受千夫所指的话，那样不是让自己更难堪么？

所以，还是保持沉默吧！只是宁愿这该死的沉默，能让自己再次振作。陆单双边走，情绪边似汽水里的气泡一般默默无声地往上冒。

既然不能选择心底明明很想要的东西，那就该得到流于虚荣表面的成绩。

可是从办公室出来的时候，就很后悔这一次没有坦荡荡地和一二说清楚。若是说清楚了，事情还会这么？或许自己就会勇敢地面对这次事件，配合老师去侦查，那么现在所有的委屈，都会不复存在了。

脑子里千愁万绪，从办公室走出来的时候，班主任叹了最后一口气，那个不相信的语气化作一记重锤打在自己的心房上。她靠在走廊拐角的楼梯平台的墙壁上，使劲地流眼泪，却不敢哭出声。

这像是心情大战，走错了一步棋，便赔了夫人又折兵。

她坐在楼梯的平台上，也不知道哭了多久，眼睛涩涩的，有点儿难受。

最后一节课突然被班主任找来，而一二他们肯定不知道自己去了哪里。

就这样无端端地被教训了一节课，从沉默到爆发到沉默：班主任刚开始是极力怒斥，到最后是单双将心底的委屈说出来，铮铮铁骨，没做就是没做。而最后哪儿能想到班主任竟然在这件事上，拐了个弯，唠叨起她下降的成绩。这就像是一把冰冷的刀，温柔地伸进因愤怒而激烈跳动的内心里。

情绪犹如愤怒的火山，从酝酿到喷发，从喷发到流出炙热的愤怒，而最终渐渐冷却下来。

单双抬起头来的时候，天色已经暗了很多，昏黄的光从走廊上照下来。只一眼，心里便又开始难过了起来。

这时，她才注意到平台上有人。

颤巍巍的身影，背着光站着，哭了太久的双眼，加上反光，她有点儿看不清他的脸。下意识以为是林一二，但男生开口的时候，却说："对不起！"

真真切切的声音。

是杜双城。

"没什么好对不起的。"她挣扎着，想要站起来，他伸手去扶她，却被一手拍开。她有点儿站不稳，但好歹还是顺着墙壁站了起来。

"是我做的。"他低低地说，像是认错的孩子般的语气："对不起！"他又重复了一句。

单双愣在那里，依然没有从真相和道歉里面回过神来。

"你说什么？"

"书——是我偷的，也是我撕掉的。"

"为，为什么？"

"没为什么，就是看不顺眼。"

"那为什么不偷我的，是想要陷害我么？"

"不是，不是这样的。"他的语气突然地急切起来，像个手足无措的孩子，双手抓着自己的头发，"是我做不到。"是我做不到偷你的书然后毁掉，谁知道却会害了你，本来单纯的用意却在复杂的人间变成恶意。

"为什么做不到？"她怒瞪着他："你做得出，有种就自己去承担啊！这样，算什么男人？"

终究是愤怒的，所以很大声地说，声音回荡在空旷的平台上。

她看到他狠狠地握了握拳头，默默地转过身去，什么话都没说。

之前我所做的，是为了我自己，可能我自私，但是对不起！从没有改变这种做事的习惯，直冲冲的，并没有考虑到后果，也没有考虑周全，只为了自己的初衷，却无意间伤害了你。但是接下来做的，是为了你，也是为我的自私善后，对不起！此刻多想跟你说一声，情爱啊之类的话，他转过身去的时候，哭笑不得地想，可终归是自己搞砸了这个场面，那就必须去收拾吧！

他往楼上走去，站在上一层的走廊上的时候，他温柔却又平静地在内心说，那时的他，这些冗长的低声下气的话，仍然是说不出口。

所有的道歉，只化作一句："对不起！"而单双觉得那时候的他，像是所有尖锐的棱角都被磨灭掉一般。

**肆** [他的生存方式]

而再次见到他，则是在第二个星期的升旗典礼上。

那一天傍晚之后，班级里再无关于丢书的事情发生，学生们丢失的书，部分完好的，都被找了回来，部分被撕掉的，也买全了放回来。而老师对此依然缄默不语，似乎是为着酝酿一场更大的仪式。

不知为什么，单双看着这些前几日像是一个黑洞般的事实，而今却被完好地一点点修补，美好得像是一个不曾存在的幸福的错误。

而自己心底的那个黑洞，却好像无法修复了。

事情是后来才知道的，那天晚上杜双城走掉之后，她便独自回了宿舍。

而他则孤身一人去了陆单双的教室，因为要承担自己所谓的自私的罪行，但是又不能太孬种地去低头道歉。所以他只有按照自己的方式来处理。而他也知道老师会在学生放学后来巡逻，他去的时候，放下了往日精心策划的行动，只身一人，以赎罪的心态去。

他在教室里，抱着陆单双的书，等了好久，那些书，都是已经用过的，或者是过了年月的练习册。估计是班主任下了命令要学生将全部的书拿回去，但是班级里却仍然有不少的书。

住宿的高中，每个人都有很多的书籍，全部放在宿舍里，也很不方便。所以有些同学，就拣重点地带了一些回去。

当外面回荡起轻轻的皮鞋的声音的时候，他发出声响地站了起来，并且飞快地往后门处跑去……

这个世界上，我已经失去了所有的担当。但是看你那么难过的时候，我还是想要去维护你；

仿佛我从未担心过自己为什么变坏，但是却心甘情愿为你变好似的。

他的背影立在那个已经快要暗掉的教室走廊上，背后是发出"站住"的怒吼声的老师。

他其实一点儿都不紧张，也不难过，甚至是脸带微笑地转过去。

我终于，也能为你做一件，你一定也能看得见的好事了呢！他心想。

即使，是用做坏事的手法结束。

但我很开心。

# 伍 [愤怒的火种]

其实一开始，他也是为了泄愤，是对被老师怒斥、辱骂和侮辱的报复。

成绩坏又怎样，我不在学校里面闹事，每年的市区运动会帮学校拿回一个铅球的金牌，作业有时就算抄，也会交给老师，我这样的坏学生，至少也坏得有品德。可是，成绩是什么？是一根绳子么？绑住我尊严的绳子，当它低的时候，我便低，当它高的时候——其实没高过，一直都在低空徘徊。

可是为什么要那样骂人呢！我说老师，什么"废物"、"饭桶"、"人渣"这些，不是该对学生说的话。

那些所谓的好学生，难道就一定是好孩子吗？

他们也懦弱，他们也卑鄙，他们也残暴……可就是因为有好成绩便可以掩饰掉这一切么？

年级期中考试成绩排名出榜的日子里，垫底的杜双城被拉到办公室，对于常常旷课，上课睡觉，仅靠着满分的体育成绩混在这所学校的坏学生（只不过，他身后的王牌，是他自己也不知道，老师也不知道的，那看起来仿佛早已脱离了关系的父亲），所有的教师早就已经看他不顺眼了。只是而今，对于他终于降到底的成绩，有了辱骂的借口而已。

他问他读书的理由，他问他活着的意义，他问他想不想趁早自由（可是早已经身不由己了不是么？）……老师问到最后，重复的问题太多。他一直冷眼看着他，不想回答他的问题，也不想开口说些什么。

于是他开始骂："你就是废物，除了那值得让人夸夸其谈的铅球成绩之外，你还有什么好的？'四肢发达，头脑简单'这样的俗话在你的身上体现得淋漓尽致。你是哑巴么？怎么不说话，连中文都说不好了么？人渣！"说完他还重重地拍了下桌子，又接着说："那就别拖累这个学校，尽早投奔你的大好社会，这样至少也能靠发达的四肢找到一份苦力活，不然这样耗下去，青春有限呀！岁月不饶人呀！"口沫横飞的他，杜双城看在眼里只是觉得可笑，一生为该死的成绩和窝囊的教育劳累的中年人，也有权利说岁月不饶人么？

"看紧你脸上的皱纹，一不小心，它们就要挤出你的脸了。"尖酸刻薄，是从社会里学来的，在这个校园里他一直都是只求安稳，不犯他人地活着。他有自己可以稳住学校地位的东西，至少每年一次的校运会和市运会，他还可以得到全场最高的欢呼声。

"废物！"他冷笑着说，语气里尽是鄙夷，可是已经没了反抗的底气。

杜双城重重地拍了一下桌子，摔了门出去，背后的中年男人，依然在说着："我的建议，你最好考虑下，这对谁都好！"

可是那些回荡在空气里的劝告，最终都是会消散的。

杜双城站在办公室的门口，走廊的另一端，看着拥挤在成绩表前的人群，他们或是开心或是鄙夷或是难过的表情，像是一枚刺眼的反光玻璃碎片，刺进他黑暗的心房。

恨意，它就像是一颗记忆里的种子，被善良讽刺的光给予了生存的权利。

而此刻，人群拥挤的学校操场，喇叭里回荡着悠远激昂的声音。

"杜双城同学，因为涉及多次学生教科书以及教辅书的偷盗事件，屡犯不改……"

杜双城游离在自己世界里的时候，被最后一个词逗笑了，他站在台上，嘴角便轻轻地裂开了笑。

"现由教研组开会讨论一致通过，给予警告的记过处分，并在升旗典礼上致检讨信。"校领导说完最后一句话，抬头看了底下的学生，所有的目光都集聚在杜双城的身上，洋溢着反感、漠不关心、冷笑的表情，仿佛助长了他对此判断肯定的自信。

杜双城没有说话，严肃地站在那里，所有的老师屏息以待，同学们则是极不耐烦地看着他，心中期盼这该死的升旗典礼快点儿结束。

红色的旗帜早就飘扬在闪闪发光的旗杆上，而旗杆下的人，却像是旗杆一般，一动不动。

学生们已经开始窃窃私语，杜双城终于转动了脑袋，往人群里看去。

陆单双眯着眼，看着他，眼神里极其复杂。

他也看到她了，目光对上的时候，她却逃避了。眼睛里看见的你，因为太远而看不清你的表情，但是我终于可以光明正大地补偿你一次了。谢谢你，曾经出现在我的生命里，并且让我有走到今日的勇气。或者你不知道，但是我的心，不会违背我的初衷。

心跳的声音，在这熙熙攘攘的人流里，或许只有自己能感觉到吧！

"对不起！"

沉默了太久，当所有人都在想着他要说什么的时候，他突然说出这样的一句话，老师们和学生们都目光炯炯地盯着他。而他说完这句话之后，辉煌地转身，往教学楼的方向走去。这时，第一节课的预备铃准时地响起。

学生们自动解散的声音、走动的声音，哗啦啦地像是一群顺着洋流游动的鱼群。

老师们面面相觑，而部分老师，已经若无其事地走开了。杜双城的班主任，站在那里，抱歉地对校领导点了点头，叹了口气，也顺着解散的人流走了。

学生群里，似乎没有人再有兴趣去讨论这件事似的。

大概是唯恐将愤怒的火种带到自己身上。

陆单双看着他走在人群之外的身影，突然觉得很悲伤。

莫名其妙的窒息的感觉，堵在心口处。

"单双！"后面有人在叫，宛若恍然隔世的声音，像是第一天相见一般。

"嗯？"她没有转过身去，只是停下了脚步，等一二走上来。

"对不起！"

"对不起什么？"她惊讶地转过身去看着他。

"没帮上你的忙。"他神情失落地说："我其实知道那天你被老师叫去，不过——是后来才知道的。"他补充说道。

"没事！"就算是向日葵，也有枯萎的时候，也有阳光不能照到而失去元气的那一天，这世界上，不是每样事，都需要超人拯救的。各得其所，其实就很不错了。

"杜双城，为什么要偷那些书？"一二跟上了脚步，和她并肩走着。

"不知道！"

"别再问这些事了，好么？"她望了一下天，看见路旁的木棉已经开了，红彤彤的花骨朵，到了夏天就会飘棉絮。

"嗯！"他低下头去，脚下的路有嫩绿的新芽掉落，他迈开脚步，跨过地上的那枚新芽。

——它也是一个不幸的生命。


# 陆 [羁绊]


爱情是羁绊，人情是羁绊，莫名其妙的妒忌是羁绊，暧昧不清的关系，也是羁绊。

人世本来就像是一张网，不断缠绕在里面的相互羁绊却又相互帮助的丝线，构成了这个世界。

是否只要当做若无其事，生活就能平淡如水地过下去？

那件事情之后，陆单双和林一二心照不宣地，恢复了往常一样的生活轨迹。只是单双的心中像是依然罩了一层网，生活的默契还没有达成便在高山处被羁绊住了脚步。

而林一二的心底，却仿佛总是对她持有愧疚的心情。连他自己都说不明那是怎样的情绪，或许还存在着多多少少的嫉妒吧！那一日置身于升旗典礼人群中的时候，他站在队伍里头看着陆单双复杂的眼神，以及杜双城从台上往下来的眼神。那一刻心底似乎有种蠢蠢欲动的情绪作怪，他不知道这事情的真相如何，反正只觉得杜双城的出现，更像是一场替代认错的游戏。

可是这世界，存在着这样的游戏么？

如果是自己，能做到么？

他不知道。反正他只是悲哀地觉得，坏学生的世界，他从来都只是仰望而不曾企及，不按常理出牌是他们的方式。不要妄想猜透他们，也是自我的生存法则。像是之前的走廊撞人事件一般。

就如此吧，期许往后不要再有交集。


杜双城往身后看了一眼，背后依然跟着赵萌萌的身影，像是甩不掉的鼻涕。

实在是很烦恼的事，自从那一次升旗典礼上认错之后，她便一改往常的缠人功力，变本加厉地跟着自己。而谈的则常常是关于陆单双的事。他只是觉得，若是爱真是这么烦人复杂的事，那值得你如此飞蛾扑火孤注一掷般去付出么？早就该早早打住呀！可是他不懂，以自己对陆单双的态度，对比所谓的赵萌萌对自己的爱，简直是两种背道而驰的方式。

“你有想过得到她么？”她抽着烟，吐出烟雾，悠哉地问道。

“那是你的方式，不是我的。”

“那也是，念你也孬种。竟然会为了那样的闲事，而丢了自己的面子。”

“你是在讽刺？”他微笑着看着她：“如果真是这样，那请收回吧！我也算是敢做敢当的人，我只是不想看到别人为我的过错承担后果而已。”

“是这样的么？恐怕因为你的过错而遭殃的人，不止一个吧！”

“你又想扯你那疯子母亲来说事么？”他怒瞪着眼，将手中的烟扔在地上。

赵萌萌伸脚过去将那半截依然燃着的烟踩灭，然后说：“我自己就是一例子。”

“你与我无关，我早说过，我们没有关系。”

"少来了，别想撇清我们的关系。"她扑哧着笑了一声，听起来既是讥讽又像是不安，她想起十五岁那一年，他铁铮铮地跟她说，这"必须是"我们的秘密。他说的是"必须是"。

"不想惹事就离我远点儿，我的手段你也见过。"

"见过，对付情敌也是一样的手段。如果你总是想用这样蛮横、充满妒恨的行为去捍卫你所谓的爱，那你无疑是失败的。而我虽然得不到，但我却比你有勇气多了，你就只注定是个感情的懦夫！"

"说够了么？"他又从口袋里掏出烟。

"剩下的，我也不想说。"她默默地将燃尽的烟蒂扔在脚下，然后踩熄，叹了口气，背靠着墙壁。

之后的时间里，两人没有交流，也没有顾得上彼此相望一眼。

她心猿意马，对于这样的打击，这样的建议，是为了自己还是为了反抗打败他心中的伟大？连自己都好像迷失了呢！

人啊！果然在爱里会迷失自己，自己也不例外。十七岁的天空，果然太清澈。她望着从封闭的实验室楼道看出去的一方天空，呆呆的，许久才飘过一朵白云。若无其事地，宛似人世里无意路过的甲乙丙丁。

一个人从好到坏，或许只需一夜之间，可是要变好呢？

他们觉得是没有准则的。

像是彼此之间心怀的鬼胎一般。


是他先离开的，她依然站在那里，望着寂寞的天空。

然而从那一天起，她开始旷课，每次跟着他的脚步在校园里游荡，几次之后便不见了他的身影。

那段时间里，杜双城只是犹如孤魂野鬼一般，游荡在那个熟悉的镇子上，很多时候是没有事情可做的，于是他便去酒吧待着，白天酒吧都没开，从后门绕进去，他知道怎么打开那扇门——进去之后，有时老板会在里面清点账单，有时空无一人。刚开始的时候，老板便会问他为何白天来，他语笑嫣然，没有多作话语，站在吧台里，用抹布擦拭自己平时用的调酒工具。那个时刻，他专注得像个认真的孩子，而老板也只好摇了摇头，任由着他去。

那天在街上晃荡的时候，遇到从一栋豪华的小区里出来的顾诗婵，看见她的时候，穿着校服的他，愣了一下，继而又恢复起了往常的神态。顾诗婵刚开始似乎没有看见他，双城从背后赶上去，拍了拍她的肩膀。她转过身来，说："真巧！"

"去哪里？"他好奇地问，像是终于找到一个可以说话的伴。

"商场逛逛，打发时间。"

"哦！"他拉了一下校服的衣角，继而又问："平时都这样过么？没工作？"

"不需要工作呀！"她笑，潜台词好像是我有人养着，何必去蹚世俗的那场浑水呢！

"嗯！那也是！"他干笑，不知道该继续接什么话好。

"你也可以呀！"

"嗯？可以什么？"

"你那么帅，肯定有人争着养你吧？"她挑了挑媚眼。

杜双城没有想到自己反射性般的反应居然是脸红，然后摆了摆手说："大概我不讨人喜欢吧！"

"那可不是……"她笑了起来："如果我是富婆，我第一个包养你。"

刚才的红晕还没有散开，这会儿再次飘上的红云，有如春日黄昏暧昧的粉色云朵一般。

"哈哈！"实在是不知道该回答什么，心口像是被塞住缺口，无法理顺。

"我说认真的呢！"她表情严肃了下来，但依然是微笑着："我一直没有忘记你呢！"

杜双城的心扑腾扑腾地跳着，那颗从出生到现在没有停下过的心，此刻不安稳地剧烈跳动了起来。

"我也没忘记呀！小时候多傻！哈哈哈哈！"像是要为孬种的不懂得处理感情纠纷的自己转移话题一般，便说起小时候的事。

"是啊！我还组织了讨厌杜双城协会，那时的你肯定很委屈吧？"

"委屈？忘记了，应该是失落吧！"刚失去母亲，又失去伙伴，还失去了往日的所谓辉煌，不是失落是什么？可是如今望回去，只觉得像是头顶烟云般，微风轻轻一吹，就急速消散。

"肯定有的。"

"都过去了。"他说。

"嗯！都过去了。"像是重复他说的话一般，她低低地说道："你现在应该有喜欢的人了吧？"

他惊讶地转过脸去望着她，像是被硬物碰撞到的膝盖一样，反射弧瞬间跳动了起来，是为了昭示那一下的触碰。而这样的一句话，一下子便戳中心扉。是陆单双，他当下便反应过来。只是他没有说出来，他觉得隐藏在自己心底的东西，就像是宝贝，比如母亲留下的那个手机一般。


"不知道该怎么说。"久了，他才这样答道，而那条路也走到尽头了。

"吃饭了么？去吃饭吧！"时值午后，不过对于她这种日夜颠倒的人来说，中午吃早饭下午吃午饭凌晨吃晚饭的习惯，实在是很正常。

"在学校吃了，很无聊就跑出来透气了。"

"城年高中？那可是住宿学校，平时不是不能自由出入么？"她这会儿才注意到他的校服，打趣地问道。

"只有关得住的躯体，没有关得住的心。哈哈哈哈！"

"你真逗，那陪我吃个饭吧！每天都自己吃，快无聊死了。"说话的期间，她闪进了路边的饭馆。

"平时没人陪你么？"

"你指的是？涅槃？他哪儿有时间理我，都是我陪他的。每天都有不同的会议饭局打打杀杀，我只需要随时待命，在他需要我的时候，出现就可以了。"

"这样活着会不会很累？"不知为何，他就这样随口而出，她似乎是被这个问题难住了，静静地看了他几秒钟，然后又笑了。

"还真没想过这个问题。"

之后便沉默了，吃饭的时候，他心猿意马地看着窗外稀疏的人流，偶尔回身看看她。她也变得很安静，只是默默地吃自己点的饭。

她也只是个女孩子，不施粉黛的话，应该便是高中生模样吧！盯着她，他兀自突发奇想，话此刻便被带到了嘴边："你每天都要化妆么？"

听到他的话，她抬起头，杜双城清晰地看见，一块没化开的睫毛膏掉落在下眼皮处，他想要伸手去帮她弄掉，但是快靠近她脸的时候又觉得太暧昧了，于是缩回了手。

"嗯！是啊！要随时待命，像是——随身带枪的警察一样。"说完她望了望刚才双城的动作，又问："嗯？"

"你的脸上，有黑色的东西。"他指了指。

"哦？我没带镜子，帮我弄一下。"说完她将身躯往前倾了倾。

杜双城咽了咽口水，然后伸出手去将那块睫毛膏捏起来，然后擦拭在桌子的边缘底下。

两人又恢复正常的沉默。

双城只是觉得奇怪，像他这样坏事做尽的坏孩子，为何依然会紧张这样的举动。或许是他儿时的小情人，此刻却沧海桑田般，瞬间变成看起来大他许多岁数的大姐姐那样严肃却又和蔼可亲。可他是没姐姐的，所以此刻，他是在臆想。在臆想中，也渐渐地变得不那么紧张了。

他只是低低地想，人，实在是很莫名其妙的生物。特别是那来无影去无踪的情绪。

而时间，真是神奇的虚拟事物，改变一个人，或是须臾之间，或是一天一年几个月。

　　那日之后，他便在旷课的时候，偶尔会在那条街道上碰见她。

　　两人有时去喝杯咖啡，或是在小镇的街道上逛了又逛。

　　她依然会来他工作的酒吧，坐在固定的位置，喝一杯，然后等他空闲下来的时候和他说话。有时她接到电话，不一会儿便会离去，连招呼都来不及打。而在那群人来酒吧的时候，她则是听到声响便往人群里挤去，像是上了岸的美人鱼，投进了人海里一般。


　　我窒息的时候，会自我挽救；

　　那你窒息的时候呢？

　　杜双城手里调着酒，突然脑子里便冒出这个想法。

　　而下一刻接受到的猛厉眼光，使他停下手中的动作，与之四目相对。

　　那个人，落在方才进来的那群人的后面，眼神锐利地盯着他看。杜双城的心咯噔一下，然后不知所措地移开目光，转过身去继续调酒。


　　那是个警示的眼神。

第三幕

# 夏 冰

直到四季都错过

困在心里的兽啊！

你想往哪里去？

人情世故里来，

世故人情里去。

# 上 阕

哈！我的小青年，如果你的骨子里，有一种叫做"得饶人处且饶人"的性质存在的话，那便不能对爱情也一视同仁呀！它很脆弱，不舍得停下脚步，等人；但是，它又那么敏感，耐心，舍得为一个人将之酝酿成一壶醇酒，在岁月里发酵，在青春里醇香。

## 壹 [告白]

杜双城在宿舍楼的门前喊住林一二的时候，已是夏季的黄昏。

陆单双依然没从期中考的排名里释怀出来，每天晚上的自习都似乎在拼命地抓住分秒，须臾片刻去学习，两人间很少交流，有时一二学习累了，便呆呆地看她几眼。上一次的月考似乎帮她挽回了点儿自信心，近期学习到中途，还会出去透透风，但是两人的话题，却又像是投身于黑洞的光，被吞噬得渐渐稀少。

他被杜双城喊住的时候，诧异地转过身去看着他。

那一刻的心底大概又重现了先前被撞倒的那一幕，不过与其说是害怕，倒不如说是心有芥蒂吧！就像是小时候被壁虎吓过一次之后，往后的年月再看到壁虎都会浑身发抖，甚至能在对视的时候衍生出一种"不是你死就是我亡"的情绪。而此刻的心底，大概便是回荡着这种所谓的阴影吧！

"过来，有事请你帮忙！"

林一二眯着眼看着他，想迈开脚步装作若无其事地走开，因为那句话里，没有人称也没有指名道姓。可最终他还是败给自己的善心，他指了指自己的胸口问："你喊我？"

"嗯！就是你。"杜双城说，林一二将整个身子转过来，有点儿鄙夷地想，何必将自己装得像个小大人的模样呢！根本就没有必要。

"有事么？"

"跟我来就是，去那里谈谈。"见一二回应了，他转过身子指着操场最边缘的单杠和沙池的方向，接着往那边走过去。

他跟着他走，没有靠太近，落下的一段距离，让外人看上去就像是刚好巧合走在一起而已。

已是黄昏，三三两两的人在跑道上跑步，看到杜双城的时候，跑步人的脚步部分会慢下等他走过去，另外一些则在看他走过来的时候便飞快地往前冲去，刻意要避开他似的。林一二穿过跑道的时候，杜双城已经站在沙池里，手臂攀在高高的单杠上，做了几下引体向上。

"你能帮我送个信么？"林一二才刚步入沙池，心想"他该不会是要来个沙池暴打吧"的时候，他就开口问。

"啊？什么信？"他不解地问，然后仰着头看着他上上下下的身躯。

嗖的一声，他放手下来，稳稳地站在沙池里。

"给陆单双的。"他说着，脚不停地划着底下的沙子，细细的沙子从鞋缝间因为重力而流了进去。尽管是开口唤了她的名字了，但也只敢说陆单双，不敢贸然隐去了姓氏，怕显得太熟识的感觉。

"为什么要写信给她？怎么不自己拿给她？"听上去就像是你不能写信给她的语气。

"跟她道个歉！"所以即使是能埋藏住心底无限的秘密，但是在他的做法里，也仍然能不费力气地换种方式以能达到目的。"不想让别人看见闲话，而且她想必也还生我的气，不会接我的信，所以，才来拜托你！"这会儿，语气里倒是说得真真切切，一言一语尽是客气。

"因为上次的事么？"他问，然后看见对方点了点头："可是……"其实心底是想问，为什么上次的事你都不对我说"对不起"，而这次……可是最终却没有说出口，因为觉得还是算了吧！得饶人处且饶人，更何况这一次的事，对单双的伤害大一些——可难道那一次对自己的伤害很小么？

——不知道！好像是习惯了，从小到大，又不是没少被欺负。他在心底自嘲地说道。

"可是什么？"他诧异地，抬起头来问，似乎真的是忘记了，他们一开始结下的梁子。但是他这些，都鲜少放在心上的，就好比冬天的落叶一般，之于秋天来说，真是太渺茫的存在了。

林一二想了想，还是说："拿来吧！"他伸出手去。

最终还是妥协了下来，如果这封道歉信能帮单双挽回点儿自尊的话，也算是好事一桩吧！

他手里捏着薄薄的信，按手感来说应该只是一张纸吧！被包在最简单的那种信封里，外面的信封还写着"陆单双亲启"的字样。字体歪歪斜斜的，像是小学生的。

可是不知怎么的，心底却感觉沉甸甸的。

他回过头去看杜双城，他倒立在高高的单杠上，看上去就像是一条在夕阳下暴晒的萝卜干一样。

晚自习的时候，林一二将手中的信沿着桌子的表面推了过去。白色的灯光照在上面："陆单双亲启"那五个字看起来像是被光锐化掉一样。单双抬起头来，看着他，然后将信拿了起来。因为封面上没有落款，而林一二也没有说是谁给的，所以她在心底默认是一二写的，便往书包里一放，打算回宿舍再看。

她低下头去推算那道数学题，他转过身子去默写英文单词。

像是普通却又漫长的一夜。

其实是直到把信给出去的时候，心底才晃过"真的只是道歉信"那么简单么？可是要再要回来却好像不可能吧！也许是自己想太多了吧！他自嘲道，然后翻过身子去睡。

被子的一角掉在床外，他拉扯了一下，又恍然想到道歉的事。那天他跟陆单双道歉，她若无其事，因为犯错人不是他，但是坚定地站在她身边的人是自己，可为何她却连一句"谢谢"都懒得说呢？或许只是表面性的，但臆想里没有出现的道歉，仿佛给现实甩了一个嘴巴说："人家不屑于你的帮助。"

——其实不是的，好朋友的定义不是这样。

——人与人的相处，真的非得步步为营、毫无破绽么？

——教科书都有印刷错误，无数双眼睛之下的文字大逃亡，依然有漏网的地方。

——所以你在看那封"道歉信"的时候，会衍生出心情回暖或者自尊得到暖化的感觉么？

——其实没有的。

陆单双第二天一大早在看到林一二的时候，便喊住了他，比起往常打招呼的热情与欢欣的语气，仿佛多了一种不耐烦。

她没有喊他的名字，也没有多余的语言，只是淡淡地喊："喂！"他便转过身去了。

"早!"他说,看见她的时候,她的表情冷冷的。

"这个!你看过么?"她从校服的口袋里翻出那封信,然后递给他。

他摇了摇头,然后接过去。

"我怎么可能会偷看。"他心底嘀咕着。

"那他当时怎么跟你说的?你答应帮他送信的时候。"她问他,见他拿着已经被开启过的信封翻来覆去却始终没打开便又说:"打开看看。"心中辗转过千军万马,虽然心底否认是那样的,但同时却又懊恼地指向"或者事实便是这样"的失落。

他边打开信封边说:"他说是要跟你道歉来着,上次偷书的事。"他将信纸在清晨的阳光下摊开,被陆单双揉皱过后又复原的信纸,此刻被摊在他的面前:"我觉得他有必要跟你道歉,所以就帮他拿来了。"

"真是不可理喻!"陆单双恨恨地说。

此刻正在读信的林一二脸涨红了起来。

以"道歉"为理由的"表白信"实在是很浪漫又耍心机的,但却还要算上一记"卑鄙",便如此生生地变了味。

单双:

见到信的时候,你应该很惊讶吧!可我的惊讶是不亚于你的。

因为若是你能看到这封信,我也便知道那小子对你的心了。

他明知道我喜欢你的呀!却还甘愿为我送信,你说他是不是不紧张你?

以前有几次想要亲手交给你的信,却全都被你拒绝。

所以这次,让他帮我送信,既是帮你测试一下他对你的所谓真心(看来我的担心多余了),也是为了告白!如果能看到这封信,那也代表他不在乎你了吧!

……

连什么"我爱你"、"我还记得你"之类的字眼，都模糊掉了。对于林一二来说，这是对自己的侮辱。

对于杜双城来说，一棋错，全盘皆乱。


**贰**[怒]


"哧！"他将手中的信撕开了一道口子，但是又停下了，陆单双看得出他很生气，他的身躯也在止不住地颤抖。他抬起头来，看着眼前的单双，眼里红红的，仿佛被欺负的小孩子般，委屈却倔犟地不想哭出来。眼里一条红色的血丝像是蛇芯子，撩动着心底的愤怒！

"对不起！"他说。单双很惊讶地看着他，他捏着那封信，擦过她身边，往前走去。

"一二！"她牵住他的手。

"我帮你还给他。"他停了下来："我是在乎你的。"他转过身来，微笑着说道，然后将她的手轻轻地从手腕上解开。我是在乎你的，所以我要帮你去讨回这个公道，也为了自己。他愤怒地转身，离开，利索得让陆单双不知该做何反应。


她待在原地，此刻的情绪，犹如昨夜的悲伤无助愤怒和失落，知道真相与不知道真相之前的心情，有共同也有不同。那些愤怒在悲伤里被重新排序，像是无尽的数列一样。

或许爱，不是你们想象的那样。

用手段去阻挡、用谎言去测试、用霸权去扼杀。

但凡爱，都不是这一切所能阻止的。

你们懂什么？

你们只懂得最粗枝末节的地方，你们何时考虑过爱里的细微感受？

她看着林一二的背影，很想跟上去，却又觉得没有勇气去面对。这件事，怎样来的，就怎样沿着原来的河流流淌回去好了。

"但是你，是可悲的，因为你太不了解林一二了！"她笃定地想，他是因为善良，才会被欺骗，才会被践踏自尊，才能一次次地在心底说"得饶人处且饶人"。

林一二往另一端的教学楼走去的时候，赵萌萌站在楼梯口看着他，好像是有意等着他来一样。教学楼分两端，从头到尾按尖子班普通班到差班排列。林一二愤怒的那一刻，像是条件反射一般，脑子里就想着转身上楼去找杜双城算账。可是能称得上是"算账"么？弱小的自己，或许是连动手也不敢的吧！

可一想起被戏弄的善良以及被再一次践踏的自尊，就觉得很难受。原来一开始知道的"皮毛"竟是杜双城从过去到现在一直都爱着她。而那所谓的"喜欢"，陆单双应该是知道的吧！那上次被撞的时候，单双的出面，又是一次自尊被践踏的事件呀！越想越愤怒，他往楼梯口靠近。

赵萌萌走了过来。

她一把扯过他的手。

"跟我过来！"她拉着他向教学楼旁边走去，方才因为走太快，如今又被突然一扯，他觉得有点儿站不稳，于是华丽丽地向旁边倒去，赵萌萌用脚顶住他的屁股。他借了一下力，稳住了之后脸刷地红了。

他不可思议地看着她。

"他昨天找你做什么？"

"谁？"

"杜双城！"昨天她跟在杜双城的身后，看见他快进宿舍楼的时候，却和林一二走到操场边缘处，她远远地看着，没有走过去。

"没必要向你报告吧！"他没好气地说。

"是因为陆单双么？"

他没有说话，想要迈开脚步走开的时候，手又被再一次拉住："如果你想守护你的小情人，就必须跟我合作。"

他再次转过身来，用一副貌似天方夜谭的表情看着她："我不懂你所谓的合作。"

"放开我，我要去找杜双城。"他甩开她的手。

"不要不自量力了，你去只会是再一次被揍而已。"听到这一句，他果真停下脚步，被刺中了软肋一般。

"我能帮你。"看见他停下脚步，她再一次进攻似的说。

"怎么帮？"

"你先告诉我，杜双城昨天找你做什么？"果然是有前提的。

"他叫我拿'道歉信'给单双，但结果却是告白加陷害信。"

赵萌萌脸上突然流露出不易察觉的得意的微笑。

"于是你被利用了？你可还真是单纯又傻得可爱呀！你怎么能相信那种人呢？"她微笑着说，眼神里沉陷在一种复杂的情愫里面："再说，他不是打过你么？你怎么肯再次帮他？"

"他没打我，他只是撞到我而已。"紧握的双拳，胸口堵着无处释放的情绪："如果你是想再次羞辱我的话，我觉得大可不必了，因为你们根本就是一样的人，恶心、卑鄙，毫无生存的意义可言。今天开始，我与你们再无瓜葛，好好相爱吧，祝你们天荒地老。"他愤怒地说，将手中的信砸在她身上，然后转身走开。原先的愤怒转移了目标，却由小溪流成一条宽广的河流。

以至于等到要去和陆单双交代后续的时候只能说："就当做没发生过吧！""有些事情心知就可以了。"弄得陆单双觉得好像自己负了他一般，惶惶不可终日。还一改先前的专注和冷漠，再次建起了革命的友谊。可是这些，对于林一二来说，或许只需两三天的时间，就能自我找个缺口，乱糟糟地想一通，然后就顺着过去了。

但是他似乎没有意识到那些愤怒——是被一种叫做"爱"的东西牵引出来的。

哈！我的小青年，如果你的骨子里，有一种叫做"得饶人处且饶人"的性质存在的话，那便不能对爱情也一视同仁呀！它很脆弱，不舍得停下脚步，等人；但是，它又那么敏感，耐心，舍得为一个人将之酝酿成一壶醇酒，在岁月里发酵，在青春里醇香。

可那时候的赵萌萌，似乎早就意料到会有这样的变化发生，所以弯腰将信捡起来。但是，她那所谓"合作"的下一步——也只不过是想叫林一二早点儿去和陆单双表白，然后做对小情人而已。

可是林一二的种种迹象表明他是——不懂得主动以及浪漫的人，连愤怒和自卑都是那么可爱和弱小。


——上课预备铃响起。

她此刻就站在闹铃之下，被惊吓的双手抖了一下，本来拿起来的信又再次掉了下去。

"妈的！"她再次拾起那封信，塞进口袋里，然后往顶楼的教室大步地迈上去。

上课的时候，她不停地往后面看去。杜双城看起来跟往常没有什么变化，还依然"奋笔疾书"地抄着作业，偶尔趴在课桌上睡觉。两人的眼神有几次在嘈杂的课堂里相交，他别过眼神没有看她，可她依然盯着他，眼神里像是要酝酿出火来。

她从书包里拿出那封被揉皱掉的信，展开来看。信的笔迹确实是他的，可是用这样的方式去爱，去表白，实在是她从来没有想过的。比起"为什么要爱上这样的人"："为什么他会变成这样"这个问题让她变得更难以明白。她想起自己每次和他说勇敢爱和所谓的爱的道理，如今却觉得，他是有在听她的话啊，可是却依照着他那种笨拙的方式去进行了。原来他，依然是一个白痴。

但最可恨地是，自己爱上了这样的白痴。

而且心甘情愿、变本加厉地，沉迷好多年。

所以，也只好用自己的手段来维护这样的爱了。就像你远远地守护着她一般。

别以为那些久远的往事，我一点儿都不知道，亲爱的，杜双城！她在心底轻轻说，然后将口袋里的信也拿了出来，两封信一起，装进书包里。

叁 [手刃]

青春里的躁动，看起来总是很太平常的事。这时的林一二在失眠的夜里翻了个身，长长地叹了一口气爬起身上厕所，那头的舍友刚从厕所里出来，吓得林一二大声狂叫，惹得全宿舍的人第二天怨愤不已。陆单双为了赶成绩，往往第二天清晨很早便起床，那一日开门的声音大了点儿，舍友便大声抱怨，吐了吐舌头准备关上之时，大风将门一下子扯开，巨大的回响之后，是两三日的闲言碎语的回荡。

各种各样的怨恨，在这个真实的世界里，回荡着，构成了青春。

青春是四季，但又不如四季，四季能轮回，青春却像是一幕落日，或美或丑，或欢喜或悲伤，过了便是自己的黑夜和他人的白天了。

傍晚，杜双城在食堂吃了饭，在寂静的澡堂洗了澡之后，便独自往孤寂的围墙边走去。

如果他那时回身的话，便可以看见擦肩而过的林一二，他在跑道上，一圈圈跑着，而陆单双已经跑不动坐在跑道上了。她也不知道他为什么会有那么大的愤怒，自己都释怀了，可他似乎仍是耿耿于怀。只是一封信而已。

但若说他不是当事人，便能更若无其事的话，那也说不过去，他受到莫名其妙的牵连与利用，看起来更悲剧吧！所以饶恕别人的恨，都延续到自己身上来了，而那个缺口似乎越来越大，像是要吞噬自己似的。

杜双城攀着高高的围墙，双腿一用力，便悬在半空处，手臂也是要用力的，这才慢慢爬了上去。跳下那另一个世界的时候，整个世界仿似都风尘了起来。

他看见顾诗婵站在路灯下，他愣了一下，然后轻轻地走了过去。

"你怎么来这里了？"

她转过身子来，对着他笑，也没说什么，就沿着路旁走了起来。

"喂！你怎么了？"他去牵她的手，这一牵之后才觉得不是很妥当，于是放开了手。

"呵！是呀！学校里也没什么好的，乱糟糟的一堆烦事。"

"呵！是呀！学校里也没什么好的，乱糟糟地一堆烦事。"

"小屁孩！"她大声笑了起来。

可是里面有心酸啊！他仍是听不出。

"你可比我大不了多少。"

"错！是比你小几个月。"

他瞪着眼看着她，说："你今天没化妆？"这时他才发现方才微笑的眼睛，是肿肿的。他别过脸去，不知道该问些什么，貌似从没安慰过女孩子，而且她也没说怎么了，好像——好像没有下手的地方。

"是啊！很难看吧？"

"没！很年轻。"

是啊！那层被脂粉掩盖多时的脸，好像都苍白了。抑或苍白，也是其他原因造成的。

"你——没事吧？"还是忍不住询问。

"啊？什么事？"

"我说，你的眼睛……"

"嗯？我的眼睛？"

"肿肿的！"

"下午哭过。"

又沉默了下来。

"今晚不用陪他吗？"

"不知道，我自己跑出来了，所以连妆都没化。陪你好了。"她脸色苍白地对他笑了笑，双城不知道该说什么，眼前是一条人流湍急的路，逢上这种事，以及自己的心事，脑子像是突然被放空一般，眼前只有人头、灯光和欲言又止的情绪。

"其实有时候，我觉得你说得对，人生哪来这么多的青春，耗完了就没了，可是你自己也是一样在耗着，但是你和我不同，你身处青春之中，即使是远远看着，也胜过我一眼都望不到。所以啊！我想来想去，下午还是想通了一点儿，所以来找你了，但是我最终还是得回去，因为我发现我回不到所谓的青春了，我连任性都那么理智，理智得我从他的住处跑出来的时候就哭了，就开始惶恐自己的明天了。双城你知道吗？他很爱我，给我最大的宽容，更像是父亲，可是我一想到我的青春，要在酒精、毒品和性事里面被泡着的时候，我就觉得明天一片黑暗。可我也不知道这样的日子是从什么时候开始的，大概是，前年还是大前年，我都忘记了，更别说具体的日子了。所以双城，你那天跟我说青春啊梦想啊情爱啊暗恋啊什么的时候，我完全是迷糊的，因为我看不到自己人生的边界。今天，他醒过来要爬上我身体的时候，那一刻，我几乎是触电一般，嗖的一声从被窝里爬了起来，拿起沙发上的衣服就跑出来了。可是刚离开门口我就开始哭了，因为我觉得自己像是飘浮在半空的人，一旦离开那个他给我虚构的世界，我就得掉入以往的暗无天日。双城，你明白我的恐惧么？"她看着他问，眼睛里泛着眼泪，眼神真真切切。双城哪儿知道该说什么呀！从来都是自我思考的模式，完全很难接受别人的交流，所以此刻也是极力地在搜索该说的台词。

"其实我也不太明白我在说什么，哈哈！所以双城你也不要太纠结了。"

"我想，我懂，只是我不知道该说什么而已。"他凝重的，小脸纠结的神情，还是让顾诗婵笑了出来。

"你真逗！"

"看来老师骂我骂得对，哈哈！四肢发达头脑简单，而且我还竟然头脑简单地去毁灭别人的书籍，哈哈哈哈哈！最后还害得那个我想保护的人，陷入兵临城下的困境，真失败！"

"还不错嘛！懂得运用成语。可是如果你头脑简单的话，不是应该当场把老师打倒在地么？你还是理智的。"

两个人说到这个凝重的话题，似乎就将彼此间的言语出口堵到一个死胡同一般，说着说着杜双城就不知道该怎样将下一句接下去。

可是已经到了喧闹之地了。

"你今晚在酒吧？不怕他们来找你么？"他还是担心那群人会来找她，这样的话，对自己好像也不好。

"他们来，我会自己离开的，我坐在角落看你干活就可以了。"

"嗯！"他推开门，这时的人还不多，只有三三两两的伙计在摆放桌子，清倒昨日的垃圾，看到他的时候抬了一下头。顾诗婵落在身后，不敢走得太近，所以等杜双城走进吧台的时候，她才从外面走了进来，伙计们抬头看见她，愣了一下，然后将她挡在门口处，要求她将身份证拿出来。

"她是涅槃老大的女人。"双城声音洪亮地在里面喊，他们转过头看了她一眼，然后转过身子去做其他的事，任由她走了进来。她面无表情地坐在角落里的高脚凳上，像是一个泄气的气球。他给她调了饮料，她顺从地接过去。

"你上次说向那个女生表白的事，做了么？"

"嗯！给了信了。"

"亲手交的么？"

"没有！叫别人拿的，我不敢靠近她，亲手给她，怕她连看都不看就拒绝了。"

"像瘟神一样，哈哈哈！"她笑了起来，声音哧哧的，很小声。

"我记得你小时候被吐了一脸糖碎块的事，也是关于表白的。"

"往事不要再提！"他下意识地白了她一眼，那件事自己都快忘记了，这会儿给她一提，又恨意痒痒，如果那时不是她，自己也不会落入那样的窘境。

"这次你自己要主动点儿，过了，就很难再提起新鲜感了，就算她对你有意思，那也要趁热打铁，不能耗。感情这种事，最怕耗了，一耗就淡了。"

他点了点头，然后转身过去整理工作台上的瓶瓶罐罐。

就此落入沉默，后来这长长的黑夜，两人都没有交流，她坐在那里，很安静地发呆。

他没有见过那样子的她，可也不是曾经记忆里的模样。

夜深时，人渐渐多了起来，但是她仍然坐在那里，杜双城看了看挂在吧台正上方的时钟——已经到了要回去的时候了。宿舍十一点关门，他必须在十点半左右回去。这也是约定之一。

他收拾好东西准备走的时候，抬头一看顾诗婵的位置，却发现已经空了。

——可也没发现那群人来过的踪迹。

可能是去了厕所吧！他心想着，然后离开吧台。但是却下意识地往厕所的方向走去，要不再等下她好了，不辞而别有点儿怪怪的，她今天的情绪有点儿低落。

可是等了一会儿，她还是没有出来，他看了看手表，然后从后门处走了。

因为耽搁了一会儿，怕赶不上宿舍关门的时间，所以在路上奔跑了起

来。风呼呼地从耳边擦过,他突然记起了初三那一年每天深夜都在狂奔的
日子。

　　一年一度的运动会又快来了,他突然想起许久没碰及的铅球。小时
候,像是习惯性一般,对父亲投以重物,然后逃之夭夭,所以久而久之,也
觉得臂力惊人,中考那一年,扔出了全镇甚至市区里也是第一的成绩,这才
让城年高中对他予以破格录取。

　　顾诗婵从外面回到酒吧里的时候,已经不见杜双城了。她去接了个电
话,电话是涅槃的手下打来的,她冷笑了一声,然后接起了电话,自己消失
一个下午,他连一个电话都没打来,这会儿电话是来了,却是别人。

　　涅槃就在隔壁的酒吧里面谈生意,便想唤她过去,但她想了想,还是
说:"我已经在家里了,不出去了。"之后便狠狠地挂了电话,顺便关了
机,准备跟双城道个别然后就回去。可是双城已经走了。


　　杜双城双手攀在围墙上,双脚一蹬想要跃过去的时候,黑暗里宛似伸
出无数双手将自己往下拉。

　　他喘着粗气,刚才跑步和缓冲之后,还没回过气来的闷,此刻堵在胸
口里,那些几乎是疯狂的拳头和乱脚,落在他的身上。他吃痛了,叫了出
来。但却不是饶命之类的,那些听起来似乎太没骨气了。

　　"不要打我的手和脚。"被打的时候,脑子里的念头只有这个,不要
打我的手和脚,我还要练铅球的,我不能成为废人。但是这样说,有用么?

　　那些人是谁?人数不知,目的未明,凶狠程度未知,他双手抱着头,身
体蜷缩在一起,因为疼痛,所以咬紧了牙关在忍受。虽然人生里,遇过很多次
打斗,也挨过很多莫名其妙的打,但是伤口最终在岁月里痊愈,关于仇恨的来
龙去脉总能摸清,只是这次,连一点儿预知也没有,甚至,看不清他们的脸。

　　也不知道过去了多久,直到有人说:"走吧!够了!"那群人才停下
踢打的动作。站定了之后,有一个人说:"以后不要再靠近顾诗婵小姐,不
然见一次我们打一次。"

　　"呵！原来是因为顾诗婵。"可是彼此之间有逾越的关系么？没有。为了保护自己，像是要切断所有的感情来路一样，为了保护别人，就要切断自己的爱情之路。

　　是这样么？

　　坏孩子的天空，坏学生的地狱。


　　黑暗中，他没有再说话，只是剧烈地喘息，直到那群人走远了，借着灯光，他才看清了那三四个背影在昏暗的光里晃动着离去。

　　他爬了起来，伸展了一下手脚，没有什么大碍，尽管是疼痛的，但是没有伤及筋骨，他能感受到。可是胸腔里却像是被塞了沙子一般难受，应该浑身都淤青了，那群畜生。呵！他骂完自己也冷笑了一下，自己也好不到哪儿去呀！嘴里吐出来的唾液里有红色的血迹，黑暗里他也没看到，只是感觉有血腥味，应该是刚才拼命忍受的时候牙齿碰伤的。他缓慢地爬上围墙，每动一下，身上的肉都像是要裂开一般，下去的时候，几乎是滚着下去的。

　　于是在平地上响起一声闷响。

　　"啊！"他吃痛，下意识地叫了一声。

　　"你没事吧？"前方有人跑过来，他睁开眼看了一下，听得出声音是赵萌萌的。

　　怎么会没事呢？不过是为了化解尴尬而已，而自己就是这么作践，被羞辱，被拒绝，被欺凌，甚至被伤害，还是会心甘情愿地去为他做任何事。她伸出手去，想要扶他，然而却听到他说："扶我一下。"她惊愕了一下，然后将他扶起来。

　　他的整个身躯压在她身上，好像伤得很重。

　　"谢谢！"看清她的模样的时候，他忍着痛，扯着嘴角对她笑着说。

　　是啊！那一刻像是为了证明之前所有的忍受和等待都是值得的，因为终于是等来他没有棱角的微笑了，这是记忆里从没有的呀！

　　"现在怎么办？"

"送我去校医那里吧！"

"找什么借口？"她问。

"被狗追？或者说从楼梯上滚了下来？"

"好像滚楼梯可信点儿。"她抓紧了他的手臂，将手臂甩过自己的肩膀，支撑着他的身体，缓慢地走着。

两个人靠近了一点儿，身体贴着身体，甚至连他的心跳声都可以感受到，但是逐渐地，就被自己的心跳声覆盖了。

# 肆 [好四季也是会过去的]

任何时日都是会过去的，所以也别徒劳想要留住了。好的坏的，全部烂在寂静的时光里。要是留住没有用，那挥霍也没有用呀！就安然享受这伤痛带来的安然好了。

已经过去一个星期了，而杜双城似乎也还能适应这"悠闲"的日子。刚开始的那几日，转个身子都能痛得全身像是碎裂一般，以往和自己没有一点儿言语往来的舍友（大多是隔壁班的同学），在他受伤的这些天却无微不至地照顾他，帮他打好饭，甚至搀扶着他去上厕所，以及洗澡之类的。

可是这一切，都是赵萌萌打点的，他绝对不知道，在受伤的那一段时间，内心的尊严和他的爱一样，身姿都似乎低到尘土里去了。默然接受帮助，安然听取赵萌萌的嘱咐，她那段时间里，还是能找个空隙钻进去男生宿舍看他的，但是不能太频繁，而且每次去的时候，那些同学都一副严阵以待、像是迎接老师的模样。去的次数多了，杜双城也会漠然地说："他们照顾得我很好，谢谢你这段时间的照顾。"可是这样的客气话对赵萌萌无效呀！她越发觉得自己陷进去了，以往是硬横着态度对她，她非但不怕而且使尽各种办法去对待；但而今，他的态度软下来了，她也步步为营，丝毫不想退步。那种想要火力全开全面占据的占有欲，真的很要命。

　　当同学们疑惑地问起为何杜双城不去医院或者回家的时候，她便是这样说的："你说他是从楼梯上滚下去的，这么丢脸的事，他愿意回家说么？说了又怕被骂，所以干脆就在校休养啦！这样既能休息到位，而且又不用来回跋涉，对身体也好。"当赵萌萌这样说的时候，那几个被她拜托照看杜双城的同学，脑子里，马上回忆起杜双城半夜翻个身子都会发出呻吟的情景，然后若有所思地点了点头。

　　夜里的时候，他醒了过来，迷迷糊糊地，突然想起当年不要命练铅球的情景。


　　"呼！"大冬天，他从双杠上下来，双臂像是挂在冰柱上似的难受。自从得知城年高中有三个体育特长生的名额之后，他糜烂的生活里像是被打进了一道光。那段时间每次见到陆单双，就像是吹过一阵春风。

　　先前的那两年半的生活，像是烂在污泥里一般，只有当看见她晃荡在眼前的时候，才觉得这是人间。

　　他以为她是不记得他了，可是自己仍是记得她。

　　初中开学的那个开学典礼上，他像是浪子一般来回地扫荡齐刷刷闹哄哄的人群，就在那时看到岁月里模糊的身影。他记得，十岁那年冬天的包子，像是母亲的味道，被眼泪渗透的记忆，像是一张布满文字的纸张一般，被水泡开后，即使被风干，依然留有痕迹。所以他就是在那时，看见记忆里的那一道光的，它像是春风一般，温暖地照进心房里。

　　他笑了，却不是因为她认得他而笑，而是因为这即将开始的混乱生活，有了眼前的寄托。

　　在他以为这生都要迷失在迷茫人生里的时候，她依然站在他的生命里，在他目所能及的人生里。

　　少年时期，遇到愤怒无法释放的时候，往往投掷于父亲的身上，那个对自己来说，尚存的唯一留有血缘关系的人。他对他依赖，但却近乎严重地想要疏远，甚至撇清关系。那时的他，觉得自己像是一头锁在笼子里的困兽，无数次地提醒自己一定要冲破这既定的生活。

　　他深知校园也不是唯一的出口，如果要活下去的话；但是因为她，却有了唯一坚持的理由。

　　冰冷的冬天里，因运动而流出的汗水渗透了里面的那件衣裳。

　　握球手的手指自然分开，把球放在食指、中指和无名指的指根上，大拇指和小指支撑在球的两侧，以防止球的滑动和便于控制出球的方向。掌心不触球。

　　握好球后，身体左侧对投掷方向，两脚左右开立比肩稍宽，左脚尖指向斜前方并与右脚弓在一直线上；右膝弯曲，上体向右倾斜扭转，重心落在右腿上；左臂微屈于胸前，使球的垂直线离开右脚外侧，以加长用力距离和拉紧左侧肌肉。

　　推球时，右脚迅速用力蹬地，脚跟提起，右膝内转，右髋前送，使上体向左侧抬起，朝着投掷方向转动。当身体左侧接近地面垂直一刹那，以左肩为轴，右腿迅速伸直，身体转向投掷方向，挺胸、抬头，右肩用力向前送，右臂迅速伸直将球向前上方约40~42度角左右推出。球离手时手腕要用力，并用手指拨球。推球的同时，左腿用力向上蹬直，以增加铅球向前和向上的力量。球出手后，右腿迅速与左脚交换，左腿后抬，降低身体重心，缓冲向前的力量，以维持身体的平衡。

　　那是初三时一个普通的日子，他默念着《铅球手册》上的规则，而后将手中铅球扔出去的时候，从嘴中呼出来的热气在面前笼罩成一片烟雾，看不清的前方，就像无数个看不清未来的日夜。

沿着铅球扔出去的轨迹缓慢地走着，雾里像是有一张淡淡的笑脸，他也笑了，但是这一笑，眼前的一切都消失了。

那只铅球就落在满分线之处，寂静地等待着他的明天。

他慢慢地蹲下来，胸腔里好像被什么堵塞住一般，突然就难受得想要哭出来。如果哭能释放这压抑已久的心情的话，就哭吧！

无助的生活，像是看不到底一般，从十岁那一年开始，从失去母亲的那一天开始，就越来越感受到那种强烈的遗失感。这个世界只剩下自己一个人了，不能好好活着，就只能随母亲而去了。而直到十四岁这一年，那个手机的留言，给了这生活一点儿仇恨，这仇恨，却让所有的生活都"明媚"了起来。

一点点的，快要腐坏掉了呢！

眼泪滴在土地上，身后不远处的跑道上，哧啦哧啦地传来跑步的声音。他回过身，将眼泪拭干，抱起铅球之后，便跑进了人群。

无端端地，就想起了那些雾一般的日子，杜双城在黑夜里张开了眼，眼睛因为闭合太久感觉有点儿不适，而眼角分明有泪水一样的液体。

他小心翼翼地下了床，胸腔里像是被一块大石压着一般难受。

躯体太脆弱了，像是风筝一般，被烈风一吹便会粉身碎骨，挣断牵绊。他突然想起还没表白成功的陆单双，也不知道自己这生的终点在哪一天。他只是突然想起，如果那一天，他们下狠手的话，那么这一生也许就没思考的余地了。而那些酝酿沉淀如此久远的爱恋，都只是像浮萍一般呀！

所以，也许顾诗婵说得对——"感情这种事，最怕耗了，一耗就淡了。"

但是，她又是错的不是么？她的存在，可有可无呀！为什么要重新出现呢！让自己的人生存在如此惨淡的一幕。

可是日子，也是这么过去的。

一个星期后，他就又继续生龙活虎了。

而关于"从楼梯上滚下去，导致在床上躺了一个星期"的笑话，也只有赵萌萌敢说说罢了，其他人都只敢捂着耳朵进，而不敢放开另一端的耳朵让它出。

恢复正常上课的那一天，杜双城坐在教室里，百般无聊地看着周边的同学，一个星期不见，好像更陌生了。而老师只是象征性地关心了一下他的身体，然后便没有问及其他的事情。

而他万万没有料到的是——当那个熟悉而又陌生的男人出现在教室门口的时候，趴在课桌上正准备睡觉的他，只是听见喧闹的班级里，突然死寂一般，声音全部沉了下来。他犹豫了一下，还是抬起头来。

"呵！他终于舍得出现了。"杜双城看了一眼门口处的父亲。心想，上一次见面，应该是过年的时候吧！在家也只是说超不过十句的话，而那些话也不过是："吃饭"、"去拜年了"、"下来招呼客人"之类的。反而与亲戚间的客套话，比与父亲说的话还多。

可是，他以为老师不会通知他呢！

而一个星期后，他才来。

他站在那里，只是对杜双城轻轻地点了点头，这是两人间的交流方式，双城知道无法躲避，就只有面对。于是站了起来，走了出去。赵萌萌也跟在后面，走了过去。

他跟在父亲后面，长长的走廊上，所有的同学都若有所思地看着他们三个人。双城别过脸去，皱着眉头，示意赵萌萌回去。她站定了一下，下意识一想，然后自嘲了一下，折返了回去。因为怕跟上去，也是自取其辱，与那个男人也没有多少的情分，而且那是他父子之间的交流，无法插手。

终于熬到周末了，赵萌萌呼了一口气。杜双城自从周四那天走后，就没来学校了。

有一次她电话打到他家里去，也只听见用人说他不在家，便挂断了。

如此三天过去了，周六下午从学校里出来的时候，她没有直接回家，而是去了酒吧街那边。

通往那一条不属于自己的路的黄昏，一步一步，她像是走入自己尘封的过往一般。说不上为什么会变成这样，可是既成的事，要怎么回顾呢！她望了一眼长长的路，还有行色匆匆的人。像是每个会过去的日子一样，恬淡且温暖，但是每个人的对这景物的所思也都是不一样的吧！流于心情表面的东西，是会因为心情内在的质地而改变的。

如今的赵萌萌，看见的，便是一朵纠结的云——不知道该下雨还是持续阴霾的云。

宛若一下子，就又再度回忆起昨天了呢！像个发春期的少女一般，心中的那颗隐隐约约以为就要枯萎的芽孢，再次绽开来。所有往日的踪迹，都有了勇气可循。

十四岁之前，她像是依附于母亲生活的寄生物，没有自己的灵魂，遇上杜双城之后，所有的一切顺理成章，没有盛放也没有闭合。直到那一次的保护费事件，她的内心像是被打开了一般。而那时的她，根本不懂得所谓的人性，也不懂这个世界的善恶，她甚至没有自己的人格去支撑那一次突然盛开的所谓的爱。

而十五岁之后，那个黑夜将她从平淡如水的白日扔进一望无际的黑暗里，她需要释放她需要摆脱这往日一切无能为力的生活——当过那一次心甘情愿的牵线木偶后，她被杜双城释放了，所以人格也跟着杜双城释放了，在自己根本没有掌控能力的时候，随着他变坏了，而且最重要的是——她不可救药地爱上他了。

那一年，她离开杜家之后，回到原先的家。父亲对她很好，祖父母对她的关心也无微不至，但是她依然沉浸在过往的日子里，一时回不过神来，宛若玩游戏的人，切换不了游戏模式和生活模式一般。那个魔兽里的世界，喧喧闹闹，需要全神贯注投入才能保命，而眼前这个恬淡如水的世界里，像条只有七秒钟记忆的鱼一般——只不过她的七秒钟是永恒的，永恒地记住杜双城的每个冗长的细节。

有一段时间里，她依然没有适应这个已被自己和杜双城亲手改变的人生，而这辈子都要怀揣着那个所谓的秘密过活，她离开他之后，像是失去了依赖，而再次投入那个陌生的校园里的时候，她以杜双城的模式去生活了。

那一个梦到杜双城的黑夜，她走进了他的生活里，像是神谕一般，那些所有企及的光，都包围着杜双城。

她有想要企及的人，就是杜双城，她觉得只有在对等的地位上，才能继续爱他。

也许这些不属于她的悲哀，她自己甚至沉浸其中，在渐渐开始"好"起来的日子里，她甚至在睡梦里，咻咻地笑出声来，仿佛已然走进他的生活。

而这个黄昏，再次忆起悲凉往事，她仍然沉浸其中，像是越来越靠近他的生活了呢！她想。

——而那时的双城，刚从医院里出来，坐在父亲的车上，昏昏欲睡。

# 伍 [困兽]

那天，他随着父亲穿过人群，穿过学校的大门，直到坐到父亲的车上，两人此间并没有说过一句话。就像是这么多年来的相处方式一般，一开口总会涌出一些无谓的怒气，更像是横冲直撞的困兽，他自己也控制不了。而父亲，就像是这世间唯一能困住他的笼子。

"我为什么要听你的？"坐在父亲的车里，他依然强硬地说。

父亲看了看他淤青的脸，然后笑了。

　　"你们老师说，你从楼梯滚下来了，伤得很重，校医也不敢保证你有没有受到其他的伤。但是，你并不是从楼梯上滚下来的，这些理由骗骗小同学们还可以，耍老师们，就大可不必了，他们是看我的面子，才没跟你计较。"

　　"呵！"他哼唧了一声，露出表示鄙视的眼神。

　　"你以为城年高中当真是因为你那个全市第一名的铅球成绩，而被你砸破底线的么？那你就错了，那些领导能忍受你这样的人，只是因为钱而已。"父亲说着，又笑了，而双城坐在后座上，面无表情，心像是沉入海底的漂流瓶。

　　"现在说这些，是来打击我么？如果你真的那么在乎我，也不会等我从床上死回来的时候，才来接我了，是来怜悯我的么？"

　　"你受伤的第二天，你们老师通知我的时候，我正在美国开会，根本无法抽身回来，而且——也听说你没有大碍。"

　　"那现在是来演哪一出？演慈父？"他望着窗外，毫无感情色彩地说。

　　"如果你不想下半辈子像个废人一样躺在病床上，那你现在就得听我的。"他转过身来，瞪着他的脸，继续说："跟我去医院，做个详细的全身检查，之后你想做什么，我不会管你。"

　　"如果我不呢？"

　　"儿子，你是聪明人，不会吃这些亏的，而且我必须对我的血肉负责任，你不要让你在天之灵的母亲对我埋怨。"

　　"我去就是——还有，别拿我妈当借口，你没资格。"他狠狠地说！可父亲此刻的脸却寂静了下来，像是陈年的老酒般，散发着岁月的冷冽气息。

　　可是最终还是妥协了，不论是因为那句"如果你不想下半辈子像个废人一样躺在病床上，那你现在就得听我的。"或者是"不要让你在天之灵的母亲对我埋怨。"他就是妥协了，关于为何，大可不必追究了，也有可能他说得对。身体是革命的本钱啊！他自嘲地想到。

　　所以这几天里，杜双城像犯人一样，被押着游离在医院的每个科室里。

　　三天后，周六下午，他才从医院完好地出来，脸和腿上仍有些淤血散不去，不过医生说无大碍，都是皮外伤，年轻人吃点儿药很快就可康复。从医院出来的时候，两父子并无其他的言语交流，而这三天里面，两人也没有多余的交流，而父亲却也倒是尽责地陪在他的身边。这让杜双城的心里五味杂陈，但也没有多过问，更像是觉得天经地义。他也没有问及自己在外面打工的事，大概他也不知道。而且他也没有问及被人打伤的事，也没想过要帮他出气。可若他努力回忆的话，肯定会记得，小时候在学校里被欺负了之后，回家跟母亲诉苦的时候，父亲往往会插嘴说："这世界的生存法则就是这样，能者生存，所以，我们大人是不会去维护小孩子的世界的，这需要你自己摆平，知道么？"

那时的他听不懂，只知道父亲不会帮他。

而年月过去之后的如今，那些话语冷冷地透过来了，他像是懂了，又像是已经度过了该懂的时日了。

父亲坐在桌子的一端，杜双城则坐在父亲的左手边，大厅里很安静。

好像自从那个女人离开之后，便没有再看过他带其他的女人回来了，可是有没有情人，又谁知道呢！双城冷笑了一下。最主要的还是自己常常不在家，这个家对于自己来说，形同虚设。

"当年，你为什么要害她呢？"饭吃到一半，父亲突然停了下来，若有所思地停下来问他。这句询问，散发着冷冰冰的气息，虽然岁月掩埋已久，但似乎也不能将其捂暖，反而是更加清冷了。

双城沉默了好久，他自己也想不出哪个环节发生错误了，是赵萌萌告诉他的么？但是细想下又觉得不可能。

"你怎么知道？"虽然有点儿讶异，但杜双城还是很淡然地问。

"家里有监控，难道你不知道么？"他饶有意味地笑着说，双城下意识地朝四下望了望，然后惊讶地看着父亲。

"原先大厅里是没有的，只有我房间有，那件事之后，家里每个角落我都装上了。"

"那你可以去告发我的呀？"他表情狠狠地说。

"儿子，我只想保护你。"他站了起来，身体往前倾，凑近他的脸。

"你知道，我为什么要杀她么？"他冷冷地说。

"我刚才问你了。"他又坐了下来。

"因为——我——妈妈——是——她——害——死——的。"他一字一顿地说，将每个字都咬紧了，嚼圆了，以最有可能的最凶狠的力度，狠狠地撞击在父亲的心上。

心中像是有无限的轰鸣！

哗啦一声，先前覆盖而来的急潮瞬间退去。

"怎么，怎么可能？"他惊慌了，这回轮到双城笑着看着他。

"你当然觉得不可能，因为你从来没在乎过我妈妈，甚至是她的死。"双城说着，站了起来，逼近父亲。

"你不知道。呵呵！小孩子，你懂什么？"他像是被打击了一般，笑着说，继而又抬起头来看着他。

"我妈妈去世的时候，你没出现；我妈妈去世之后，那个女人就出现在家中，究竟是多色迷心窍的你，才会做出这样的混账事啊！"

"你知道——我……"父亲痛苦地抓着头发，心中的苦闷找不到释放的出口，心中的愧疚像是条无序的队伍般，互相推挤着前进。

双城笑了，像是得到胜利的士兵。

"你等等，我会让你死心的。"他站了起来，往楼上的房间走去。

开灯的时候，原以为会铺满灰尘的房间里，干净得就像是昨天刚睡过一般。

他从衣柜最底层的抽屉里拿出手机，然后下意识地看了眼四周，不知道摄像头被安在哪个角落。真他妈可怕！他唠叨了一句。


寂静的大厅里，不断地回荡着那几分钟的录音。

一词一句，将那个一瞬间苍老的男人逼进窘迫的角落。

任你人生多成功，在亲情和爱情这一环输掉了，便无再生之地呀！

"为什么当初你不拿给我？"他红着眼，像是一头困兽般，神色激动地问他。

"我觉得你不爱我妈妈，所以我只能用自己的方式报复。"他冷冷地说，"不过，我本来也只是想吓吓她，让她滚出这个家而已，我没想到……"回想起那一幕，他依然是痛苦的，他抱膝缩在沙发的一端，他想起那天晚上在楼梯上颤抖得像一片在风中飘零的树叶一般的赵萌萌。

他跌坐在椅子上，活了这么多年，他头一次觉得自己输了，输得彻底了呀！儿子的痛苦他不知，妻子的去世他以为是宿命安排，日日夜夜投身生活竞争之中，却得不到什么，只得到这一切的虚空。

而眼前这个，与他有着至亲血缘关系的儿子，已经早早变成了自己也不承料想到的模样。他摇了摇头，双手痛苦地捂着脸，眼泪从手指的两个缺口间，流了出来。

双城将手机塞进口袋里，转身往楼上走去，走了几步，又转过身来说："记得将我房间里的监控去掉，我讨厌那东西。"他说着，又下意识一想，然后说："除非你觉得我是你的犯人，而不是你的儿子。"

"砰！"以最猛烈的姿态，将那个男人以往岁月的所有尊严呀，构想呀，全然击碎。

这一切，并没有胜利的感觉。杜双城关了房间，坐在角落里，将头深深地埋进了膝盖。房间里，依然传着母亲的声音，回荡着幻听。


# 陆 [真相]

赵萌萌那一天当然没有找到他，当她一个人坐着空荡荡的夜车回家的时候，父亲来了电话。

"在车上了，你来车站接我吧！"挂了电话后，她想给双城打电话，但是却完全不知道他的号码。

真失败呀！赵萌萌！你不是号称最能磨最厚脸皮的么？怎么到了这种紧要的环节，就输了气节和战略啦！无尽的嘲笑，无数次将自己塞进深深的暗潭里，但是每次醒过来之后，重新看见的，又是另一番死命挣扎的模样。

那边是杜双城与父亲看似硝烟弥漫而又看似万事安好的局面，赵萌萌被置身事外；而这另一端依然是林一二与陆单双，筑成的一道安好的风景线。

陆单双和林一二的关系依然是好朋友，加上有绯闻，只是绯闻总没有传出去，一直在班级里，小范围地传着。可是有心看在眼里的人，每个环节，每种动作，每句台词，都显得耿耿于怀。

而对于陆单双来说，她那种好学生的心里，只有成绩和匆忙的学习才能将往日的嘈杂隐了去，这是她的成长准则。而对于爱，她太循规蹈矩了，对于她来说，或许爱，都是要很大的勇气的，所以她没有想要去将之点破。或许他们之间，在等的，是一个默默埋下的契机。

杜双城隔别几天后再次回到学校的时候，这于赵萌萌来说，他就像个黑暗骑士般，为她幻想的爱日月兼程而来。

那天放学后，他站在教学楼的下面等着她的出现，人来人往她仍是没有出现，来来往往的人对他投以若有所思的神情，他一改往日的桀骜，别过脸去。早上从家里出来的时候，是父亲将自己送到学校，而脸上的淤青也终于晕散成接近皮肤的颜色了。

"陆——单双！"他看到她的时候，想要唤住她的时候，刚要开口说的名字，却陌生了起来，很少将这个名字从嘴里念出来过，因为藏在心底太久了，久到不知道该用何种表情和语气对待它。

林一二听到声音，便从后方加快了脚步跟了下来，两人一前一后走出楼梯口。

陆单双站在离杜双城一米开外的地方，面无表情地望着他，也没有开口应他。倒是林一二先开口说："你来做什么？"

"不关你的事！"方才紧张和期待，甚至因为喊出她名字那窃喜的心情都散开了去，这时徒留一种面无表情。

"还有其他事么？我们要回去了。"单双这时开了声，一二回过神来盯着她。

"上次的信，你看了么？"在心底偷偷地呼了一口气，终于以挑衅般的语气说，而后又补充说道："哦！是'道歉'信。"说到"道歉"两个字的时候，他还模仿了下美剧惯用的经典细节——两只手在头上做出引号的动作。

单双转过身去，脸上露着苦笑。

"卑鄙！你写的是道歉信么？明明是陷害信。"林一二冷笑着看着杜双城说。

杜双城瞪大眼睛看着他和单双的背影。

"我写的，明明是道歉信，虽然里面有隐瞒的告白的话语，但你也不至于会知道，而且还说是陷害信吧？"他扭过脸，看着林一二说。

"'单双！见到信的时候，你应该很惊讶吧！可是我的惊讶是不亚于你的。因为若是你能看到这封信，我也便知道那小子对你的心了。'开头你是这样写的不是么？多么精彩的陷害啊！你从一开始就想清楚了要我送信吧！你明知道单双跟我走得近，再顺便摆我一道，然后就可以达成你的目的了，不是么？"

"可笑！"单双回过身来，望了他一眼，可是只需这一眼，他的心便凉了。

单双拉起一二的手，往外走，说："我们回去吧！"

但刚走了两步，单双的手，就被杜双城拉住。

　　"那信呢？"他不知道哪个环节出了问题啊！像是当年被父亲知道那件事一样。

　　他们回过头盯着他，像是看见一头即将苏醒的狮子一般。陆单双下意识地将林一二往后面推搡，而后又听见双城说："那信不是我写的，我没写过那样的句子。"他开始为自己辩解的时候，连自己都是觉得匪夷所思，为什么，所有的事情，都要以最坏的一面，对待自己？

　　"装傻耍赖的招数，我见多了，你没必要这样！"单双将他的手打掉，然后往前走。

　　这时杜双城又拉住了林一二："那信呢？"

　　"我……交给赵萌萌了……"

　　单双转过身来看着林一二："你怎么能给她？"杜双城和单双几乎异口同声地喊。

　　"因为，我不想看到他。"他懊丧地低着头，对单双说："我以为，她会拿给你。"他再接一句，这次却是抬起头来，看着杜双城说。

　　"说得好，我也不想看到他。"她别过脸去，先前的惊讶像是重新被抚平似的："我们走吧！"

　　他立在原地，像是饱经风雨的雕像一般。

　　这一切，像是一把刀一样，一刀刀，将原本的勇气与欢欣雕刻成悲伤的模样，一下下地将自己推搡进黑暗的胡同，无论手段多高，无论外表多狠，都斗不过这世间的真情实意，都斗不过变故呀！

　　可是，内心是怎样的？

　　好像也不痛吧！只有一波一波——窒息的感觉吧！


　　"那封信给我。"

　　"什么信？"还没接受他再一次出现的惊喜的赵萌萌面对这样的质问似乎有点儿缓不过来。

　　"林一二交给你的信，还给我。"

　　"哦！那封信！我得回去找找！"她正在心底五味杂陈地盘算起对策，这时却听到杜双城用几近懊恼的声音说："那封信不是我写的，我明明不是那样写的……"她听到这句话，心底只是凉了下去。原以为能瞒天过海，以为一件又一件接踵而来的事，便能冲淡这一切的发生。如果这些事儿，一股劲儿被挖掘出来的话，后果会是怎样呢？自作孽不可活？还是？

　　对了！顾诗婵那件事，也是她去调查出来的，是她告诉涅槃的，她不过是要求顾诗婵能听涅槃的威胁，从而能离杜双城远一些罢了。但事情似乎并非自己所想的那样，但也算是得到了该得到的情分呢！可是，无论自己怎么努力阻止以及挽留，这所有的一切，尘埃平复之后，仍然露出了原本令人烦恼的本质。

　　"那封信是你写的吧！"他黯淡地问，然后抬起头来看着她。

　　"啊！怎么了？"从自我的沉思里，回过神来的时候，听见他这样问的时候，心底的思绪全部乱了。

　　"没！我乱说而已，我肯定是被人陷害了。那封信还在你那里是吧？你现在回去找找，我在你宿舍楼下等你。"他拉起她的手，她惊愕了一下，在仍没接受刚才那个请求的时候，便被塞进另一个旋涡里。


　　"怎么办？"

　　"如果他看到那封信，肯定会知道的。"

　　——"但现在问题是，信都不复存在了。"


　　要怎么去隐瞒？可是这一切，太让人失望了，却好像包不住火的纸般，即使用自己的身躯去阻止，还是会继续燃烧起来。

　　那一晚，赵萌萌将手中的那封信撕烂，丢在垃圾桶里面烧掉，然后再次拿起那封内容已经熟烂于心的信，嘴角扯出一丝狡黠的笑。

　　她从没有觉得自己可以变得这么卑鄙。

　　可是——从那一年跟他做了那件事开始，就已经陷入不可救药的深渊了不是么？

　　拼命呼救也没用，所有的秘密只能一个人忍耐。那些少年世界里，大人无法分享，甚至连朋友都无法分享的秘密事件，似乎怎么藏都很笨拙，所以干脆爱着你好了。

　　所以爱得很傻呀！

　　——杜双城要给陆单双写道歉信的事，赵萌萌是在他准备动笔前几日的傍晚知道的。

　　在那个小小的班级里，对于赵萌萌这样的人来说，安插几个眼线是完全轻而易举的事。杜双城的做法她很清楚，在字写得很丑并且表达能力有限的情况下，他通常会找其他的同学代笔或者写好草稿。可是这一次，他没有，让赵萌萌出乎意料地自己动笔写了，写完的时候，还装在白色的信封里。

　　而赵萌萌只是在他将信塞入口袋前一个小时里，写了一封另外的信，将原来的那一封换掉而已。

　　这样的变换，他不会知道。看信的他们，也不会知道——因为他们根本没看过他的字。

　　——可是，她仍然是在赌呀！赌他会不会去找林一二，赌他有没有勇气，将信拿给陆单双！但是，她仍作好了最坏的打算，便是——如果是别人交给陆单双，她也要将信夺下来，一定要让林一二亲手给单双，这样——才是目的！可是——谁能想到，这事情进行得如此顺利。

　　这样造成的后果，既不会波动太大，也不会危及自己——好像是所有的人都被她握在掌上似的，所以她必须留意前来算账的陆单双和林一二。

　　如果是林一二来，那一切的问题就很好地解决了，因为证明陆单双根本不在乎这件事。

　　但如果是陆单双前来，那一切会更不好收拾一点儿，但这一切对于杜双城来说，已然没有解释的余地。

若是后面这种情况，大不了一拍两散，谁都不要得到。

——得知他要写"道歉信"或者"告白信"给陆单双的那个晚上，她躺在床上，辗转反侧。

后来，她做了那个奇异的梦，梦里的她，变成杜双城的模样，在认真地写一封表白信——

给的人是——赵萌萌。

为了这个梦。

必须阻止这一切的发生。

可是如今，她站在宿舍里，面对着早已被清空的垃圾桶，陷入一片难受的荒芜中。

杜双城的电话响了好几回（原来，他是有自己电话的，可是在自己拼命找他担心他的时候，为什么连信息也不会发一条呢！而自己也似乎傻到——忘记向别人问他的电话），第一次，她接了，听到他声音的瞬间她就手抖着挂掉了。之后的，她不敢去接。那时候，她觉得很绝望，因为之前所有处心积虑的信在那一刻都被自己烧掉了，她不知道该拿什么去面对他。

能逃避么？

这一次……

# 下 阕

[ 黑 暗 中 的 行 走 ]

　　记忆里仍然有那一段好时日的存在，只不过却萎缩成一首诗罢了。但凡坏时光便都是被无限拉长，长篇大论，而好时光却被多番藏拙，浓缩成一首最美的诗歌。

　　但美好，无须长篇大论的呀！

　　存在过，就足够！

## 壹 [斗戏]

　　杜双城冲进宿舍的时候，一脚踹开门，砰的一声回荡在空寂的宿舍楼里。赵萌萌的舍友们，没能逃避过这让人惊悸的一幕，所有人都惊叫了一声。杜双城走了进去，然后说："你们都出去。"他将门留一条缝隙，她们走了出去。而后又砰的一声，他将门关上。

　　"杜双城，你究竟想做什么？"赵萌萌在舍友闪出去的那一刻，开始脱自己的衣服。

　　杜双城转过身来的时候，心里暗自一沉。

他慢慢地走了过来，从她站立的地方的床上，扯出一条被单，扔在她的身上："我不想看这些，把你的衣服穿上，然后把信还给我。"

"杜双城，那不是你的信，陆单双不爱你，你不要自作多情了好么？"

"这是我的决定，而非你，你不要管那么多，我说过的，我们没有任何关系。"

"如果这时候舍监进来的话，你认为她会相信我们没关系么？"

"别想威胁我！"他走了过去，凑近她的脸说："快把衣服穿上，我对你没兴趣。"

砰！晃荡在半空的情绪气球被瞬间戳破。

可是她也没想到自己会哭的。

她边穿衣服边哭，眼泪滴在掉到地面的被单上，方才被杜双城大力扯下来的被单下面，藏着很多小东西，此刻都散落在地上。她穿好裤子，将小镜子拾了起来，放在床上；她穿好上衣，将日记本子拿了起来，放在床上……杜双城面无表情地看着这一切，不知道她什么时候结束这场苦情戏。

"信已经被我毁掉了，你可以死心了。"她拭干了脸上的泪，红着眼对他说。

"是不是你在搞鬼？"他捏着她的脸颊，狠狠地说。

"你说什么？"一定还有办法的，一定还有拯救的余地的。她心想，可是脑子里面闹哄哄的，她不知道该怎么办。

"那封莫名其妙的信是你写的，是不是？"他放开她的脸颊："可是，该死的！你是怎么做到的？"

"你说什么？我不懂你的意思。"不知道该用什么心情去对待这一切的时候，最好的办法应当是用平淡如水的语气！

"别装傻了，赵萌萌，你知道我最恨什么样的人么？"他再次露出他的经典表情——似笑非笑地盯着她。接着又自顾自地说道："我最恨的就是自作聪明，耍小心机的人。所以赵萌萌，这一切，你可以消停了。"

　　"我没有啊，我是爱你的呀！我怎么会对你耍心机，我的爱，你都知道，我对你从来都是直白到底的，你难道会不知道么？"既然要玩，就狠到底吧！可是已经快支撑不住了，面对杜双城，她不过是一个小喽啰而已，而自己的手段，不过是属于女生的细腻和身份罢了。

　　"别扯开话题！"他再次动手，不过这一次只是扯起她的衣服："你说，你是怎么做到的？"

　　"杜双城！难道你就这么不相信我么？我爱你的呀！你不要这样怀疑我好么？"她哭，撕心裂肺地哭，既是恐惧，又是因为委屈！

　　"我只信我爱的人。"他又放开她的衣服，语气淡然地说。

　　"我走了，你好自为之，这是最后一次……"

　　"杜双城！你忘记我们之间的秘密了么？你不能这样对我的。"她依然天真地以为，自己手中还握着一张王牌。

　　"那只是你的秘密，对我来说，不是的。"他微笑地说，而后打开了宿舍门。

　　他打开门的那一刻，将耳朵贴在门上听着里面动静的女生，被突然开门的动作吓到了，一时间愣在那里。而她身后的那群女生，在看到杜双城的时候，全部都散了去。杜双城将门关上，然后往楼梯口走去，此时，舍监才晃晃悠悠地走上来，看见杜双城的时候，想要拦住他，却被杜双城一挡，表情瞬间冷峻了起来。

　　杜双城从楼梯跑下去，这时那个女人才想起要吼住他。

　　"同学，站住！"

　　可是已经迟了，两层的楼梯，他转瞬间，便走完了。

　　只留下空荡荡的走廊，和心底堵着气的老女人。

## 贰 [无可救药]

宿舍里的赵萌萌，动作僵硬地将床上被弄乱的东西全部整理完好，然后坐在椅子上发呆。

时间也不知道过去了多久，宿舍里的人还没回来，身后的一道光影慢慢地暗了下去，之后下课的铃声突然响起。这时她才想起，自己已然忘记上课这件事了。

怎么办？

好像没人帮自己了，以前的那些可以互相利用的姐妹呢？

细细想来的时候，她也不知道是怎么失去的，好像是在拼命跟上杜双城脚步的时候吧！

真是赔了夫人又折兵啊！她自嘲地想到，可是这时，却仿佛想起什么似的，她想起了春宴，春宴的时候，不是和陆单双曾经靠近过么？可以去找她，去向她吐露心中的苦闷，甚至还可以试图在她身上，得到挽回杜双城的法宝呢！

这爱，真是走火入魔般，那么痛苦，干脆不要算了。这一刻她是这么想的，如果能得到友情也是可以的！算什么呢！杜双城算什么呢！不知感恩，还斤斤计较的家伙。她此刻已经卑微到底了，所以能一次又一次地自我安慰，为自己找出口。

肚子叫起来了，黄昏的落日也消散了，该去吃饭了。

她站了起来，这时候也可以去找陆单双。

站在食堂的入口处，远远地就看到与林一二并肩而来的陆单双。

真是美好！赵萌萌觉得，这样成双成对的美好，为什么不能属于自己呢！为什么在破坏别人感情的时候，顺便还要考验了他们呢！真是感觉不爽呀！

"单双！"她语笑嫣然地唤她，而后向她靠了过去。

林一二拦住她。

"有事么？"他戒备地问，凡是她和杜双城出现的场合，反正没什么好事。

"我来找我的好姐妹单双，关你什么事？"她面不改色，依然微笑着说，可语气里却带着不确定。

"呃！没有的事，赵同学，该有的道歉我已经收到了，我们不是同一个世界的人。"林一二正欲开口的时候，却被单双抢先了去。

沉默。将要爆发的沉默，她不语一句，三人对峙着，良久之后，她才说："是么？那你怎么不去死？该有的你都得到了，那你滚出这个世界啊！这个恶心的世界。"她生气了，恶狠狠地说完便转身走了。

她觉得自己已经不可救药了。

林一二冷冷地看着她远去的背影，突然觉得她很可怜。他别过脸去看单双，两行泪从她的脸上落了下来。

"其实她说得没错呀！这个世界让人很失望。"她捂着脸哭了起来。

人来人往的路中央，林一二突然乱了分寸。

"单双你怎么了？"

"没事！只是觉得她说得有道理而已。走！我们吃饭去，化悲愤为食欲。"她自顾自地拉起林一二的手，往前走。

"这个世界，压抑得让人看不到自己的未来。好难过！甚至连爱，都是那么小心翼翼……"心依然在跳，血依然在流，内心的活动，丝毫不减。

好难过。说清楚为什么这么难过，可能是她戳中了自己心中的软肋，也有可能是那些世俗太重了，压得自己几乎喘不过气来了。

此刻她很想找一个角落，她需要自己一个人安静地哭泣。

## 叁 [旧日山丘与安然时光]

记忆里仍然有那一段好时日的存在，只不过却萎缩成一首诗罢了。但凡坏时光便都是被无限拉长，长篇大论，而好时光却被多番藏拙，浓缩成一首最美的诗歌。

但美好，无须长篇大论的呀！

存在过，就足够！

日子也忘记是怎样过去的。

这一连串的事情发生得太快，任谁都无法去消化。

再一年的春宴过去了，那一天陆单双一个人（林一二和男同学提着重东西，已经差不多快到达目的地了）慢吞吞地上山，她又落在最后面，跟着前方不远处唧唧喳喳一直在说话的女同学。便是在那时，她看到从后面跟上来的杜双城。但也只是转过身去看了他一眼，然后若无其事地继续走。杜双城慢慢地超过她，此时此景，像是还停留在昨日一般，可一年的时光都过去了，如果再耗尽这个春天，进入漫长的夏天之后，便是高三了。听很多前辈说，进入高三的生活，时光像是会被突然按下了快进键一般，急促地前进。

所以杜双城在超过她的时候，迟疑了一下，还是停顿了下来。

"那次的信，真的不是我写的。"他背着光，淡淡地对她说，陆单双听到声音抬起头来，蹙眉微笑，这时又听到他说："给你造成困扰，对不起！"声音里真真切切，这么好的天气和景物，真是让人生气不起来呢！

"我们不是同一个世界的人，所以，没必要为了彼此伤心，正所谓'井水不犯河水'，那么多年，你不也是那样过来的么？"好像瞬间就懂得赵萌萌说过的那句话，所以以此刻说出来的时候，倒是觉得真真切切。可是最末的隐喻，自然是以往他对她的爱恋之情，在先前的那封信里，她曾看过的。可是即使不相信是他写的，也可认同那一段美好而单纯的过去。

"你都知道了？"知道我爱你这件事？杜双城下意识地想。

"信里写了。"

"那不是我写的。"

"这个不重要吧？重要的是我知道了那些事。"

"真的不是我写的，你为什么就不信？"他向前跨了一步，陆单双正惊讶着想要退步的时候，他突然又往后退了一步，陆单双这才原地不动地站着。

"信不信都无所谓了。不要再纠结了好么？我们不会有结果的。"她有点儿难为情地说。

"对不起！"他转过身去，背影有点儿颓丧的感觉，陆单双看在眼里，但是又说不出哪一点颓丧。

"'安然行走，不断向上'，你的铅球不是扔得很好么？加油！"陆单双那会儿就无头脑地来了那么一句，忘记在哪儿看过的句子，此时说出来也倒是应景。

是"上"还是"善"？他听得不太真切，每年春天城年山都会吹着微微的风，这一吹，便感觉那句话更不真实了，他没有再回过身去，好像这已是最好的结局，也无谓再挣扎了。

内心无论有多少的不甘，也抵不过曾经证明过自己的爱来得重要。

你的依然不相信，仍是他心中最无奈的伤。

"谢谢！"他没有回头，只是加快了脚步。

像是要大步迈向明天。


或许，一个人"好好"地生活，"好好"地去工作，"好好"地去缅怀那一切，并不将那不堪的过去称为恨，然后辛苦一生，最后死去，像一只飞蛾那样——杜双城的脑海里，又浮现出十岁那晚太平间里的那只飞蛾。如今站在温暖的阳光下，突兀地想起那个冰冷的太平间的情景，他会不禁诧异，究竟那只飞蛾，是他童年的幻想，还是真实存在。

　　冰冷的太平间，冰冷的记忆，一切无从考究了。

　　或许这样一辈子"好好"地下去，把你放在心底，也是值得庆贺的吧！

　　赵萌萌呢！她依然不安分地跟在杜双城的身旁，从以往的纠缠，到而今的疏远。她那些用小手段挽留回来的姐妹们，无休止地争论着校园里的花边新闻，可是唯独没有听说过关于杜双城的八卦，他像是游离在爱情之外的黑暗骑士。

　　也没有人敢靠近他。

　　这样的人，真是自己爱的吗？她无数次叩问自己，有很多次想过要放弃，再熬过一年就能离开这个有他的地方了。可是每一次都像是沉溺在蜂蜜里而不惧怕被蜜蜂蜇的维尼熊，再次回头再次触碰，只不过她再也不敢去靠太近了，只能远远地观望着。经过那一次的事情之后，所有的一切像是被划开了一道伤口的银河，跨过去就可能被淹没。

**肆** [眼泪的泪]

　　生命本来就是由摊开的无数个细节组成的，看不清也理不顺，有时还会偶然忘记某些事情何时发生。时间节点上的东西总是很微妙，有时一件事情如今发生了，却宛似去年某日发生过的。圣经也曾有说"日光之下，并无新事"——若是如此结论，也便可以说生命就是在重复么？重复着发生无数的事，生老病死、喜怒哀乐，发生方式未知，表达方式不一。

　　但是它们真真切切地存在，在这个星球里——安然转动的星球里每日每夜发生着，像潜伏在人世森林里那不具名的元素。

　　人又有恐惧的东西，她惧怕蛇类动物，她恐惧猫，她恐惧狗，她害怕黑暗，她害怕水……

　　人生存于世上，绝不是那么简单的事。他们制定规则，让人去执行，让人去遵守——所以才有学校，学生，以及各式的活动。

　　城年高中。有最特色的春宴，以及神秘的成人祭。

　　"高三第一学期的成人祭你听说过么？"晚自习的晚上，单双学习累了便俯下身子去睡觉，然后发出怪怪的声音问。

　　林一二听到声音转过身来看着她，然后才说："好像有听说过，每年的活动都会不一样，去年是野外露营，我们这一届的活动不知道是什么，只要不是野外露营就好了，我不喜欢和小昆虫们来个亲密接触。"

　　"呜！"她又发出怪声应着。

　　一二笑了笑，然后凑过身子去问："怎么了？很累？"

　　"嗯！"

　　"出去逛逛？"他盖上练习册，轻轻地问，凑得很近的脸庞，似乎可以听到轻微呼吸的声音。

　　她睡着了，没有再应声，林一二无奈地耸耸肩，而后再翻开练习本。

　　沉睡在旧日时光里的美人，像是隐藏于内心深处的一颗爱之种子。

　　它要发芽，于是便发芽了。

　　过完高中生活的最后一个暑假回来后，校园里大部分的讨论都是关于成人祭的。

　　所有人都不知道具体的事宜，按照往年的惯例，成人祭的具体内容会在第一次月考之后的全年级大会上公布，而后，在期末考结束后举办。

　　但是对于杜双城来说，成人祭的举办于他似乎没有很大的关系。因为这年的春宴之后，便是运动会了。

他也没有再去过酒吧，被涅槃的手下打了之后休养的那段时间，酒吧里的人已经来了电话希望他不要再出现在酒吧里！而结余的工资可以选个时间去拿。可他没有再去了，似乎那一次的意外事件，像是一场终结。

不在坏里变坏，就在坏里成好。而他依然像个坏学生，上课睡觉，看低俗的成人小说，抄作业，偶然想起陆单双的时候，一笑置之，像是一朵明媚的向日葵盛放在心头，向着阳光的那一刻，心里瞬间温暖了起来。

课余的时间，都用来练习铅球，他甚至不知道自己的未来是要继续读大学，还是按照父亲的建议去国外走走。那些太久远的未来，他甚至不想去知道，只是日日夜夜投身在即将到来的铅球比赛里，若是能证明自己，那又怎样？他从未明白这所有努力的起点。

是因为那一句"你的铅球不是扔得很好么？加油"么？

谁知道！他笑笑，然后走出校园。

上完课的周末，待熙熙攘攘的人流退去之后，他才慢吞吞地往外面走去。

父亲的车停在校门的马路对面，黑色的车体隐藏在即将沉沦下去的黄昏深处，像是隐藏多年的秘密。而他的爱，当真是深藏不露呀。这么多年了，对自己既没有恨也没有要求，原以为他放弃了自己，但绝不会想到是自己的自暴自弃，迅速逃离。

而如今也只有靠着他，才能到达明天。人与人之间的关系，若是撇弃喜爱撇弃恩情撇弃血缘，那之后剩下的是赤裸裸的互相利用和各自自私吗？可是——"恨他吗？"无数次看着他的背影，杜双城都在问自己。

答案是的。他从来都没有否定过。但那些所谓的恨，毕竟还带着亲情血脉，不如对那个女人一般，真真切切地恨呀！他在想，或许只有等到自己真正强大，飞出这个亲情牢笼，才能回到老巢作威作福吧！钢铁森林里的冰冷境地，何处有自己的安歇处？过早地想这个问题，总是怪怪的，他笑了笑，走向那辆车。

　　他打开车门，坐到副驾驶上，然后才转过身去看着父亲，这时他睡着了，双城也不知道他等了多久。他自个儿笑了笑，不忍心唤醒他。于是便掉过头去，看着西边渐渐沉下去的落日。不远处的田地里，嫩绿的青草和蔬菜树木，被暗红色的光，铺成浓绿的颜色，看上去就像是拥有深沉心事的少年。远处的山脉，中间被凿开一条路，像条俯身于地面安眠的巨龙，被凿开了筋骨，再也逃不出这尘世。偶尔有鸟飞过，但也看不真切，在微弱的阳光里，它们变成黑色的小点，像飞在眼前的苍蝇……

　　"你什么时候进来的？"父亲的声音从背后传来，他转过身去。

　　"有一会儿了。"他淡淡地说，"车门也不关紧，挺危险的。"他补充说道，然后转过脸去继续看着窗外的景色。

　　"怎么不叫醒我。"父亲问。

　　他没有说话，只是笑了笑。

　　父亲揉了揉迷蒙的双眼，然后启动了轿车。

　　"什么时候运动会？"车行驶的时候，父亲转过头来，看了看他身上脏兮兮的运动服，突然问。

　　"快了，三月下旬吧！"

　　"嗯！老师对你有信心么？"这话问得，不该是"你对自己有信心么？"杜双城在心底默默想。

　　"我对自己有信心！"他笑着答。

　　"好样的！"父亲爽朗地笑，父子间像是找回了一点儿话题，他高兴的，既是儿子的争气，也为了如今的释然。而杜双城一点儿都不明白，为何他直到这个时候才来扮演慈父，这么多年来放任自己不管，其实说到底也不是他放任自己，是自己放任自己罢了，他笑了笑。然后又想到，大概是因为心有愧疚吧！而人也将老了，在这人间，大概自己才是他最终的依靠吧！

　　"到时你会来看吧？"转了个话题，他问道。

　　"嗯？你记得通知我，我好安排行程。"

　　"能带我妈妈来么？"

"怎么带？"父亲诧异了一下，扶稳了方向盘，然后转过脸来瞪着他。

"带一张她最喜欢的照片吧！有么？"他的眼神里，露出期盼的眼光，像个期待糖果的孩子般。

"嗯！好！我回去找找！"

"爸！你会想她么？"过了许久，他又问。

"想谁？"

"我妈妈！"

他沉默了许久，没有回答，双城别过脸去，眼泪却安然地流了出来。

"我对不起她！"父亲说。

以这句为终点，像是结束了过往的年月，他满眼泪水，转过身来看着父亲，发现父亲放慢了车速，一只手在擦拭眼角的泪，他快速转过脸去，当做没有看见这一幕。

车驶进渐渐沉入黑暗的黄昏里。

并，向往明日的光明。

**伍** [成人祭]

爱，它就是落在记忆里的一颗种子而已，而后发芽枯死都与撒种人无关，像是成长于荒野的苍耳，并不知会被带往哪个天涯海角。而你给予它土壤，让它茁壮成长，直到它在你心底毅然扎下根，所以你依然记得那个人，他留下的气息容颜以及温柔。

每次路过那条小街，我总是想起你。

她有时也会去酒吧街那边晃荡，但是再也没有遇见过杜双城。而她也知道杜双城已经不会再出现，她从酒吧员工那里得到的消息是："是一个男人交代的，希望我们辞掉他，不然他会去告发我们雇用未成年人，更何况杜双城惹出了那件事之后，虽然涅槃没有出声，可我们也怕了。对了，你是谁，怎么问这些。"

"不需要知道我是谁吧！我是他的一位忠实顾客呀！如果他走了，以后我也不会来了。对了，那个男人是谁？你知道么？"

"那个男人？打电话的那个？好像自称是他爸爸吧！具体的我也不知道。杜双城也从没有说过他爸爸的事，我也觉得奇怪，他如果有爸爸，为什么会放任自己儿子出来酒吧工作呢！真是有趣！"

"呵呵！杜双城自有他的生活方式吧！"

伙计听完她这句像是结束语的话之后，转过去继续工作，赵萌萌出了酒吧之后，便没有再去过了。

这些地方，像是逐一告别了。

如同告别往日。


全年级大会上，怀揣着激动心情的林一二和陆单双，隔着一条队偶尔回过头来对视，只一眼，便都笑了。这一次，他们都考出了好成绩。都进了前十，林一二是第六名而陆单双是第五，所以说不定，等下上台领奖的时候，两人会站一起。尴尬的时候，还能说两句悄悄话。想到这里的时候，一二就觉得心里有点儿释然。

"在车水马龙的大城市里，很难见到没有光的时刻。早晨被阳光叫醒，起床坐在各种明亮的交通工具里，上课的时候，因为天气阴暗而亮起来的白色灯管，拿出手机收发短信上网打游戏或是看书，到了电力系统早已开启的教室上课，下了课太阳已快落山，却依然有明晃晃的路灯渐次亮起。即使夜深至凌晨，这座城镇的地标性建筑依然闪耀着它的光芒，但是，你真的看到了吗？你真的听到了吗？你真的认为这种所谓正常的生活其实是莫大的幸福吗？

"初临这个世界时，我们都身藏于母亲的黑暗子宫里，那才是我们最本能最安全的时刻，而面临人世之后，我们不断地穿梭在一个又一个的光明世界里，再也寻不回往日的那种胚胎似的安全状态了。所以重新回归黑暗，让我们在黑暗里认识自己，面对自己的内心，是这次成人祭的主题。"

台下一片哗然，所有还沉浸在校长的冗长演讲前奏里的学生到了这时才恍然大悟过来。

"假如你的世界，彻底黑暗30分钟，你是好奇、激动、紧张，还是恐惧？在黑暗里行走，面对自己的内心，真正认识自己的恐惧，这才会有机会知道自己内心交给自己的答案。"

校长说到这里，然后微笑着依依不舍地从演讲稿里抬起头来，说："所以今年成人祭的主题，便是'黑暗中的行走'——届时男女生分开组别，抽签决定顺序，其他的细节事宜，待你们班主任各自交代。"

演讲台底下开始嘈杂，各色的讨论蔓延开来，更多的是因为感觉这活动新鲜，也有小部分是有点儿畏惧的。比如林一二。

"你有害怕的东西么？"散会后，这是同学之间问得最多的问题。站在喧闹的演讲台上领奖的时候，单双凑过身子去问林一二。

"'黑暗'，算么？"

"哈哈！那这次的成人祭，你不就死定了？"陆单双笑着打趣林一二，而不知为什么说出这句话的时候自己心底也不怎么舒服，或者是本能地不会嘲笑别人，或者是自己也有害怕的那种东西。

而林一二还没来得及想开口再说句什么，就被"来！大家靠紧点儿，合张照"的声音淹没了。林一二收敛住了想说的话，很自然地伸出左手，攀过单双的肩膀，在另一端比"V"的手势。

那一刻定格，青春的微笑。

——这是他们，唯一的合照了。

# 陆 [爱是]

爱是，自我认定的那一刻；爱是，我说爱你的时候，你微笑然后脸红地点头；爱是，你抱着我，说你不要哭了，我会心痛的；爱也是默默地在人群中看着你，你开心，我就很开心……

这一日是运动会。铅球比赛的时候，杜双城站在被人群包围起来的空旷的运动场里，而目光，却穿过密匝匝的人群。他看着台上拥着微笑的人儿，那一刻的心底，没有颓败也没有生气，好似旧日的锐气都被挫败了，而关于妒忌的光，都被她的开心掩埋了。

是谁说的——

"爱一个人，希望她/他幸福，而不一定要将之留在身边。"

是呀！就是这样的感觉，若是爱一个人，何必要去纠结是否在身边这件事实呢！

以往的自己，还真是幼稚呀！他自嘲地笑了笑，然后走向场中央，拿起那个太熟悉不过的铅球。那个瞬间，他觉得手用到的力度比往日都要轻松。

握球手的手指自然分开，把球放在食指、中指和无名指的指根上，大拇指和小指支撑在球的两侧，以防止球的滑动和便于控制出球的方向。掌心不触球。

握好球后，身体左侧对投掷方向，两脚左右开立比肩稍宽，左脚尖指向斜前方并与右脚弓在一直线上；右膝弯曲，上体向右倾斜扭转，重心落在右腿上；左臂微屈于胸前，使球的垂直线离开右脚外侧，以加长用力距离和拉紧左侧肌肉。

推球时，右脚迅速用力蹬地，脚跟提起，右膝内转，右髋前送，使上体向左侧抬起，朝着投掷方向转动。当身体左侧接近于地面垂直一刹那，以左肩为轴，右腿迅速伸直，身体转向投掷方向，挺胸、抬头，右肩用力向前送，右臂迅速伸直将球向前上方约40~42度角左右推出。球离手时手腕要用力，并用手指拨球。推球的同时，左腿用力向上蹬直，以增加铅球向前和向上的力量。球出手后，右腿迅速与左脚交换，左腿后抬，降低身体重心，缓冲向前的力量，以维持身体的平衡。

闭眼，深深地喘了口气，他将头深深地低下，低向大地，那瞬间，铅球依然在空中飞吧！那就让它再飞一会儿吧！他紧闭着双眼，然后才听到雷一般的掌声和尖叫声。

他拿到了目前为止的全场最高分，而且还是运动会有史以来的最高成绩。

比赛仍没结束，所有的悬念依然要保留到最后。

他走回休息区的时候，体育老师走上前来，往他的肩膀拍了一拍，而后便将他拥进了胸怀。

他是说了句："很棒"还是"恭喜"？他没有听清楚，下场的时候，只是看了眼观众的方向，陆单双在微笑，而不远处的父亲，举着母亲的照片，高兴得像个孩子一般，站起来摇着双臂。

除了记得荣耀，记不清其他的了。

时日摇摇摆摆，快要告别青春了。

如果说记得的事，也只有一件吧！

就是从我爱你，到一定要得到爱，到远远地爱你。

哦！对了！那一次，杜双城自然是拿了冠军，而且破了运动会的纪录。

父亲高兴得像个孩子，拉着他去庆祝了一番。他们俩，像是以往被人潮打乱的父子，此次隔绝种种人世阻断之后再次相认，如同平常的父子一般。


# 柒 [签文]


只是没有到最后的时刻，我依然不知道我仍忠于光明，而惧怕黑暗。那些所谓的心底阴影，以及所谓过敏食物，都是隐藏得太过神秘的东西。若是不曾见过海洋，怎么知道自己惧怕那种辽阔到让人无存在感的海域呢？若是没见过你，怎么知道我爱你？若是没爱过你，怎么知道也可以那样恨一个人？若是没有经过你，我这辈子也不知道我害怕黑暗。

他们说得对，在光明的世界里，生活久了，就会忘记自己恐惧的初衷了。每个人从黑暗里来，生活于光明世界里，渐渐地，便会隐藏了黑暗的往事。

甚至是惧怕这件事。


有些人对黑暗的恐惧是流于表面的，比如林一二。

而有些人对黑暗的恐惧，是埋藏在一层一层的往日里。那只有身藏黑暗里，才能被激发的恐惧，在即将来临的成人祭里——

——像一团摄魂怪聚成的黑云，笼罩在那间被布置起来的场地里。

林一二在抽签的那天，手有点儿发抖，像是在进行命运大抽奖一般，一旁已经抽完签的陆单双在一旁捂着嘴，笑着看着他。

"啊！死了死了！"

"拿来看看？"

"一号啊！第一个出场。"林一二拉长了脸，像是生吃了苦瓜一般难看。

"你呢？"林一二依然摆着苦瓜脸，悻悻地问单双。

"你猜？"

"我单你就双呗！我一你就二，哈哈哈哈哈哈！"林一二说着，然后自个儿笑了起来。陆单双匪夷所思地看着他，对这个冷笑话，表示笑不出来。

"好二！不过我确实是双号，但不是二，是二十二。"

"呃！那还不是一样，两个二更二。"他说完又自己笑了起来。笑得连单双都有点儿莫名其妙，笑点也太奇怪了吧！她心底嘀咕着。

"到时不要被吓得尿裤子哟！"单双打趣地说道，林一二横了她一眼。

"说得好像你胆子很大似的。"

单双没有说话了，定定地看着前方，不知道在想什么，一二看了看她的眼光，然后看了看前方，没发现有凝视的目标啊！他笑嘻嘻地举手在她眼前晃了晃："该不会是还没开始就被吓呆了吧！"

"你干吗！"单双鄙夷地将他的手拍下，动作急速得让一二被吓了一跳。

"看你在发呆嘛！就叫下你！"林一二表情委屈地说："不知道抽签结果的名单什么时候出，男女分开的话，那就是有很多陌生的同学在一起咯。不过这样也好，安安静静地走完三十分钟，就成人了，耶！"

又是个欢乐的家伙。单双叹了一口气。

"我和赵萌萌一组！"得知分组名单结果的时候，陆单双气冲冲地从教室外跑进来，冲到林一二的桌前压低了声音说。

"呃！冤有头债有主呀……"虽是打趣却是冷冷的表情。

"你也好不到哪儿去，你和杜双城一组。"单双站在男生组的名单前，用手指指着林一二所在的组合，然后就看到了杜双城的名字。

"哈？"林一二凑过头去看。

"哪！这个世界真小。"陆单双指了指，然后看着林一二说。

"所以嘛！别先取笑别人哟！会有报应的！"单双乘胜追击，想要取笑回来。

这时却听见林一二闷闷地说："走吧！"单双以为他生气了，于是别过脸去看了看他。可是，他却径直拉起她的手，走了。

单双回过头去，看见杜双城走了过来，不远处的赵萌萌，混在一群女生里，也慢慢地朝着名单过来。

像是一群蝗虫。

黑暗里一秒钟，抵过人世修炼的十年。

藏于心中的秘密像是一个潘多拉盒子，隐埋了所有的罪恶便不会有希望。

# 捌 [黑暗中的行走]

"黑暗的环境促使人与人之间的亲密感迅速增加，因为每个人都变得孤独，为了防止走失，越来越多的声音因为沟通产生了。看不见对方的样子，沟通时的评判标准不再单纯地依靠外貌是否好看。"

——"黑暗中的行走"成人祭现场的教学楼外面，贴着巨大的海报，上面有这句话。陆单双走过的时候，停在那里，脑子里思索着名单上的人名，全都是陌生人，她也不知道等下可以跟谁交流。可是，黑暗真的有那么可怕吗？

单双走在后面，一开始进入那段走廊的时候，此起彼伏的尖叫声可谓是震耳欲聋，可是渐渐地，就变成搭帮结伙的说话声，再接着，好像是渐渐落在后面了，于是前面各自成群的声音逐渐消失在长长的走廊里。

　　学校为了保证将这次活动的危险性降到最低，特意选择了学校一栋很矮的老旧楼房，只有三层的楼房，每一队行走者只需要从三楼出发，在三十分钟结束之前，走到一楼出口，便算是成功，而每个楼层都有荧光绿颜色的指示牌，在黑暗里，显得很刺目却照不亮这片漆黑，一举两得。三十分钟过去之后，无论全部学生走完与否，老师们都会使全部的走廊灯亮起，让下一批学生进场，然后检查下上一批行走者是否有遗留下的东西。

　　三楼和二楼的走廊原先是很低的，因为是旧式楼房，所以颇有特色，偶有镂空透光的石雕，但为了让白天里也能有绝对的黑暗，所以在改造的时候，必须罩上很多的黑色画纸。而活动结束后，这些纸张，还可以继续回收利用，又是一举两得的做法。

　　走到三楼拐弯的时候，陆单双突然听不到那些声音，就像是在一个被隔离的世界一样。

　　二十二号，算是落后的，总共三十个，她在三楼上晃悠悠走过的时候，后面的那些同学宛似鱼儿一般，带着声音游过她的身边，然后向前奔去了。单双想要开口去加入她们的对话，但是发现脑子里乱糟糟的，不知道为什么，那些话语全部变成了嘈杂的乱码，一点儿都听得不真切。

　　下楼了，她的手紧紧地扶着楼梯的扶手。冰冷的水泥扶手，让脑子清醒了一些。

　　她伸出右脚去探了探脚下的楼梯，双眼根本什么都看不到，但是出于本能，还是睁得大大的。

　　走到楼梯拐弯处的平台的时候，脚却突然踩空，踩在平整的台面上，她吓了一跳，腿一软在地上坐了下来。

　　大口地喘着气，周遭的寂静渐渐地聚成一条条的虫子，爬进自己的记忆里，发出嘶嘶的声响。像是被眼前的黑暗刺激一般，又或者是先前双脚踩空的惊悸未定，她突然闭上眼，一闭眼就好像想起了昨日——的昨日，像是尘封太久的记忆。

记得小时候，她很爱帮助别人，同学被欺负了她会安慰别人，看见别的孩子可怜，也会去安慰，所以那一次在被杜双城抢了包子之后也依然会大方地说："你拿去吃吧！我再去买。"可有一次，帮同学值日，她去走廊拐弯处的楼层倒完垃圾回来，却发现同学都走光了，因为她走路慢，可能那些人都不愿意等她了吧！所以她自己收拾好书包，往楼下走去——那时候，楼下的门已被锁住了，她第一次遇到这样的情况，于是便大声呼喊，可是声音太小了，不一会儿她就声音嘶哑了，但学校保安的值班室在教学楼的另一端，而且他空闲的时候，总是会放很嘈杂的戏曲。

肯定是听不到了，怎么办！她急起来，继续喊，越喊声音越小，她累了。

天色是越来越暗了，她往楼上跑去，回到教室里，也许坐回自己的座位会好一些。她坐在空无一人的教室里，电源因为被掐断了，所以教室像是沉入海底的楼阁一般，一点点地暗了下去。她刚才喊累了，就趴在桌子上睡了起来。她没有试过这样睡，很不舒服，于是翻来覆去很久，才慢慢地睡着。不知道睡了多久，感觉有声音传来，她抬起头一看，黑暗中有一双幽绿的眼睛，与她对视着，应该是猫吧！可那时候的她很害怕，于是大声叫了出来，这一叫，那双眼睛闪了一下，便消失在黑暗里了。她睁大眼睛，但周围只有黑暗，她很害怕，为什么爸爸妈妈还不来找她呢！她哭了，是小女孩害怕的哭泣，开始是低低的、很委屈的哭声，后面发展成号啕大哭，因为她怕了，她好怕黑暗里的绿色眼睛再次回来，黑暗里，如果有怪物怎么办？

也不知道哭了多久，浑身开始发抖。

是冷么？还是因为害怕啊！她的身躯顶着椅子慢慢地往后退，椅子在地面上发出巨大的声响，她全身起了鸡皮疙瘩，而后她抱着自己的身体。还是哭，眼泪根本止不住，却没有力气叫了，只有力气继续哭。眼泪顺着抱起来的手臂流了下去，凉凉的，在手臂上行走着，宛若游蛇一般。

"呼！"她抬起头来，眼泪又从眼眶里流了出来。

好久没记起这回事了，那一年的记忆像是被按了快进键一般，所有的过往被过滤在时日里，也可能是自己刻意忘记的，用繁忙的学习来冲淡这一切，也有可能是父母带着自己去找心理医生治疗过。但是，那一段记忆怎么总是想不起了，而在此刻却突然宛若电影一般，被放映在脑子里。

人哪！当真是习惯了光明么？

"原来无助时，我们需要相信别人。"

——可是已经听不到其他人的声音了啊！时间一点点过去了，如果坐在这里，就能熬到结束了。

"可是，若我不信，退缩了呢？沿着没有任何光线的走廊奔跑，没有目标没有方向，只能一直往前，脚踩空的那一刻，那一瞬间的虚空，我以为是解脱。"

——原来，还没结束呢！抬头可以看见眼前的散发着幽绿色荧光的指示牌——"右拐弯，下楼梯，到二楼走廊"。

"害怕的时候，想一下我就不会怕了！"林一二做了个鬼脸。她想起刚才进来的时候，他对她说的话。

"那个——你喜欢我么？"好像是自己鼓起了很大的勇气才这样问。

"嗯！"一二很肯定地说，像是适当的时候给予的鼓励，而这样的表白也显得没有任何突兀之处。宛似在问，你肚子饿了么？然后他回答"好饿"一样。

"真好！"她在黑暗里自顾自地笑了，然后扶着冰凉的扶手站了起来。

走到二楼走廊的时候，扶到没有触感的黑色厚厚的纸张，她舒了一下心，刚想要跨步走的时候，却听到细细的，宛若蛇吐芯子般的声音。

也像是人的脚，在地面上摩挲着移动的声音。

"谁!"她大声地喊,动作迅速得像是急速出拳的猴子,她的手搭上另外一个人的手,或是脚?

"啊!!!!!!!!!!!!"黑暗里有人大声地喊了出来,女生的分贝很高,直刺着耳朵。

她伸出手去,想要再次抓住那虚空。

"一二,是你吗?"黑暗中迅疾的双手,但是却抓不住的虚空。

"是你来救我吗?"我看到光了,那好像是父母手中的亮光。

她又再度沉入记忆。

可是这一次,却沉入自己的黑暗里。

而身处人世的光明里。

完全幽闭的空间里。

回荡着女生高分贝的尖叫,还有一串珠子落地弹跳的声音。

# 第四幕
# 秋 凉

直到四季都错过

去吧!
把过往的一切都放下,
类似仇恨的那些东西,
都丢掉。
丢掉,才能捡起新的天地。

# 上阕

[ 活 在 昨 天 的 人 ]

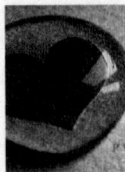

要想起以前的事，是怎样发生的，又是怎样结束的？

——不，还没结束，你依然没有从那一年里逃离出来，你的身躯已在岁月里被成长，但是精神却依然留在关于那一年惨剧的美好的臆想之中，你还记得吗？那一年那些事的后来。

## 壹 [往事入梦]

往日如台风过境后急速散去的云一般飞快地掠过，被突然掐去记忆的事，空白了一块又一块。

他像是一个活在昨天的人，既悲哀又幸运——当真是幸运的么？一个像是没有未来，只有过去，每一次回首，自己都宛若石头人一般的人，存活于这个快餐时代，真的是一种幸运么。

他依然在沉睡。可是现代时间已经被调到一年后了。

"一二……"教官还没喊完，第二排队末的男生怯生生地应了一声

"到"，虽然很小声，但在此刻太阳猛烈教官气势如虹的寂静操场里，那一声羞涩，突兀地显现出来。

一二捂着头从床上醒过来的时候，满头大汗。凌晨三点虽然有微凉的空气，但床铺上温热的气息依然存在。想起以往的一幕，又突然地笑了出来。看了下时间，三点，外头还是漆黑。于是又侧身睡了过去。闭上眼一想，时钟上的日期是四月三十。

嗯！他满意地睁开眼睛，再次闭上。

最近的梦，越来越真实了。

再一次醒过来的时候，是凌晨五点。这一次，他梦见她微笑的脸，她对他说："其实你也不是那么呆嘛。"那句话，宛若倒带般，一共在记忆里出现了三次。第一次是军训出丑的那天，收操后一个人带着番茄脸去食堂吃饭的时候，遇见她。第二次是在新生结束军训的时候，她站在离一二两排的地方，带着微笑看着他。上面说解散的时候，下面乱成一团，而那个叫单双的女生，走过来和自己说话。第三次是领新书的时候，她是班长，他因为太积极早去了些，被叫唤着搬书。所以，那是最后一次，却也是他第一次，没有红着脸，和她说话。

"你真是个羞涩的男生。"她对他笑。

他记不得是什么时候的事了，日子过得恍恍惚惚，让这件记忆里的事想起来，就像是几天前的事。

快入夏了，凌晨的空气有些微凉。一二裹紧了被子，按了下手机，微蓝的光照着眼珠，五点五十五分。他再次转身睡去。

窗外有一道光线透了进来，一二转身看了一眼窗外，天空渐渐清晰了起来。习惯性地拿起手机看看，时间是六点五十分。离闹铃的时间，还有一小时。

再次打开手机界面，按到短信收件箱，里面躺着唯一也是最后的一条短信，显示时间是2010年1月18号，11点13分。她说，我会在三十分钟后出来的。

可是已经过去一年了。

那一年，成人祭的主题是"黑暗中的行走"，他坐在出口处，等着出来的单双，但是他发现所有的人都出来了，单双依然没有出来。他记得赵萌萌是和一群女生惨白着脸出来的，那会儿，他还下意识地笑了笑，然后直视着出口处想，单双不会不敢走，现在还在出发点吧！可是，这一刻的笑，却换来一条爆炸性的消息。

有人从楼房的另一端跑过来，一二起初没有注意那个人，那是个老师，他跑得很快，几百米的距离，他飞快地跑着，然后气喘吁吁地说："有学生从楼上掉下来了，后脑先着地，现在昏迷不醒。"

现场哗然一声，同在楼下等着第二批活动的人，开始往现场跑去。

哗啦啦……砰砰砰……还有女生的惊叫声，此起彼伏。

一二从床上坐了起来，闹钟响了起来。

七点了。大学的宿舍里开始有断断续续的走动的声音。

他开始想，这一年多来，自己一个人，是怎样过的？

贰 [起始句]

即使不能时刻形影不离，但生死总有呼应，性格总有合离。

不是双的注定，而是两单的命运。

要想起以前的事，是怎样发生的，又是怎样结束的？

——不，还没结束，你依然没有从那一年里逃离出来，你的身躯已在岁月里被成长，但是精神却依然留在关于那一年惨剧的美好的臆想之中，你还记得吗？那一年那些事的后来。

后来发生了什么？

那好像要他肯回忆才行。

"对！就是陆单双出事的那一天，回到那一天。"他躺在床上，医生在旁边轻轻地说。

坦白说，那一日，他是现场的那群人里，最后看见单双因失血过多或是因为惊恐过度而变得惨白的脸的。不知道为什么，或许也是因为恐惧吧！不敢面对现实，如果逃避就能逃开这一切的悲剧现实的话，他可能会用上一生的时间在逃避的路上。

那个时候，她躺在血泊里，二楼虽然不算高，但是她却是往后倒下的，厚厚的黑色画纸破了一个人形的大洞，头往下的时候，刚好磕上地上的一块大石头，当现场被清理干净之后，他站在原地，看着那摊血，还有地上的那块尖尖的、大块的石子，突然就蹲下来哭了。

医院的急救车的声音响过了，女生们惊叫的声音远去了，甚至他心底的那困兽般的怒吼也消逝了，他一直在问怎么办怎么办，然后突然想到她为什么会掉下来这件事。他往楼上跑去，因为跑得太快，跑到二楼末端楼梯的时候，脚却突然打滑，差点儿摔了下去，幸好及时回过神来，双手撑地才避免摔倒。

他再次站稳了之后，突然想起导致刚才脚下打滑的，是类似圆滑的东西。他下意识地看去，发现是几颗珠子——水晶的珠子。那是陆单双手上戴着的粉水晶。

这时，外面响起了警车的警笛声，急促的一声，打破了此时的安静。

他将地上的珠子拾了起来，然后抬头望向头上的白炽灯。他站起来，走上二楼的走廊，这时，看见杜双城的身影从另一端的楼梯口处晃了一下，然后上了楼。

他没有喊住他，只是加快脚步跟了上去。走廊另一端往下的楼梯口因为这次活动已经被堵了起来，这时一二才看见，单双掉落下来的地方，那个已经被单双撞破的大洞，此时透进亮堂堂的太阳光。

这栋楼突然变得安静，刚才的突发事件发生之后，原本在楼上待命的准备下一场活动的学生们已经被同样不知所措的老师们解散了。

而这会儿，老师们依然慌乱着手脚，来不及顾及这现场，全部都负责安置被惊吓的同学去，而能维持现场秩序的警察们，这会儿才到。

没人知道她为什么倒下，也没有人知道她经历过什么惊吓。

像是那一句"那个——你喜欢我么"一样，来得急促又莫名其妙。

依然不能接受这是个已经发生的事实。


杜双城突然啪啪啪地从楼上走下来，看见林一二的时候，狠狠地瞪了他一眼，然后擦过他的身体走了过去。可是，走了两步又停下说："如果她有什么不测，我不会放过你。"说完便走了。

一二站在原地，依然沉在他的那句话里，这话说得好像这一切是他造成的似的。是怪自己没看好她么？

直到他已经走到另一端的走廊了，他才再次跟了上去，下了楼。

警察进来的时候，他刚好走到一楼的楼梯口，现场已经被警戒线围了起来，大概是来到现场后还看到几个学生在走动的缘故，带头的警察对老师大声呵斥。具体说什么，他没有听清，脑子里乱糟糟的一片空白。现在该要去医院么？在哪家医院？刚才为什么不跟着老师一起去？真是失败。现在留在这里，有用么？一连串的问题，打得他有点儿难受。

他在不远处的草地上坐下来，看着走来走去的警察，然后看见不断拿着电话说话的老师们，这一切，好像是一场普通不过的案件，他坐在一旁看着，像是看一场默剧。

默是沉默的默，此刻并非无声的世界。相反地，只是喧闹急躁到了极致，便乱了方寸罢了。

另一端的教学楼，杜双城站在密密麻麻的成人祭分队名单前，找寻单双的名字。

"哧"的，他将那张名单撕下来，因为发怒、难过的心情，并没有顾及这已被粘得很密实的纸张，此刻被撕开一条小口子，和名单上的第一个名字擦"肩"而过，去掉了一个姓。他小心翼翼地将其余的部分撕下来，然后将那张被不小心撕开的纸张拼上去，夹在本子里，然后往现场走去。

现场依然围着警戒线，活动已经被取消了。林一二站了起来，往那里跑去，但是只听见警察还在大声地怒斥教导主任，这次活动并没有任何的安全措施，也没有任何关于上报给警方的备案，完全是自我组织的活动，所以发生这样的意外，警察并不能起到什么作用，只能现场勘察下。至于是自杀还是被恶意推下这件事，根本无法确定，因为受伤的人此刻正在医院急救，是否安全无恙仍然不知道。而下一句，林一二站在一米外听到那个带头的警察，依然大声呵斥着教导主任："一发生这样的情况，现场应该被保护起来杜绝任何人进去的，你看现在，就算留有有效的证据，都不能证明是否人为的了，发生这种事，学校要负起最大的责任。"他口沫横飞地说着，而教导主任唯唯诺诺的，发生这样的事，他现在心底也像是一盘被打散的沙子，难以聚起。

"单双她是被人推下去的。"林一二往后看去，杜双城手上拿着名单走来，大声地对警察说。

"你——你别乱说话！"教导主任突然脸色惨白了起来，颤抖着说。如果是自己不小心掉下的，这事儿估计校方负个责任赔偿下就可以了结，若是还要惹到杀人或者有意害人的官司上来，那学校的名声必然不保。

　　"怎么说？同学你有证据么？"那个刚才在怒骂教导主任的警察，听到杜双城的话之后，转过头来问。

　　杜双城突然语结，不知道怎么整理此刻的语言，憋了好久只好说："她是不会自杀的，肯定是被人推下去的。"

　　"同学，一定要讲证据，发生这样的事，一定有前因后果的，前因就是——"他又转向教导主任，"——你们为什么会组织这样的活动，安全性和可行性都很低，枉费你们是名校，而且发生了这样的事，第一现场没被保护，并且还是在黑暗环境里发生的事，所有东西都是猜测，就算有监控都没用。唉！现在我们能做的，就是祈祷当事人平安。"他说完又回头看了一眼杜双城。

　　杜双城涨红着脸，手里像是握着什么东西，却不知道怎么开口。他想，仅凭手中的几颗残余的珠子，难道就可以让他们相信是人为的伤害么？而且也不能保证是她错脚踩空，但是实在是想不到什么踩空的理由。该死的。他手又握紧了一下。

　　教导主任这下吓得不轻，依然唯唯诺诺地答应着，然后边送警察们离开。

　　只是那位警官，临走前依然回过头来对他们说："你们好好善后吧！发生这样的事，我相信你们都很难过，只希望当事人能安然无恙，以后你们一定要懂得为自己生命争取保护权益。"说完又若有所思地盯了一下教导主任，而后跟身后的几个警察说"收队"，然后便走了。

　　"你——你最好别乱说话。"教导主任瞪大着眼睛对双城说，然后又说："真相是怎样，不关你们学生的事，这次的成人祭暂时取消，你们好好读书，准备高考——你，是那个杜双城吧？好好练你的铅球，说不定还有个好大学愿意招收你。关于那个学生发生意外的事，校方会负责到底的。"他说完又微笑地看着现场为数不多的人，一二盯着双城，发现他的手紧紧地握着，因愤怒而用力鼓起的青筋，一条条生动地爬在皮肤之上。

**叁** [断裂的珠子]


　　教导主任也走了，这座平时本来就少有人来的旧楼，一下子变得冷清起来。此时已是深冬，凛冽的寒风到了这里像是回荡在山谷里的风一般，呜呜地响。现场剩下那摊血迹，在干燥的空气里，也迅速凝固成暗红的颜色。杜双城紧握的双手依然没有放开，现场有几个老师走进教学楼，走上去，将所有的黑画纸都撕掉，白色的灯光在亮堂堂的白日下，像怪物的眼睛。

　　杜双城转身走了，擦过林一二的身躯，宛若他是一尊站在路边的石像，又似空气。

　　林一二追了上去，在通往教学楼的校道上，他抓住他的手。

　　杜双城几乎是瞬间，条件反射般甩开他的手，转过身来瞪大了眼睛看着他。

　　"你刚才跟警察说的话我听到了，你真觉得单双不是自己失足摔下的？"林一二用小心翼翼的语气询问说。

　　"我不相信。"他斩钉截铁地说。

　　"那——我可以陪你一起查出凶手么？"唯唯诺诺的语气，此刻不知所措的情绪，需要找可靠的帮手来完成这件事，而愿意插手这件事的，似乎除了他，也找不到其他人了。

　　"不需要，我们目的不同。"

　　"你不是爱她么？"

　　"是，又怎样？"他笑了，转过身轻蔑地说。

　　"其实，到了这样的地步，也没必要否认，这些都是早知道的事。我只想找出是谁推的她，因为我也相信她并不是意外摔下的，那太不可能了。那珠子掉得太诡异了，就像是被扯下来的，满地都是。"

　　"你也知道？"

"我捡到了几颗。"他伸出手去，杜双城看见他手中的珠子，然后也展开自己的双手，他的手心，爬满了密密麻麻的十几颗珠子，还有一条红色的绳子。

"你这些哪里来的？"

"就在二楼的走廊，我上去的时候，满地都是。哦！你知道为什么我那么肯定她不是自己摔下去的么？"他突然脸色又冷峻了下来。

林一二点了点头，又摇了摇头。

"因为这条绳子，是在二楼走廊尽头快到一楼拐弯的楼梯口捡到的。可单双掉下的地方，是走廊的另一端，所以，这怎么可能，她怎么可能把自己珠子掉到那么远的地方，然后才在另一端掉下去，这显然不可能。所以，一定是有人将她推下之后，不小心扯到她的手链。"

一二惊讶极了，睁大了眼睛看着他，跟自己发现的一样，那些珠子就是掉落在一楼上二楼的楼梯口处，而单双掉落的地方，则是走廊的另一端，所以他才如此肯定。

"那其余的珠子，是在走廊的另一端，或者走廊上捡到的？"

"嗯！分得太散了，我仔细找了很久，才找到。"

"为什么单双一发生意外，你就那么快跑上去了？"

"直觉告诉我该上去。"

林一二突然想到脸色苍白躺在地上，而后被老师抱起的单双，然后痛苦地抱着头蹲下来。他想到警察说的话，然后抬起头来说："可是我们都不该破坏了现场，现在好像说什么话，警察们都不会相信的。"

"他们根本就不想插手这件事，而学校也不会让他们插手的。"他似笑非笑地说。

"那我们合作吧！"

"我们不同，我有自己的做法，你过好你的好学生生活便可以。"

"我真的可以帮你。"林一二上前一步，急切地说。

"你还是去医院看看她吧！希望她安全无事，不然，你我都该后悔一辈子。"他恶狠狠地笑了，而后，又走了。林一二呆在原地，没有跟上去，也没有再继续挽留。


**肆** [后来发生的事]


再之后，再之后又怎样了呢！此刻的林一二，身处医院的病房里，人像是坠于自己构造的梦之记忆城堡里，在医生的指导下，所向披靡，朝记忆深处前进。他在黑暗里睁开眼睛，慢慢地，看见那些往日的光，再次忆起以往的那些事。

高三之后的他，因为陆单双的事，以及后来发生的太多事，而受了刺激，渐渐地活在似梦非梦的现实里。而最近，貌似显得更加严重了，他不得不接受老师的建议去看心理医生。


那一天。单双出事的那一天。

他去了医院，可他并不知道是哪一家医院。

杜双城走的时候，又冷冰冰地补上一句。

"离学校最近的医院，城年医院。"说完之后林一二突然觉得自己像个傻子一般，因为这不大的城镇，屈指可数的医院里，就城年医院离学校最近。

这时候要出去学校，根本不可能放行，一般的程序是得装病跟班主任拿到请假条，然后交给门卫才能出去，可是这时，做到这件事根本不可能，班主任已经送陆单双去医院了。

他站在校门处，心情低落地想了很久。

　　"好学生就是麻烦，做一件事都拖泥带水的。"杜双城又在背后冷嘲热讽了起来。

　　林一二转过身去，此刻他觉得他们肯定能一起合作，因为杜双城绝对有办法能出去的。

　　"我只是也想去看看她而已，要出去跟我来。"他解释道，林一二在心底冷笑了下，无妨。

　　他说完转身往后走，走过人来人往的教学楼，而后停留在操场最边缘的位置上。林一二一声不吭地跟上他，心底千愁万绪的，却依然不自主地想起那一次被他推倒的事，只是想起来已然是两年前了，时间过得真快，貌似连他身上的棱角都被磨平了。

　　"从这里爬过去，你爬得上来么？"杜双城说完跳跃上去，双手攀在墙上用力支撑着身体爬上去，然后翻过去。

　　"快点儿过来，我只会等你一分钟，之后你自己看着办。"

　　林一二极力跳了几下，才刚好够得着，平时体育成绩不算好，而手臂的力量此时也不知道怎么发挥，加上穿着的厚重的衣服，也好像多了一层阻力似的，背后渐渐出了汗，后背黏黏的。正在发愁的时候，杜双城又在那边爬了上来，坐在墙上拉了他一把，仿佛是得到帮助一般，再次用力的时候，一下子就上去了。

　　可是下来的时候，还是发现手背被不平整的墙壁磨到了，破了一块皮，渗着血丝，很痛。

　　他蹙着眉，抬起手看着那流血的手背。

　　杜双城却仿佛没有注意到这些似的，只是往对面的马路走去。

　　"我们要怎么去？"一二问。

　　"坐公交车去。"

　　一路上两人都没有说话，一二坐在公车靠前的位置，而杜双城坐在最后一排的位置上，眼睛看着外面。

一二顺着他的眼神往外面看去，这些和平时无异的风景，此刻却仿佛变得荒凉了起来。人世多美好，来来往往的人群，嬉笑怒骂的一家子，神情甜蜜的情侣，还有打打闹闹在路边跑的学生们，都是现实的好风景呀！往常好像都没有注意到这些情景，但在此刻千愁万绪的脑子里，却像是尘世的显微镜一般，突然被放大开来。公交车摇摇晃晃，而眼里聚焦的风景却好像在瞳孔里被固定住一般，在眼前定焦，咔嚓一声，在眼里成了一段和往事无异的记忆。

若是往后的日子里，无端再想起这普通却又被放在记忆里的一幕时，也是因为记起陆单双吧！往事总需要诱因，而诱因却往往只是一个人一件事一种淡淡的情绪罢了。

公车在小幅度的摇晃之后，停了下来，杜双城此时从身旁走过，拍了一下林一二的肩膀，然后往车门处走去，此时林一二正想得入神，回过神来往车门处走去的时候，车门却被关上了，林一二看着背对着车门的杜双城然后大声喊："司机，开一下门，我要下车！"此时正启动公车的司机无奈地叹了口气，将后门打开，他冲了下去，跟上杜双城的脚步。

他发现杜双城的眼里，突然变得不再那么锐气逼人，在他的眼里像是看到了温柔的东西。

说不出是什么情绪，也有可能是被愤怒掩埋掉而露出来的神色吧！

走进医院的时候，到处都是压抑的气息。

杜双城永远都抢先一步，林一二想像电视上那样，凑上前去询问陆单双所在的病房的时候，杜双城已经冷冰冰地说："她现在还在急救室。"他只得又一次跟上他的脚步往医院深处走去。其实那时他心底对陆单双所受的伤，根本一无所知，就只知道昏迷不醒，然后失血过多。

"昏迷不醒"和"失血过多"之外还有一个至关重要的是"脑后受创"，杜双城心底隐隐约约觉得即将有不好的事情会发生。

他们赶到急救室门口的时候，发现教导主任已经在那里。

远远地就听到有嘈杂的说话声，可是直到走近了，才能听到他们在说的话。

"没有发现，因为发现她的时候已经清场了，学生们都那么乖巧，都是女孩子怎么可能会发生互相伤害的事呢！我们学校的教育一直都很好，请放心。而且我们查过她的病史，发现她曾经因为幽暗恐惧症而看过心理医生并且接受过治疗，至于好了没有，这个我们谁都无法确定。所以，可能是由于她自己过于恐惧导致失足掉下——至于此次的事故，是我们校方的疏忽以及不对……"

"现在说这些有什么用，我们女儿……"说话的时候单双的母亲，虽然是在尚且不知道女儿是否平安的时刻，但她的语气依然冷峻镇定得让人害怕，反倒是一旁的男人——好像是单双的父亲，此刻蹲在地上，抱着头。

"我们会给最好的赔偿，负责到底，以表我们此次的疏忽，我们也心痛可能会失去一个这么好的学生这个事实……"

"你们看重的只是利益，还有——她没死呢！请注意您的用词。"杜双城听不下去了，突然插嘴说道，教导主任听到声音转过身来，见到是他，脸色突然难看了起来。

"都别吵了。"此时蹲在地上的男人急躁地吼道。

教导主任突然被吓了一跳，再次淡定了之后，拉过杜双城的手轻声地说："你最好别多管闲事，这不关你们的事，赶快回去上课，这不是你们该插手的事，校方会负责到底。"

"是吗？那我告诉你，单双不是自己掉下去的，你们用脑子想想，她是被人推下去的。"

"你——你别胡说，说这话是要负责任的。"

"负责任，负什么责任？是你们怕负责任吧？如果你们不管，我会自己查清楚的。"

"杜双城，我没说校方不管，我们会负责到底，而关于你说的这件事，警察也说了，'无法证明'，所以请你为自己的行为负责，别玷污了学校的名声。"

"呵！你在意的，只是学校的名声吧？不怕的，我调查我的，用我自己的方法解决，顺利的话，我会让那个人，自己自首。"

"你最好别给学校添乱，不然谁都保不住你！"他显然是被惹怒了，青筋四起，捏着他的下巴说。

杜双城拍掉他的手，没有说话，怒眼瞪着他，然后往病房门口走去。

林一二一直跟在后面，没有开口说话，只是安静地看着这一幕宛似电视剧般的情景，而在心底难过了起来。

好难过。

学校一定是为了自己的利益，而归咎成学生自己不小心掉下的问题，他们认为这样的处理能将事情对学校名声的影响降到最低，只需要对此事负责便可以了，态度诚恳，完全转移了关于这件事发生的原因。

但明明不是这样的，手链不会自己断的，它是被扯断的，绳子像是被人为地带到走廊末端掉下，她一定是被谁推下去的，是谁呢？

我一定要去查。


"你能搞到'黑暗中的行走'里，单双那一组的名单么？"

"你想干什么？"杜双城从口袋里拿出那张纸，然后问。

"我……"林一二想说，我想和你一起调查。

可是话还没说完，杜双城便将那张纸再次放进口袋里："这次的事，我不需要你插手，如果单双没事的话，所有的一切便自动结束。如果单双一旦有什么不测的话，请你自动离开这件事，好好做你好学生该做的事，你的生命和理想不该耗在这件事上。"

是啊！好学生的理想多么重要，即使自己往常的作文成绩和理科思维多好，但在此时依然被堵得无话可说，这便是最失败的事了吧！

"我不会放弃的。"

"你能做什么呢？除了跟着我，你能有点儿自己的行动么？"

"我……"我只是暂时被这件突然的事，扰乱了自己的行动而已，如果……

没有如果了呀！现实就是这么残酷。

杜双城冷笑了下，然后走向急救室，此时门上的灯已经灭了。

医生走了出来。

那群人，聚拢了上去，杜双城也跟了上去，林一二远远地落在后面，他想再靠近一点儿，最好可以看见单双。但是他很怕如果事情的结果不好的话，自己要怎样承受。

好想逃避，对！遇到难过的事的时候，他就想逃避。

"病人暂时昏迷，因为损伤到后脑，大脑皮层受到严重的损害，暂时还没度过危险期，而且因为失血过多，身体机能也很微弱，有可能会进入植物人状态。谁是亲属，现在可以进去看下她，但是不能超过两个人，其他的人，在外面也要保持安静。"

植物人，植物人，这个陌生又熟悉的词，在脑子里面不断地徘徊。

那么熟悉，生物书上有说过么？好像电视剧里，经常有涉及。

林一二僵直着身体，回过神来的时候，杜双城靠在墙上仰着头，深思。而教导主任安慰了一下单双的父母之后已经离开了。空荡荡的走廊上，只剩下他和杜双城，远处是安慰完单双父母而渐渐散去的亲戚们。

他也坐了下来，脑子里不断地搜索关于植物人的信息，这个词语太过于遥远了，只希望结果也不要是这么冷漠的事实。

**伍** [植物人]

2011年的冬日午后，距离陆单双发生事故已然一年过去了。林一二躺在医院的心理病室里，医生坐在他的旁边。林一二闭合的双眼，看上去就像是睡着了一般。可是他紧皱着的眉头，以及握着的拳，像是在做一个永远不会醒来的噩梦。

"后来的事情，你还记得吗？不要害怕，能想起的，都说出来。"医生依然在林一二的耳旁说着，他细心地发现，此刻他的眼角已经有眼泪轻轻地落下，肯定是很难过。医生懂得这种深度的伤害，可是至于后来造成他深度臆想症的原因，至今还未找到，所以需要他有勇气说出后来发生的事。

医生捧着那沓资料，然后在他耳边轻轻地念。

植物人，大脑皮层功能严重损害，受害者处于不可逆的深昏迷状态，丧失意识活动，但皮质下中枢可维持自主呼吸运动和心跳，此种状态称"植物状态"。

植物人是与植物生存状态相似的特殊的人体状态。除保留一些本能性的神经反射和进行物质及能量的代谢能力外，认知能力（包括对自己存在的认知力）已完全丧失，无任何主动活动。又称植质状态、不可逆昏迷。植物人的脑干仍具有功能，向其体内输送营养时，还能消化与吸收，并可利用这些能量维持身体的代谢，包括呼吸、心跳、血压等。对外界刺激也能产生一些本能的反射，如咳嗽、喷嚏、打哈欠等。但机体已没有意识、知觉、思维等人类特有的高级神经活动。脑电图呈杂散的波形。植物状态与脑死亡不同，脑死亡指包括脑干在内的全脑死亡。脑死亡者，无自主的呼吸与心跳，脑电图呈一条直线。

这样概念性的事实，应该会使他记起后来的事实，因为关于他提到的陆单双，既成植物人的事实已然存在，并且到现在依然没有醒过来。

已经一年多了。

后来林一二开始跟踪杜双城，可是在知道陆单双已经被诊断为植物人的时候，却是那一年的寒假了。林一二过完那个难熬的假期，他无法去看望陆单双，因为她的状况时好时坏，她父母的情绪也很不稳定，并且禁止一切学生进去探望。因为他们也无法接受陆单双是被同学推下去的这种说法，杜双城在得知陆单双已经被诊断为植物人的那一天，情绪激烈地去争执过。

"单双不是意外，不是自己掉下的，她是被人推下去的，你们一定要去调查啊！我这里有证据，有证据可以证明，你们为什么不去调查呢！那是你们的女儿啊！"可他们已经无力反击了，要怎么调查呢！事情都发生了那么久，就算有证据，也被毁灭掉了。当时的第一现场根本没被保护起来，而且校方也多番阻挠。

"你们关心单双，我们很欣慰，可我们现在不想去计较那些了，我们只希望她能醒过来，这些错，无论是谁造成的，现在去追究，都只是一次赔偿，两番定罪而已，更何况，谁能保证一定能调查出个所以然来呢！更何况，那样的活动，本来就是学校的错，他们说好了会负责，就让他们负责到底吧！你们走吧！让单双安静下，以后都别来看她了，你们的心意我们领了！"

林一二一直都在远处站着，没有上前，只是听着杜双城说着那些措辞激烈的话语。

"你们回去吧！""你们走吧！""别来看她了。"……一句句像是温柔的刺刀，刺在他们的心上。

那一日，杜双城从医院里出来的时候，已是晚上，到处都是冷飕飕的风，站在医院门口的时候，瞬间清醒了不少。林一二跟了上来，不知道该说什么，已经是接近寒假的时候，本来成人祭已是期末考之后举办的，所以此时的学校，都是空荡荡的，关于调查是谁推了单双这件事，似乎也无从下手。一直以来秉承着"得饶人处且饶人"的自己，好像也能下定决心，一定要查出是谁下的毒手。

"不要像只跟屁虫一样好不好。"杜双城说了这句，就走入漆黑的夜色里。

　　林一二没有跟上去，坐在医院门口的台阶上，埋头在膝盖里，哭泣。

　　这个寒冷的冬天终于到深处了，而春天再次来临的时候，你会醒过来么？

　　多希望你只是冬眠。


　　这个午后，紧闭双眼躺在病床上的林一二缓缓地说，脸上难过的表情平复了不少。

　　"后来，我常常梦到她，有一双巨大的手从黑暗里，伸出来，将她推下楼，我在黑暗处看着她的背影，但是却无能为力。有时我会梦见我和她一起被那只大手推倒，粉色的水晶珠子掉了一地，一声声，撞击在地面上，却仿佛撞击在心上一般，一下一个坑。坑坑洼洼的心房，是无法装住美好的。从那时起我就想，如果我无法将真相调查出来，也无法入手的话，要不跟着杜双城好了，我宁愿没有尊严，宁愿将希望寄托于他人身上，因为一直以来，我不就是这样的吗？没有自己的判断力，对别人都很善良，自认为只要自己做个好孩子当个好学生，这世界上的一切罪恶便能与自己擦肩而过，可是最后呢！罪恶却间接地找上我了。我是个很被动的人，所以认识陆单双两年多，都一直是朋友状态，只不过，从普通同学，到朋友，到好朋友，到像知己一般，其间好像没有吵过架，那时我心底是爱着她的，但是我都没来得及说，而到了成人祭的那天，哦！是'黑暗中的行走'那天，她问我，是不是喜欢她，我说是。她那时那么主动，我该知道她的心里一定是很没安全感，并有点儿抗拒黑暗的，但那时我不知道她以前的事，我真的是太失败了。她发信息给我，明明说好三十分钟后见的，可是如今已经几百几千分钟过去了，为什么她还不醒来，她还不回来。我很想她……"

　　"后来发生了什么事，你还记得吗？杜双城调查出来了么？"

　　医生仍然耐心地问，手中的录音笔发出一点点的杂音，但不影响声音的录制。

　　林一二此时却沉默了下来，大段的沉默，像是他少时梦里，遇到一大团麻绳，无法死结的时候，无法通过去的愁绪。

　　然后，他就会醒过来。

　　可是，几分钟过去了，他依然没有再开口说什么，只是眼角再次渗了一行泪出来。

　　医生再次耐心地问："后来发生了什么，你还记得么？"

　　"后来……后来——我杀了他/她！"他突然低低地说，声音卑微得，像是小时候抢了糖果被父母怒斥后解释的孩童般。无法辨清的性别，是他还是她，他想继续问的时候，林一二的叙述突然中断，好像陷入了沉沉的睡眠里。

　　医生叹了一口气，他依然走不出那个谜团。

# 下阕

[ 除 了 爱 你 ， 我 没 有 别 的 愿 望 ]

　　什么时候自己能这样强硬起来？为了她。而面对老师说出的那些话，则像是永远都不能在自己的人生彩排场里出现的构想，仿佛那个自己，就适合藏在阴暗的角落里，自己抚摸自己的悲伤和仇恨，然后那些东西，迟早会被磨灭掉的。

　　如果真是这样的话，该怎么办呢？

　　我能见到陆单双么？

## 壹 [他杀了谁？]

　　高中的最后那个难熬的寒假，所有的心事像是被冻结起来似的，林一二整天都躲在自己的房间里，没有出去。他不断地凭记忆记起那天看到的名单，想来想去，也只是记得当时和陆单双看名单的时候，看到的几个名字而已。

　　其中第一个便是赵萌萌。

　　他突然想起，赵萌萌惨白的脸。

　　像是冬天挂满枯树枝头的白雪一般。

　　这个冬天，十几天的寒假时间，像是被拖长成十几年似的，林一二唯一的一次出门，是去找杜双城。他不知道他的家在哪里，但根据陆单双曾经提过的一点，他大概知道他的家是在四方镇。而四方镇，过去也不远，一个小时的车程都不需要。城镇上的那些小村子，一般都不会很大，只需要询问一下谁谁谁的家，就应该可以找到。像是自己家的镇子一样，只需要说一下自己弟弟或者父亲的名字，镇上的人就可以与自己对上号，如果说自己的名字的话，应该也是会被知道的吧！即使自己那么卑微，鲜少出去外头走动，并且极其讨厌这个镇子的一切风俗人情。

　　那一天，他找到了杜双城的家，可却没有见到杜双城。

　　他站在他家的门口，唯唯诺诺地按下门铃，却等到一个女佣来开门。一二说明了来意之后，女佣只是诚挚地说道："双城说，哦！双城他不在家。"随后便神色不安地关上门。林一二站在门口，笑了笑，寒冷刺骨，这个春节，好像比以往的寒冬都难熬。

　　好日子像是永远都会过去的。

　　而难过的日子，却像纠缠腐肉的秃鹫般固执，不断盘旋在岁月的半空中。


　　后来？后来开学了，开学的那一天，林一二看到了杜双城，他神色紧张地穿越在不同的队伍里，拿着一张纸，不断地询问着别人，好像在打听着什么事。

　　而一到放学的时候，一二便立刻跟上他的脚步。

　　他每次都会在校园的角落里，抓住某个学生，神色紧张地问三问四，有时若是可以靠近的话，一二便会躲在后面偷听他们的对话。

　　"你认识陆单双么？"林一二听见他问，而那一刻如果他看得见杜双城的表情，便会看到他怒瞪着的眼睛。

　　他想做什么？

　　"就是从楼下掉下去的那个女生？我听过她的名字。"

"她是被人推下去的。"他恶狠狠地说。

"哦！是吗？"大部分的女生都是这样说，一二躲在角落里听过几次，直到后来，他才恍然懂得杜双城的用意，他大概是在调查那件事。

而有几次，他神色愤怒，动作激动地推搡女同学，甚至拿出手中的粉色珠子问她们："你看过这珠子没有，这是被你扯断的，你还记得么？"

"神经病！""有病！""我不知道你说什么？"大部分的女生听到这样的逼问，都会如此，此时的一二作为一个旁观者依然可以清晰地思考到，这一切应该与这些女生无太大的关系，她们只是没有城府的女高中生而已，在杜双城这样有压迫性的拷问下，若是干过那样的事，肯定会露出端倪的。

可是没有，好多次，林一二都觉得快要结束了，而那些似是而非的事实，总是悬在半空。

悬而未决。


作为高三毕业班的学生，杜双城非但不学习，反而还将拿手的铅球运动也丢下了，之前负责带他练习铅球的老师已经找过他几次，而双城却好像若无其事地无视掉。那一次，林一二下课路过办公室，却听见那个体育老师大声地呵斥着杜双城，大概是"你除了运动细胞发达之外，还有什么其他本事可以上大学"这类的话语，可是杜双城完全没有理会他，只是径直穿过人群，然后走了出来。当时现场不止一个老师在，班主任也在，他也大声地叫住杜双城，但他依旧没有理会他们。

"你之前不是很喜欢铅球么？为什么现在又中途放弃了？陆单双的意外我们也很难受，你就不要再被纠缠住了。"班主任或许还能嗅到之前他对单双受伤耿耿于怀的气息的。

这一通话貌似还是入了杜双城一心向着仇恨的心，他转过来恶狠狠地瞪着他们。

那一刻的空气似乎凝结了起来："她不是自己掉下去的，她是被人推的，你们不想惹麻烦，但我一定会自己想办法调查出来。"

"你……"

"而且，你们不必担心我的学业，时间到了，我自己会走，我不会留在这个地方的。"

"杜双城，你要走，现在走，别在学校里耍花样。"

"你——"杜双城用轻佻的语气说，而后调转身子，手指着班主任，缓缓地走进办公室："没有这个权力。"

"杜双城，你别太过分。"体育老师看不下去了，用暴怒的声音说。杜双城看了他一眼，再次转身大步流星地走出办公室。

林一二躲在后门处，听着室内死一般的安静，还有那刺破空气的粗重的喘气声。

杜双城的背影被西边的落日长长地拉开来，林一二站在走廊末端的办公室门口，因为楼层很高，太阳照过来的角度很微妙，眼前的杜双城像是渐渐走进光里似的。高三的教室已经全部都搬到教学楼的顶楼，五楼和六楼都是高三阵营，而教师们的办公室也临时地设定在六楼的角落处。

林一二想了想，然后追了上去，此刻的走廊静静的，学生们都下课回宿舍洗澡吃饭了，七点半开始才会有晚自习。自从陆单双受伤之后，林一二根本无法静下心来学习，眼神永远都无法凝聚在那些练习题上，英文单词里的字母则像长了小脚自动奔跑的小人儿般，一个个从眼下溜走，根本无法记在心里。

他站在走廊的另一端，往楼下看去，没有人走下去的踪迹，楼梯上也没有扬起声响。

他望了望楼上——楼上是天台，平时都很少有学生上去。林一二走上去的时候，发现那个平时锁住的铁锁已经被扭开，挂在上面。他轻轻地推开门，看见杜双城背对着门在抽烟，烟雾飘在缓缓的风里。初春的天气，一切都很轻，但是那些厚重的情绪，却一直压在心上。

他走了过去，反手将门轻轻地关上，尽管已经很小心，但还是不可避免地发出细细的声响。

　　杜双城别过脸来。

　　两人四目相对。


　　"名单上的名字，不是有赵萌萌么？为什么你不调查她？"沉寂许久之后，林一二突然发问。

　　"你跟踪我？"杜双城将手中的烟扔在地上，伸出脚去，将烟蒂踩熄。

　　"我没有！"

　　"那你怎么知道我调查了谁？"

　　"因为……"他因为记得和陆单双同一组的名单上有赵萌萌，所以自己也曾跟过她几次，可是她的踪迹太难确定了，这天出现了，第二天又不见了。上次跟踪，还是在上个周五，林一二记不得那些细节了，他只记得跟到校门口的时候，看见她上了小轿车，此后便消失了一个星期。她那段时间，精神好像不怎么好，脸色很苍白，那会儿林一二看在眼里觉得好生奇怪，但而今联想起来，该不会是病了吧！可他此刻仍然无法跟杜双城说自己跟踪了赵萌萌的事。就像是，自己无法对着赵萌萌去询问那些所谓的真相。

　　很多个夜晚，他狠狠地鄙视过自己，懦弱，胆小，总是把那些人性里最容易被忽视的"得饶人处且饶人"的精神奉为大善。而如今深爱的人因有可能遭受别人的毒手而从二楼上摔落，导致后脑部严重受创，进入植物人状态。但这一切并不是让自己最难受的，最难受的，大概是陆单双停留在自己脑子里的最后一幕，那紧闭的双眼，以及毫无血色的脸庞。

　　他依然沉浸在自己的沉默里。

　　"好好念你的书，准备你的高考，这件事跟你无关。"杜双城重新转过身去，看着后山的树林，林一二顺着他的目光看去，身后的那片森林，他从来没有用这个角度看过——在夕照的笼罩下，恬静而饱满，嫩绿的树叶终将在这样橘红的夕阳下，变成浓重的绿。

　　"为什么和我无关？单双出事，我可比你还难受！"林一二将视线从那片森林里抽回来，看着双城说。

"你难受？你是孬种吧？一开始是谁在着手怀疑极力争取真相？你有么？一言不发跟在我的身后，你这种孬种，就应该躲在你的好孩子世界里，好好爱那个形而上的单双，而我，则会用我的全部行动来爱她……"

"她根本不爱你。"林一二的脑子里突然又像是春日幻梦一般，傻愣愣地回荡起单双在她耳边轻轻问"'你喜欢我么？''嗯！'"的声音，尔后，他毫无任何感情色彩地抛出这句话。

嗞！像是心房被撕裂的感觉，也像蛇被惹怒地伸出芯子的声音，杜双城握着拳头，过了一会儿，又无力地展开。

林一二自知自己的话说得有点儿重了，在这样完全沉寂的此刻，他没有来由地感到一种难受的压迫感。

可是杜双城什么都没做，也没有像那一次一样将自己推倒在地。他只是安静地转身，然后走向暮色渐渐浓起来的黑夜。

他想了想，还是跟了上去。

得逃离这个地方，去往有真相和未来的明日。

——你会醒过来吗？在我手刃真相之后，无论用何种方式？

贰 [春行梦里]

和杜双城在天台分别后的那个晚上，他梦到陆单双。

宛若惊涛拍岸的夏日都过去了，而后春天来了，可是那个梦里，冬天蛰伏了起来，伸着冰冷的手，将炽热的心一瞬间惊起。

好像再次梦见以往的那些大团的麻绳，沿着直直的麻绳走，如同旧时般，再次碰到一个死结，然后停了下来。他以为那一刻就要醒过来了——但却没有，他看到单双了，那一刻所有的麻绳如一团自动消失的乌云一般，光出来，全部散去。单双对她笑，他也在笑。

她问："你喜欢我吗？"

他答："嗯！"

"真好！"

——下一刻，她闭上双眼，向后倒去，从林一二眼前，突然伸出一双大手，她瞬间掉入虚无之中。

他醒了过来。


天亮了，他没有再睡去，静悄悄地下了床，洗漱完毕往教学楼走去。

校园里都是零零散散的高三学生，空气里游荡着背单词的声音，那些字母此刻像是佛经一般，充斥着林一二情绪高涨的大脑，一个个，又像是漏网的鱼群，哗啦拉地在自己的耳朵自由进出。

晨光的尽头，他看见校门口停下一辆小轿车。

林一二抬手望了一眼手表，清晨七点零几分。还没到正式上课的时间，现在是学校规定的早自习时间，没有老师在场，很多人都愿意在外面背单词或者古诗词，很少有人利用这样的时间待在教室里。因为除了早晨头脑清醒最有利于记东西之外，每个人都清楚，在那个教室里，有时一坐就是一整天的时间。或许他们除了逃离，就只有沉默以对了。

从车上下来的人，是消失了将近一个星期的赵萌萌。

即使间隔着一段距离，但看上去她的气色好像比上次好了不少。她下车之后，跟车上的人摆了摆手，而后朝校园里走进来。林一二愣愣地看着她，她也下意识地四下望了望，而后将脖子上的围巾往脖子上绕了绕，抱着手飞快地走起来，像是在躲着什么人似的。

林一二想了想，迎了上去。

　　长长的校道上，从林一二到赵萌萌的这段距离内，没有一个人的身影，赵萌萌身后的保安盯了她很久，但半分钟后，他还是放弃了，往保安亭里缩进去之后，校道上就只有她和林一二了。走了几步之后，她又抬起头来，看见林一二的时候，脚步似乎停顿了一下，而后靠里面走去，而林一二则依然走在校道的中间。

　　就像是在躲着自己。

　　林一二走了上去，她若无其事地擦肩而过。

　　他拉住她的手。

　　赵萌萌没有抬头看他，目光笃定地望着前方。

　　"单双受伤的事你知道么？"过了好久，他才开口，而握着她手臂的手，已经微微暖起来。

　　隐去了，你们曾经以好姐妹相称的起因，再隐去，我有可能觉得你是推单双下去的凶手，而后，他这样问。

　　赵萌萌将他的手从手臂上拉下来，转过身来，脚划着地，并没有看他。

　　"我知道。"过了很久，林一二似乎要为这样的沉默喘不过气来的时候，她又说："她最近还好么？我身体也不好，所以没去看她。"

　　"哦！"林一二想要看她的眼睛，可她低着头，将脖子缩在围巾里，那样子看上去就像是害怕寒冷的自然反应："我去看过她了，她总是昏迷，而且不断地喊着你的名字。"

　　"啊？"林一二看她抬了一下头，目光炯炯地看着自己。

　　复杂的情绪，林一二看不透。

　　"原来我在她心目中是那么重要的。"她又重新低下头去，听不出有什么特别的感情色彩，林一二蹙着眉。

　　"你怎么不去看看她？"

　　"最近——最近身体不好。"

　　"你知道她为什么会掉下去么？"

　　她别开脸去，没有看着一二，但是依然低着头。初春还是有点儿冷，呼出的气息虽然不再凝结成水雾，但还是暖暖的。

"她是被人推下去的。"林一二的手突然扶上她的肩膀，她显然是被吓到了一般，缩了一下肩膀。

终于抬起头，盯着他。

"我不知道。"眼底依然是深不见其他神色的眼珠，所答的话，也是冷冰冰的。

"你们不是好姐妹么？而且你当时不是和她同一组进行'黑暗中的行走'么？她出事的时候你不应该还在现场么？"

"我们不是。"她淡淡地回答。

"是，我们是一组的，但是我没去注意她，我走完那十几二十分钟就离开了，所以她——她出事的时候，我不在现场，我是后来听别人说的。"

"哦！"

林一二盯着她的脸，眼神却瞬间飘到她身后更远的教学楼去，阳光开始一点点从东边透出来。这校园看起来，终于有了点儿朝气。

"没什么事，我先回宿舍了。"她转身就要走。

林一二再次拉住她："你看过这个么？"他从口袋里拿出那天在走廊捡到的陆单双掉下的珠子。他看见赵萌萌的神色有些异样，但随即又蹙眉，而后转过身子说："没印象！"她走了两步，看见林一二没有再抓住自己，于是又转过身子来说："我有空会去看陆单双的，你先帮我问好。"

林一二隔着一米左右的距离，看着她，她的神情瞬间不真切了起来。

好像是受自己失望的心情所影响，这世间的一切，都仿佛悲凉了起来。失去一个人，对这个人间没什么影响，因为随时随地都有人在降生和死去。但她不是别人，她是对于自己来说，人世里第一段爱的胚胎的初始者，而毁掉她的那个人，却依然隐藏在那一场黑暗之后。

"她已经是植物人了。"虽然这样的回答有些冰凉，并且句子意思有些问题，但是他似乎找不到更适合的话语来表达了。

他深深地蹲了下去，赵萌萌没有走上来，只是远远地看着他。

他继续说："她不会听到我的话，也不会听到你的问候，医生说她已经成为植物人了，她父母不让我们去看她，我一定要找出凶手，我一定要……"说到这里，眼泪再一次忍不住流了出来，但是突然又想起是在校道上，于是擦干了流出来的泪水，然后站了起来。

空旷的校道上，除了一两个走过的学生，莫名其妙地看着他。

哪里还有赵萌萌的身影？

# 叁 [想去看她]

那次照面之后，依然没有什么实质性的进展，而赵萌萌也似乎重新回到了这个闹哄哄而紧张的学习氛围里，林一二也好像没有再多的理由去纠缠她。他很想去看望陆单双，所以去过几次办公室，想祈求班主任以同学探望的名义前去医院探望单双。但是却被告知陆单双已经暂时回到家中休养，而她父母也要求校方不准组织学生到家中探望单双，希望能给她一个安静的环境。

后来再有一次，昨天，一二记得自己拿着那份关于植物人的资料走进班主任的办公室，并且将那段用粗笔勾画出来的段落念给他听。

……明朗的话语能让人的鼓膜产生明朗的振动，明朗的话语拥有明朗的频率，不管对方是否理解内容，鼓膜都会产生明朗的振动，很多的经验告诉我们，不管患者能不能听得到，都要大声而且明朗地对他们说话，因为不管理论上会怎样，这么做肯定是有效果的……

一二读得真诚，但班主任只是蹙着眉，不语。

　　"林一二同学，第一次模拟考试就要来了，你若是不好好对待自己的成绩，总是纠缠着这些子虚乌有的事情不放，没人能负责你的未来。而且，我最后一次，将这件事情说明白，这件事情差点儿让我丢掉了这份工作，现在好不容易将受害人一家的情绪安抚下来，并且对校方无太大的影响，你不要再来捅开这件事。这对你没好处，对学校对我都没有。"

　　"可是如果陆单双需要我呢？"林一二呆呆地说，班主任瞪着眼转过来看他："如果陆单双她不是因为意外，而是因为被人推下去的呢？我就是因为毫无头绪，所以才要求去看望单双的，如果她能醒过来的话，就能知道凶手是谁了。难道老师你不希望这种拥有害人心态的人在学校里消失么？万一再次发生呢？学校不是每次都能包住这样脆弱的秘密的。"林一二盯着他，神情认真地说。

　　"警察已经来过了，现场根本无可考察的证据，所以林同学，请你不要再管这件事了，无论你有多深的被害妄想症，都请不要强加于他人身上。还有，学校为了这件事所做出的赔偿，已经够让她安然度过下半辈子了。"

　　"可是她的下半辈子不应该是这样的。"他突然情绪激动，大声地叫了出来，班主任身躯抖了一下，显然是被这样突然加剧的声音吓到了。

　　他没有再说话，重新坐在座位上。

　　"回去吧！你这样闹，她不会醒过来，你自己也没好下场的。"

　　林一二眼中噙着泪，其实班主任心中知道他难受，可也没办法啊！既定的事情，他不想再搅起另一场风波。

　　"我不想要好下场，我只想还她一个公道，一个交代。"他握着拳头，而后将眼角的泪擦去，他深深地觉得最近的自己，像是水做的，触碰到那个敏感的开关，眼泪就止不住。

　　"林一二！"班主任又站了起来，拉住他的手："你不能这样，那只是意外，是意外你懂么？她不值得你这样，我知道你一向对同学们很好，人也善良，但这不是利用你的大善的时候。"

　　"老师，那不是因为我善良，那是因为——我爱她！"

这些话语，落在目瞪口呆的老师耳里。

仿佛成了这个春天，永不会过去的最凄美的字眼。

又像是一个故事。

什么时候自己能这样强硬起来？为了她。而面对老师说出的那些话，则像是永远都不能在自己的人生彩排场里出现的构想，仿佛那个自己，就适合藏在阴暗的角落里，自己抚摸自己的悲伤和仇恨，然后那些东西，迟早会被磨灭掉的。

如果真是这样的话，该怎么办呢？

我能见到陆单双么？

# 肆 [失重状态]

人处于失重状态的话，是怎样的？

那一段时间，林一二每次看见杜双城，就忍不住跟上去，他好像也停下了脚步，毫无头绪了起来。可是他也调查过赵萌萌了么？

后来，他仔细想了想，好像比起将"凶手"找出来，去见陆单双一面，更为重要。

眼看就要第一次模拟考试了，以往的考试，在他的眼里都不算是什么，可是这次，却没来由地厌恶甚至想要逃避。

人在争取自由或者为他人争取真相的时候，若是付了真心，是不是都会这样奋不顾身，不会回头？

　　他也正处于失重状态——整个人浮于那种充满仇恨的空间里，掺杂不进一丝类似空气般的杂质。

　　杜双城始终无法越过自己的城墙，卸下盔甲，决定去拜访那一座被冷落的宫殿。

　　因为已然决裂的东西，无法再去回头怜悯，甚至仇恨起来。皆因为"爱的反面不是恨，而是冷漠"这句话，这对于自己来说，太熟悉了。所以他无法妥协下来，只能去和赵萌萌揭开底牌。

　　在向班主任泄怒完的那个周末，他下课后便准备到陆单双的家里去。以往并没有去过，他只是约莫记得她家的位置。有一年暑假补课的时候，放学后的他们一起回家，一二曾经路过她家所在的小区，没有进去，但他知道是哪一栋哪一层的。

　　从学校里出来，到单双的家里，仍是要坐一段路程的公车，从学校里出来的时候，一二看见双城走在自己的前面，他跟在后面看着他的背影，若有所思。在校门口的时候，他上了一辆高档轿车，而后消逝在那一段路的尽头。

　　可是那一天依然没有看到陆单双。

　　甚至连楼层的门都没进去，在小区外面的门卫室被保安询问了要走访的人家之后，按了她家所在的门铃。片刻之后，一二听到一个沧桑的声音，应该是她妈妈的，听清了来意之后，对方只是将对讲机摁掉，让林一二那一刻上升到期待的心，从高空中狠狠地摔下来。

　　保安回过头看了看他，他转身走了。

　　无谓自取其辱。

　　——人在仇恨面前，真的可以做到理智么？

　　——不需要一把刀，总是在梦里闪着仇恨的光，晃来晃去提醒。

　　——如果不是因为恨你，直到想要无视冷漠你，我不会在仇恨面前止住脚步，而不去追究。

——但是，这一切终究没有比爱显得重要，不是么？

所以，要往前，必须舍弃那些所谓的自己给自己设下的屏障。


呼！那一夜，杜双城从床上坐起来，夜很安静。

最近常常做这样乱七八糟的梦，梦里的情绪简直就是白天那些思想斗争的延续。

真的要去么？他抱着头，坐在床上想。床头的柜子里，放着从学校带回来的，那张名单。

——关于"黑暗中的行走"陆单双所在的那一组的名单。上面画满了红色的线，三十个人，除去陆单双之外，剩下的二十九个，已经排除掉二十七个了，还有一个是没参加成人祭之前，就已经申请转学的女生。

剩下的那个，就是赵萌萌。

自从上次假冒他写信的事件后，杜双城已经将她无视到另外一个世界了，而他有时也竟然想不起，记忆里曾有这样的一个人存在。尽管她和自己身在同一个教室里，同一个空间里。

但空间与情感的关系，总是很微妙的。


赵萌萌。

女。

年龄十七岁零五个月。

天蝎座。

性格容易极端。

……


现在——是春天。

## 伍[最后一段回想]

去吧！把过往的一切都放下，那些类似仇恨的东西，都丢掉。

丢掉，才能捡起新的天地。

那个接近高三第一学期期末的时候，林一二从教室里出来时已是下午最后一节课完结。他和往常一样，从教室里出来，往走廊另一端的教室走去。最后一间，是杜双城所在的教室。时间已经过去很久了，那件事之后，对于这样的事情，也许时光才是最大的杀手，那些仇恨和动力在这样的线上被无限地拉长，仇恨被加了水稀释，然后渐渐消散在这段岁月的尾部。

"一二，我的笔记本……"一二转过身去，同桌跑上来叫住他，他淡淡地望着他，而后才回过神来："你的笔记本？"

"哦！你借给我的那个，放在我的桌子里，你去拿好么？"他挠了挠头，不好意思地笑道。同桌点了点头，奇怪地看着他，然后转过身钻进后门。像一条勤奋的鲤鱼，以跃的姿态钻进龙门，突然地，就想起这样的意象，可是自己，不但在原地游动，而且像是被那条急速的河流往后冲退，越发使不出力气了。

林一二再次回过神往前面走去。

这时，他看见赵萌萌跟在杜双城身后，虽然看不清他们的神情，但仍然可以感受到一股颓丧的气息。

——是杜双城身上的。

一二的脚步快了起来。

他们拐了个弯，消失在走廊末端。

# 陆 [臆想即现实]

2011年冬日午后，医院的心理咨询室，林一二突然醒了过来。

眼前是白茫茫模糊的一片，渐渐地，视线清晰了起来。

他记得，最后的那一刻，看见赵萌萌跟在杜双城的身后，消失在走廊的那一刻，他突然陷入黑暗——

——那串粉色的水晶手链在眼前断开。

"你是谁？我在哪里？"林一二看着旁边的男人，穿着白大褂的男生，是医生没错吧？可自己怎么会在这里。

"我是医生，你在医院。"那个男人说，林一二望了望四周，眼神里依然有些不确定的神色，医生又补充道："现在是2011年，你今年念大一。"

"医院？我生病了吗？"

"没有！"医生淡淡地说，嘴角露出一丝得意的微笑。

"没有？那……"

"你刚才还在生病，现在好了。"医生开始收拾床边的东西，林一二的目光落在上面，但是过于专注，又立刻涣散了起来。

这是2011年。他心想。

一二觉得这房间跟其他的病房有些不一样。

"你出去吧！你父母在外面等你。"

"等我？"

他似乎是记起了什么，然后从病房里走出去。

出了门，他抬起头，轻易地就可以看到"心理咨询室"五个冷冰冰的字。

他好像记得梦里，一直在回忆一个往事，但是在高潮处戛然而止。

当然，他不会看到父母手上，关于他的那份病历，上面有医生龙飞凤舞的病理诊断，还有一份关于病情的详细介绍：

臆想症：

由不同病因(生物学、心理学和社会环境因素)作用于大脑，破坏了大脑在一定范围内相对稳定的功能状态，导致认识、情感、意志行为等精神活动出现异常，异常的严重程度及持续时间均超出了正常精神活动波动的范围，因而或多或少损害了患者的生物及社会功能的一组疾病。

症状

精神病的早期症状如同其他疾病一样，症状轻、不典型，往往不为人注意，或认识不到是精神病，以至延误治疗时机，给病人带来不良后果。如能早期识别精神病，对治疗是十分有利的，精神病人的早期症状可表现为：

(1)性格改变：如原来热情合群的人变得对人冷淡，与人疏远、孤僻不合群，寡言少语，好独处，躲避亲友并怀敌意，生活懒散，不守纪律。或原来很有教养的人变得出言不逊，好发脾气，对人无礼貌。

(2)神经症症状：如头痛、失眠、易疲劳、注意力不集中、情绪不稳、工作学习能力下降以及癔症样表现等。

(3)情感改变：早期的情绪变化常表现为情绪高涨，扬扬自得，趾高气扬，管闲事，说大话，夸夸其谈，做事有始无终，发脾气；或情绪低落，抑郁寡欢，愁眉不展，唉声叹气，自责自罪，悲观厌世，甚至出现自杀行为；或情绪波动，焦虑紧张，缺乏适应的情感交流等；或对镜自我欣赏，自言自语，无故哭笑等。

(4)行为改变：有的人表现奇怪动作和行为，动作增多，呆板重复，无目的性；有的举止迟缓，生活懒散，不能工作和料理家务；有的人收集一些无意义的物品，甚至随身携带一些果皮、废纸等不必要的东西；有的人反复洗涤或表现刻板仪式样动作等。

(5)注意力不集中，记忆力下降：注意力分散或迟钝，好遗忘，丢三落四，工作效率下降。

(6)敏感多疑：如有人怀疑别人讲自己的坏话，别人的一言一行、一举一动都是含沙射影地针对他，甚至认为电视上、广播里、报纸上的内容也是与他有关；有人感觉自己的同事、邻居，甚至父母兄弟害他，恐惧不安；有人觉得周围一切事变得对他不利，有某种特殊的含义等。这种人对自己的观念常坚信不疑，别人的劝说、解释都不能改变他的观点。

……

妈妈牵着他的手，爸爸好像在说些什么。他听得不真切，好像还没从那个梦或是记忆的回忆里回过神来。

他问："妈，今年是2011年？"

"嗯！你读大一了啊！是大人了，开学那天我和你爸爸说要带你来，你偏不，自己一个人就去了学校。"母亲捂着嘴在笑，但是怎么听得出心酸的气息呢！

"嗯！"

他跟着父母，走出那一段冗长的散发着冷冷白色灯光的走廊，从正门处，透进来的光，很耀眼。林一二的耳际，好像突然响起了很多的声音，婴儿哭闹的声音，男人的低声痛哭，女人的失声尖叫，慌乱跑过的脚步声……

一瞬间，入了耳廓，这个世界，像是突然活了过来似的。

"妈！今天星期几？"

"周末了！我们来找你玩的，我们还没来过这里，听说这里有很多好玩的地方，你听过……"母亲絮絮叨叨了起来，父亲走在前方，阳光被遮掉了一半，他的身影像座山一样。

"妈！后来单双怎么样了？"

"你说什么？"母亲惊恐地转过身来看着他，一二看到母亲的表情，然后笑了："我听说过那个什么什么山，很出名的，我们明天去爬山好不好？"

母亲握住他的手，笑得脸都皱起来了，连着说了几个好。


他知道母亲为什么会有那样的反应。

因为他记得了那些事。

他刚才不是在做梦，而是在做心理咨询，医生在帮他做心理治疗。

刚才——回想到——"赵萌萌跟着杜双城，消失在走廊……"

后来，发生了什么？


他记得。


柒 [TA是凶手]


他们消失在走廊的末端，林一二跟了上去。


刚才闹哄哄的走廊，这时所有的声音都像是掉进一个巨大的沙漏般，往下面沉。林一二站在楼梯口往下望，好像看不到他们刚刚走下去的身影，也没有离自己很近的脚步声。刚才他们拐弯（消失？）的时候，离自己的距离不超过五米，他们走得很慢。

他突然想起早些日子的那一幕，于是抬起头，往天台的门看去。

林一二静静地走上去，锁不见了，门虚掩着，外面传来说话的声音。林一二悄悄推开门，但是看不见背对着门的身影。也许在天台的另一端。他走了出去，站在门口处，仔细辨别着声音的方向，好像是在自己的右手边，他靠近了些，伸出头看。是杜双城和赵萌萌没错，杜双城背对着自己，赵萌萌低着头，像是在哭。林一二将头缩了回来，留心听他们说话。

"你肯定是因为妒忌她，才那样做的吧？"

"什么？你说什么？"

"别装蒜了啊！赵萌萌，从一开始我就想找你问清楚了，我不想找是因为我连恨都不舍得恨你。"如果林一二此时伸出头去的话，大概可以看见杜双城捏住她脸的情形，像上一次的假信事件。

"你说什么啊？"她打下他的手，啪的一声，林一二心底一紧。

"这些是什么？你肯定知道的吧？赵萌萌，是你把单双推下楼的，是不是？"

空气突然凝结了起来，林一二也在等这个答案，可若是这么轻易的话，这时日过得太冤枉了。

"我不知道。不是的。"她摇着头。恍恍惚惚。开始背对着杜双城。

"你转过身来。"双城暴力地将她的身躯转过来。

"最大的嫌疑就是你，你知道吗？从我拿到名单的那一刻开始，我就潜意识地认定是你，但是我仍然绕了一个大圈，才下定决心回到你身上。你的号码是十八，单双是二十二，所以说，你们肯定是差不多同时到达二楼的，其他的那些人，我都恐吓过了，如果她们心底有鬼，肯定会惊慌失措或者露出崩溃的神色，可是她们没有，除了骂我神经病有病或者面无表情外，几乎没有其他的情绪。赵萌萌，剩下你了。"他说完顿了一下，林一二的心突然沉重了起来，耳旁的这番话，一点儿都不像是即将成年的人能说出来的话，嗓音即使因为经常吸烟而有点儿沙哑，但依然是少年的音色。

赵萌萌没有说话，这个时候，突然静寂了下来。

"你知道当年——我为什么要搞个那么大的恶作剧来吓你妈妈么？"

"为什么？"她的声音突然高了一个八度，林一二的心再次紧了一下，突然有点儿听不懂他们说话的逻辑了。

"因为她干了了坏事。"

"因为她抢走了你爸爸？"

哈哈哈哈哈哈哈！杜双城突然大笑，而后又停下来，恶狠狠地说："因为——她害死了我妈妈！"

轰！林一二的脑子里突然停顿了几秒，里头只有空荡荡的回声。

"做了坏事的人，天会收她的。"赵萌萌此刻也没有说话，而杜双城依然恶狠狠地，自顾自地说。

"那……那……你怎么……怎么知道的？"她说话了，不过声音抖得像是舌尖上的跳跳糖一般。

"那你呢？是不是瞒着我做过坏事？干坏事的人，是要受到报应的。"杜双城没有回答她的问题，只是反问地说道。

"要知道，你妈妈，我随时都能让她死，可我只让她疯了，你知道为什么？"说着他又笑了起来，只是笑声里带着太多的不确定，关于她疯的事情，完全是巧合，那时真的恨不得让她死："因为，生不如死啊！你想试试那滋味么？"他又捏住她的脸颊，林一二探出头去看他们，赵萌萌情绪已经开始崩溃了，又是摇头，又是流泪的，因为嘴被用力地捏住，所以发不出声音，空气里，只有"呜呜呜"的声音。

"为什么？为什么？我那么爱你。"她开始自言自语，声音从被捏住的嘴里发出来，像是频率不好的电波。

"你明知道我爱她的。"

"啊！！！"赵萌萌突然大叫，高分贝的声音里，夹杂着哭声。林一二被吓了一跳，探在外面的头，猛地缩了回来。声音突然又像是被掐断似的，林一二再次探出头去，杜双城紧紧地捂住她的嘴。

"为什么要这样对我？"她掰开他的手哭着说："我真的不是故意的！啊啊啊啊啊！"她又再次大叫，面临在崩溃边缘的她，突然承认了自己推了单双那件事不是么？林一二突然哭了，她突然崩溃的情绪，像是感染了他。他闭上了眼睛，黑暗中的那双手，终于露出它狰狞的脸。

"为什么？"这次轮到杜双城发问，他的声音更狠了，像是要随时伸出手去掐死她的愤怒的声音。

"那天我是条件反射，因为我怕黑，我是怕黑我真的怕！她突然伸手摸到我的手，我情急之下便用力，推了一次还是两次我忘记了，我不知道，我真的不知道她会掉下去的，直到我走出黑暗，等到活动结束，我仍然不知道她出事了，因为黑暗里我根本不知道她是谁，后来，后来我才知道……"她又哭了，只不过这次好像声音真真切切。

"你根本就是妒忌她。"

"不是，不是的……"她摇着头，擦去脸上的泪，然后扶着杜双城的双手说："你还记得当初那天晚上我去找你要将我妈妈赶走的么？你知道为什么……因为那时我已经像个傀儡了，我没有自由，我想想回家，回我真正的家……可是让我真正下定决心的，是你离家出走回来的那天晚上，那天对你来说可能没什么区别，可对我来说却是一辈子的恐惧！那一晚，有一个陌生男人潜进我的房间，当时我在半睡半醒间，意识很浅，在他摸我的时候我醒了过来……我当时下意识地出声大叫，双手去推他，但是却推了个空，我很害怕，那一刻我真的很害怕……双城，你懂那一刻的恐惧么？那是一辈子的！我到现在仍惊悸——不过我以为我已经释然了，我真的没想到，当单双的手碰上我身体的时候，我瞬间就崩溃了。对不起！"

"说对不起有什么用？她现在躺在家里，就要这样子一辈子，她的一辈子都被你毁了，你的死也换不回她的青春！赵萌萌，你知道我现在多么想一下子掐死你？但是掐死你没用啊！单双不会醒过来……"他哭了，声音哽咽了起来："你去自首吧！还单双一个公道！"他收住了哽咽的声音，像是下定了决心般说道。

"双城，我求求你，我不想去自首，我真的不是故意的。双城，你别说出去好么？让这成为我们两个的秘密好么？我们一起守住好么？像守住那个秘密一样。双城，我们一起吧！我爱你，我真的爱你。我不想坐牢，我不想下半辈子都没有自由，杜双城，我求求你。"她的语调开始混乱起来，像是混乱的战场，千军万马，千万种情绪踏在她的心上。

可是那一刻的双城，竟是放空的，他无法忽略这样的惨剧，说到底，真正狠不下心来的人，是自己。

对不起，单双！


"你不想坐牢，那你就去死吧！"

去死吧！去死吧！林一二突然冲出去，越过杜双城的身体，将赵萌萌
整个人推了下去，天台的墙约莫是半人高的样子，赵萌萌的后背撞在墙上，
瞬间愣住，林一二再往前，将她整个人掀了起来，力气大得像个举重选手。


耳旁的风，像是突然寂静了下来。

两秒，三秒……空气里传来尖叫的声音。

他突然回过神来，回过身，看见杜双城不可置信的眼神。

他心想"我完了我完了"，看着眼前空荡荡的一切，眼神像是能穿过
杜双城的身躯望向远方一般。他再次回过身去，看着原来站着赵萌萌如今却
空荡荡的地方，开始大哭。

他边哭边转身，往后退，而杜双城依然僵在那里。

残存的理智里，林一二仍然想起陆单双，那片理智，促使他跑下天
台，往逃走的道路里跑，他跑到上次和杜双城翻过去的那道墙。他一直哭，
情绪崩溃了，完全止不住。眼前的一切好像都急速退去，他没有杀死赵萌萌
他没有，他只想再看到单双一面。

哪怕是最后一面，有可能真的是最后一面，因为他杀了人，他无法确
定她死了没，可楼层那么高……思绪很乱，他开始跑了起来。

我杀了人，我杀了人，他心里一直重复着这个念头，我可能杀了人，
我可能杀了人……可是单双，为了报仇，我做了这一切，只为了找到确定的
泄恨点，我找到了，并且做到了。可是我好难过，因为你也不会醒过来了。
公车摇摇晃晃的，这个时间段的车上空荡荡的，他的哭声哽咽在喉咙深处，
而眼泪却像关不住的水龙头，流淌过脸庞，滴在衣服上。他想到天台上杜双
城不敢置信的表情，他想到赵萌萌被推下去之前惊恐的表情，他的耳边依然

回响着她的一声声尖叫……

　　他很害怕！

　　他跪在单双家的小区门口，保安要赶走他，他就跪了下来，保安帮他按了门铃，门铃里的人的声音依然冷冰冰的，但是他依然哭着说："我想看看单双，我只想看她最后一面，求求你们了！"他不断地重复着这段话，对讲机那边的人，叹了一口气，说："你回去吧！"对讲机里又发出冷冷的一声："你回去吧！"而后，咔嚓一声，挂掉了。

　　保安再次莫名其妙地看着他。

　　他爬了起来，擦干了眼泪，往来时的路走去："单双！再见了！我帮你报了仇……我走了，可能以后都回不来了……"

　　"我们，回不到从前了……"

　　——一切，都回不到从前了。

　　他沿着来时的路回到学校，在公车上，他已经不再哭，可是他全身在止不住地发抖，比起坐牢，他更害怕的是死，我不想死。可是，我还没成年呢！自首的话，也许能判轻点儿！可是，我只是为单双报仇而已，一定可以被原谅的，一定可以。我一定要证明赵萌萌是凶手，她是女凶手，不管她是失手还是有意，反正她害死了单双，她罪有应得。

　　他从外墙爬进去的那一刻，又像是重新投入一锅热粥里一般。

　　案发地点已经被围了起来。事情已经过去两小时了，警察的速度真慢，林一二苦笑着，往那边走去。

　　地上盖着白布，他看到警察押着双城，旁边围观的学生们被老师不断地驱赶，白布的周围依然流着细细的鲜血，但是看不真切，好像凝固了，又好像是流动的。

　　——可是，他们为什么押着双城？

"她是凶手，她是凶手！"林一二指着地上的尸体大喊，离场的警察们回过头看着他惊恐的表情，以为他说的是"他"，是"他"杀死了"她"。这点他们都知道，所以他们押走杜双城。林一二继续重复着那句话，围观的学生们只是像看怪物一般盯着他。

老师们围了过来，将他像对待疯子一样拉开，他大力地挣脱他们，然后跑到杜双城前面对警察们说："那个才是凶手，你们怎么抓他？"。

杜双城苦笑地看了他一眼，然后故意大声地说，"林一二，你有去看陆单双的话，帮我说一声，我替她报仇了。"所有的人，都听得见，现场惊呼一片，而后又寂然无声，像是突然得到了答案，像是印证了林一二那句"她是凶手"的话，可是，杜双城是怎么回事？

警察们继续押着他往前走，警车就在前面，他们上了警车，林一二落在身后，看着眼前的一切，像是一场戏一样。

后来发生了什么事？

谁告诉我？


**捌** [林一二]


后来才知道，赵萌萌死了。

杜双城被抓了——他为我顶了罪。新闻播出那一天，我坐在家里看电视的时候，只能苦笑着，然后盯着电视机。要用怎样的情绪才能表达那样的愧疚和对自己的鄙视。也许杜双城才是勇士，而作为士兵的自己，非但没有冲锋陷阵，而且最后的烂摊子，也要勇士来收场。

真是失败啊！

所以开庭的那天，我也没有去，我怕面对他。我只能看着电视直播里的杜双城，眼泪已经忍不住落下。他的父亲，那个从来没有见过的男人，鬓角的白发悄然冒了出来。而死者赵萌萌的父亲，开庭前已然情绪崩溃了几回，若是知道我才是杀死他女儿的凶手，他一定恨不得杀死自己吧？但是我连去帮杜双城解脱的勇气都没有，我恨我自己是懦夫。

最后，因为杜双城未满十八岁，被判了十年的有期徒刑。我只记得这个时间，因为听到这个判决的时候，我已经听不下去了。杜双城的脸色坚定，他太淡定了，淡定得就像是自己玩坏了一个玩具般的神情。后来有关的法律节目谈到这个问题的时候，都会说到杜双城的恨！如果他的态度能再软化一点儿，或许刑罚不会这么重，应该能往轻里判。

但是他从没有，他很坚定，坚定得像是被人下了失心蛊一般，回答问题都只是——"是"或"不是"！一句多余的话都没有。

像是下定了决心一般，无论律师和他的父亲怎么哭泣。他的眼神都笃定地望着空白处。

我那时的心底，只有一个问题，为何他要袒护自己到底？

他明明可以为自己辩解的。

## 玖 [杜双城]

求情和为自己辩解，对我来说，至今是最恶心的事，所以我一旦决定了，就不会违背自己的意愿。事情是我挑起的，林一二或许是遵循我心中的怒火而非我脑中的理智去为我动手罢了。从一开始到结束，我只想为陆单双做最后一些事，因为有可能，我一辈子都见不到她了。可是陆单双你知道吗？从我爱你开始，我就从没动摇过自己的决心，你就像是因为失去母亲之后能在我心中能永生的人，所以即使你不在我身边，我一想到你，我就很有踏实感。不论多苦的日子，想到你，咬咬牙也要捱过去。

赵萌萌是我一辈子怎么也想不到的孽障，当初扯上她，不能全怪我父亲，只为自己的任性和仇恨冲昏了头。我报复她母亲，我逼走她，而后她又回来，她说她爱我，无论如何也爱我。却一次次威胁到你，也威胁到我与你的关系，我不得不恨她。但是我后来发现，其实恨，也是很孬种的。

只有冷漠，才可以隔绝对一个人的恨与爱。

可是那天她临死前对我说的那些话，我一辈子都不会忘记。

林一二那天来看我，我没有见他。即使一开始，我多么恨他，多么恨你的身边终于出现了一个男生。后来也不恨了，因为你的爱有寄托，我也希望你有人保护，难过的时候有人可以依靠。可是后来我发现他并不能保护你，你知道吗？那时我多希望他消失，世间只剩下我一个人义无反顾地为了寻找真相而付出任何代价。

从初中再次遇见你开始，我一直希望我能在学校里，在两个彼此极端的位置上守望着你，直到大学毕业。我一直以为爱是很神圣的事，也一直被你禁锢在你心底。可是后来我才明确地感受到，人是无法控制自己的情感的——特别是爱。

他那天在外面站了很久，很多人都来看我。我没有出去，因为既然决定了，就没必要再给别人脸色看。我不要他的忏悔，也不要他的眼泪。

可是，我最后还是写了一封信给他，那是我这一生中，做过最矫情的第二件同样的事。

# 拾 [结束了吗？]


我从没有这样写过一封信。

我不想叫你的名字了，因为弱者不配。

我承担这个罪名并不是因为你，而是因为单双。或许对于她来说，我从来都是霸道而卑微的，但是我可以死心塌地爱她，也可以离得远远的，只是不愿意她受伤害。爱永远是一个人的事，我这并不是因为你，而是我想为她承担。当时我没有下定决心去毁灭她，是我仍有理智，但是——谢谢你帮我出手。

那天你走了之后，我突然下定决心去承担。

她临死前还有意识，可是全身抽搐不止，我抱着她的时候，她眼睁睁地瞪着我，我永远都无法忘记那样的眼神，以及她十分钟前，仍在天台上对我说的"我爱你"。我捂上她眼睑的那一刻，突然想起单双，那一刻我突然哭了，但是我不是为赵萌萌而哭，我只是想起了单双而已。

我觉得我和她，是同一类人，为了爱，身躯可以卑微到土里面，像是尘埃一样。

谢谢你帮我出手，让我对得起单双，对得起爱。

这一次，算是我还你的。

反正你们一直都是好孩子，而我一直都是坏孩子。

好的坏不了，坏的怎样也好不了的，不是么？

那就让我好好地承担吧！你走吧！别再来看我了，替我好好爱她。


林一二再次从口袋里拿出那张纸，在医院的厕所里，静静地再读完了一遍。再次看这封信，除了依然愧疚的心，还多了一份决心，像是使命感一样的东西。

已经过去一年多了。嗯！他将那封信撕成很多碎片，然后扔到马桶里，按下水阀，那些碎片随着急流哗啦一声消失在马桶里，宛似过去的青春。而里面的每个字，他都了然于心了。

　　而那些细节，我还记得么？林一二怔怔地想，然后打开厕所门。好像是那件事结束后，生了一场大病，在那场像是无止境的反复的高烧之后——回到学校学习，母亲好像一直跟着自己？然后高考，正常发挥了以前的那些基础，考上了一个二流的本科院校。父母好像还算是高兴，然后呢？其他的细节，怎么一点儿都不记得了？

　　怎么这一年来，好像游离在自己的身躯之外。

　　一点儿都没有陆单双的消息。


　　杜双城，我没有完成你的交代。我是个懦弱的人，不是你眼中的好学生好孩子，那些都是世人愚蠢地以为而已。"好"这个定义，是属于勇敢的人的，只能说我不配！而我，也甚至不知道该怎么去面对接下来的一切，是要忘掉一切么？可是我忘不了陆单双的。

　　林一二牵着妈妈的手，心中有无限的念头。他们互相搀扶着，走出每天都在上演着大悲大喜生离死别的医院，走进这个阔别已久的真实的烟火人间。

　　黄昏？好像是吧！

　　阳光很舒服，照进现实来。

# 四季之外

除了爱你我没有别的愿望，

一场风暴落满了河谷，

一条鱼占满了河，

我把你造得像我的孤独一样大，

整个世界好让我们躲藏。

——艾吕雅

我知道其身会死，呼吸会停，但我相信爱不会死。


我叫单双？
他们议论的声音，突然又消失了。


这时门被推开了，那个年轻的声音喘着气说：
"她会醒来的，你们没看过电视么？昏迷很多年的
人都会醒来，只要我们相信奇迹，就一定会有奇迹
的！"
没有人去接他的话，像是除了他，所有的人都失
去了信心一般。

究竟是多长的时间，才能让一个人对另一个人失去信心？

但是那只是幻觉而已！一直都是寂静的不是么？这个没有人的病房，怎么可能有别人的声音。

他们说我睡了两年，可我怎么觉得我只是睡了两天呢？之前的意识到哪儿去了？

我记得在很遥远很遥远的地方，有一个人的哭声，哭得我心上像是压着几千斤的石块，沉闷得几乎想要睁开眼。

好像是林一二的声音吧！

是吧？

我的头好痛！

我记起来了，好像是很久很久前的一天，我像是突然听到了林一二的哭声，然后我哭了，我不知道为什么哭，只是觉得很悲痛，后来我的身躯又动了起来，而后像是被转移了阵地。

然后，然后？

又睡了过去。好像只是贪睡的孩子一般，又像是沉落海底，黑黢黢的。

医院突然嘈杂了起来，有人跑进来的声音，是医生么？

他们说什么，我都听得不真切。

我的手脚开始被人动了起来，可是我自己想动的欲望比他们都要强烈，但身躯却像是被鬼压床了一般。那是种不好受的感觉，我的眼皮被翻开，微弱的光照了进来，很不舒服。我用力地眨了眨眼睛，可好像是徒劳。我不甘心，再次眨了眨，这次好像透了些微弱的光进来，但不真切。

好像他们的声音也不真切一样。

而手脚，好像在复苏，我动了动身躯，僵硬的筋骨，血液依然在流动，哗啦拉、哗啦啦，我又听到了风声。

我是怎么睡着的?

他们说我是植物人。

我是怎么从黑暗里摔进光明,从光明里跌进黑暗的?

头好痛!

"你喜欢我么?"

"嗯!喜欢!"

"真好!"

好像是林一二的声音。

我敢肯定,那是林一二的声音。

"她有反应了⋯⋯"

混乱的声音,像是海水一般,覆盖住我的身躯。恍惚中,我似乎听到我的手机在响,回荡着为他而设的歌曲:"我们都是好孩子,最最善良的孩子;怀念着,伤害我们的,那时我们什么都不怕⋯⋯"

我睁开了双眼。

我想看见林一二。

——全书完

2011年05月22日20:30

# 直到四季都错过

成长是隘口，直闯或缓行，终要通过。

我相信这一切能顺着自己的心来。

一

林一二还是离开了她的生活。

"为什么？"也许还会有人问。

因为时下的种种，哪里容得下那么稚嫩的曾经？

太浓烈的曾经，具有童话式的结局，永远都只存在于臆想里。

所以我没有按我的想法写完它。

但是你们可以在书评里，将她——以你们的方式写出来。

她是个有臆想症的结局，和林一二一样。

林一二写的或许是我，但很多东西又不是我。

比如他的好成绩。

比如随心发泄的哭。

但无论我怎么想承认或者否认，小说仅仅是小说。

——倒是懦弱这点与少年时期的我很像，还有"得饶人处且饶人"的阿Q式精神胜利方式。我们都是相当能容忍一些情绪的人，这些，大概都是内向所致吧！

所以他的那段青春是用来投射我大学之前的生活。

但并不是全部——甚至十分之一、三十分之一都没有。

从第一本书到现在，没有一本书，我不是在写自己的。每本书里的人物或多或少都有我的影子在，但又不会写得太饱满或者极致。他们都应当有他们自己的人格所在。或残酷或美好或冷淡。

可我总是孜孜不倦地回荡在关于成长环境对人一生的影响上书写，连续三本书都是。但是侧重点不同，故事也没有相同性，这些都是我一直在努力的地方。

如同《夏目友人帐》里永恒的执念与爱。

——我写的永是亲情与爱情的羁绊。


二


我的童年，内向而不安，过早地触碰到"死"这个字眼——很多时候会因为一件小事而衍生出整个世界最悲惨的事来。或许父母从不曾知晓，因为他们总是爱我却又自以为是，这样说或许会伤害到他们，但是大人不就是那样么？是那样的生物——自以为是。

他们在我从小的胆小懦弱里，加入了一种"胆子小吓吓就大"的药剂，我的整个内向而胆小的童年因为这些荒诞的观念而变得更加惶惶不安。有很长的一段时间，我都像是活在一个自以为是的梦境里，梦醒了，所有的一切就会恢复原貌，好起来了。

　　但不是的，活到二十几，我或许才认清这个世界。

　　——也终于敢面对内心的自己，面对的同时，也终于可以摆脱年少时的那个荒诞少年，这是我写林一二的原因之一。书写第一章的时候，十分困难，可回头看来，却如释重负。

　　关于书中林一二自己改掉名字的事，或许只是我构思出来的一个情节，但是关于大小家诚，以前确实是存在的。因为"家"字和爸爸吵架的事也存在，爸爸打弟弟很凶的事也确实存在。反正童年的那些，几乎都是真实的。所以写那些的时候是最难的。

　　我写的时候，心底会有一个声音，在骂故事"这个狗血得要死"之类的。或者说："作者就是他妈的傻逼啊！"像是模仿别人在骂自己写的东西——朋友在聊天的时候说："你这样一个人，真是人群中鲜少的哎。旁人看你，一定觉得你无坚不摧。但不晓得你早就暗涌数次了。"

　　我回她说："还好，以前很痛苦，现在消化掉了。初中到高中那段时间，差点儿就想不开死掉了呢。其实林一二有臆想症，大概也是因为我只能寄予幻想，而不满未来吧。"

　　这是一个传统的好孩子与所谓的坏孩子的故事。

　　这是一个青春的孤独与自我救赎的故事。

　　我写了一个以梦为生与一个活得无比清醒的少年的故事，并将它献给另一个年岁的自己。

　　成长是隘口，直闯或缓行，终要通过。

　　我相信这一切能顺着自己的心来。

　　三

　　"夜深时刻，向自己承认，如果你被禁止写作，你会死去，凝视自己

的内心深处，这就是答案的根源。"——里尔克（RILKE）

　　这个故事真正在折磨我的时间，差不多有半年。过年前就下定决心说，年初五离家，回广州一定要开始写了。因为我不是能装太多东西的人，我需要写出来，消化掉。

　　这是我第三本书，更像是我第三个孩子，她很顽皮，没有定性，有时像我自己，有时像是另外一个人，可无论如何，她被创造出来，就注定只是一个故事而已。

　　写这本书的时候，大部分时间是周末或者节假日。我很少消耗一整天的时间，不写或者不读。

　　在这几个月里，我几乎没有和身边之外的朋友见面——更别说聚会，我也不明白是什么心理，反正当我需要沉下心来写长篇的时候，就会对周遭的人情世故变得非常抗拒，而一旦离开这种习惯的模式——比如中途去了一趟上海杭州回来后，我的整个思维会乱掉，一度无法进入到写作状态。就好比写作于我来说，是一种很自我清净的状态，但我又很喜欢闹哄哄的咖啡店去写，接触很多陌生人，我觉得写不下去的时候可以看着他们，因为陌生的一切至少可以让我觉得没有压力，而在那个闹哄哄的环境里，也让我觉得倍儿有存在感。

　　这大概就是所谓的，过于喧嚣的孤独里的寂静。

　　这所有的一切，都像是在昭示我写的东西有多么神圣。

　　其实不——我写的也是曾经的生活、刚逝去的青春。

　　但他们又是神圣的不是么？我怀着无比积极的心去写，只希望你们可以感受到那份真挚与青春的神圣。

　　人的爱情是人存于这世界上最伟大也最残酷的情感，没有之一。

四

四季是个意象。

冬天的赵萌萌；

春天的陆单双；

夏天的杜双城；

以及秋天的林一二。

而冬蛰、春行、夏冰、秋凉则是整个故事的节骨眼儿所在。

蛰伏一冬的年少，春行于青春荷尔蒙的湖上，夏日里残酷的情节冰冻了炙热的心，时流到秋——则凉了一个本该温热的故事。

这是一个关于成长的故事，我让它们从人生四季里来。

挣扎四季而去。

五

爱你时，身姿低若尘土。

这句话只为赵萌萌与杜双城而写。

我从来都不是传统意义上的好孩子，青春期的时候也曾叛逆得要死，书中写林一二跳下水沟也是真事。所以我比任何人都懂那些所谓的坏孩子。有时候观念场景一换，好坏根本没有明显的区别。

我从小就是个成绩不算好的学生。

——却一直是父母亲人眼中最乖巧听话的好孩子。

——因此我在书中所写的林一二，只是为了让他更接近世俗的好孩子而已。

——所以你们看看呀！表象只是表象而已。

——我觉得你们都会爱杜双城。

那天爱姐看完稿子，对我说她讨厌林一二的时候，我只觉得很委屈。

顺势就想到，她也讨厌我——但是爱姐，你不该用"讨厌"的："不喜欢"就可以了。因为"讨厌"一词，像是觉得他不该存在一样。

后来静下来想想，我果然是太有代入感了，明明我写的他并不是我，而我也不会是他的原型。

我知道，看完这本书，肯定很多人都讨厌林一二，其实我也不喜欢他的懦弱，那种懦弱是遇到什么事情都说算了，就算自己受伤了也算了的心态。可是，如果童年有选择，心理阴影可以及时治愈，那这一切，还叫什么人生？

它就是这么无常啊！我自己其实也看不透自己，只能挖掘一点点连自己都可以正视的戳破的东西，拿出来刻画这个人物的性格。而写到最后，他只是林一二，不是我了。

不是我了，其实多如释重负啊！

我不该太有代入感，太自以为是的，这点也不好。

六

刚开始构思这个故事的时候。
它只是个谋杀案。

七

最后，它依然是个关于人情世故的爱情与亲情的故事。

谢谢韩小暖同学孜孜不倦的督促与鼓励，因为有你，这本书，才得以完成，因为我看见一道希冀的光。谢谢我的编辑，谢谢出版公司。

另外，谢谢你！你永远是我所有的书写动力倚靠。

谢谢你的观阅。

2011年7月23日10：40

于香港时代广场

## 后记之外
# 爱，逾期不候

青春与四季，
都一样，逾期不候，
过了就是过了。
悲壮、荒凉，
再怎么苦苦留住，
都是宛若臆想一般的存在了。

　　后记写到最后的时候，7月23日下午，温州发生了重大的动车追尾事故。在那场事故里，丧失了太多的温情与亲情，还有爱情。看完一些新闻报道之后，心只是觉得悲凉、凄惨，甚至觉得这个世界真是太无常。所以即使在写完后记之后，仍然不肯停下，想要再写点儿什么。

　　愿他们走好，这岁月蹉跎，这人世残酷，谁都不知道下一刻会发生什么。

　　生命太令人欷歔了。

读者（Clover奶茶妹）在我的微博里说："很多时候，我们总是会想：如果怎么样，那我们就怎么样，可是却想不到，没有如果。想说的话，想做的事，都做了吧！不要等没有了机会，只剩欷歔。爱要及时说出，逾期不候。"

——是呀！爱就是这样，逾期不候。有篇新闻稿件里写到一句话："他也曾想过，如果这趟列车能够抵达，'会不会哪一天我突然爱上了你'。"瞬间就很感动，那种感动里掺杂着悲凉，是为失去感到的怜惜。

而如同这本书里写的一样，青春与四季，都一样，逾期不候，过了就是过了。

悲壮、荒凉，再怎么苦苦留住，都是宛若臆想一般的存在了。

这个世界或许有美好，但唯有时间，总是太残酷。

2011年7月28日

于香港时代广场

优阅吧<sup>ER</sup>

优阅吧，只为打造优质阅读。

知名青年出版人一草于 2010 年创建。

隶属于中国最具创造力的民营出版公司——博集天卷，

为其独属出版品牌。

优阅吧品牌形象为送书小松鼠。

看好这只松鼠，本本都是好书。

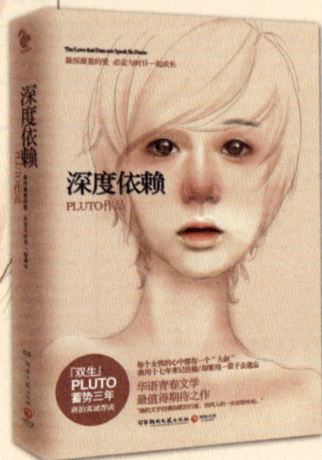